U1076473

魅丽文化 花火工作室

岁暮青夜

严雪芥 著

天津出版传媒集团
天津人民出版社

图书在版编目（CIP）数据

坠落春夜 / 严雪芥著. — 天津 : 天津人民出版社，2022.9

ISBN 978-7-201-18686-3

Ⅰ. ①坠… Ⅱ. ①严… Ⅲ. ①长篇小说—中国—当代 Ⅳ. ①I247.5

中国版本图书馆 CIP 数据核字（2022）第 144776 号

坠落春夜

ZHUILUO CHUNYE

出　　版　天津人民出版社
出 版 人　刘　庆
地　　址　天津市和平区西康路 35 号
邮政编码　300051
邮购电话　（022）23332469
电子信箱　reader@tjrmcbs.com

责任编辑　苏　晨
特约编辑　丐小亥　夜白白
封面设计　苏　茶

制版印刷　湖南天闻新华印务有限公司
经　　销　新华书店
开　　本　880 毫米 ×1230 毫米 1/32
印　　张　10
字　　数　295 千字
版次印次　2022 年 9 月第 1 版 2022 年 9 月第 1 次印刷
定　　价　45.00 元

版权所有，侵权必究

图书如出现印装质量问题，请致电联系调换（0731）88282222

目录

CONTENTS

目录

CONTENTS

第一章

燃烧原野的火

乌蔓坐到化妆镜前，在冷白的灯管下凑近仔细瞧了瞧，眼尾有一道非常不明显的细纹。

她对着镜子假笑了一下，眼角的细纹分明了一些。

门外有人轻叩，乌蔓收起表情，往椅子上懒洋洋一靠："进来吧。"

门把转动，化妆师提着一个大工具箱毕恭毕敬地走进来，没抬头就连声称赞："蔓姐，您素颜的状态也太好了，都不用怎么打粉底。"

化妆师虽然嘴上这样说着，但在上妆时特意在她眼周盖厚了一层，差点将她眼下的小痣一并盖住。乌蔓眉间一蹙，化妆师似乎感觉到她心里的焦躁，大气也不敢喘。

树会长年轮，人会长皱纹，这是再普遍不过的自然规律。对女明星而言，这却好像是触目惊心的稀奇事。

哪怕出道十一年，岁月大发慈悲地只在她眼尾留下了一道不痛不痒的纹路，但终究和二十岁时的少女模样有了差别。

乌蔓闭着眼睛，焦躁感还没消散，更令人烦闷的事又找上门来。助理薇薇拿着刚从服装间拍的照片回来，照片里是两件非常相像的高定礼服。

"一件是您的，我刚拿去熨烫，另一件……是何慧语的。"

化妆间一阵窒息的沉默，乌蔓掀开眼皮看了一眼照片，又闭上了眼睛。

薇薇从化妆镜里小心翼翼地看着她，硬着头皮说："我刚联系了一些品牌，现在还能借到并且赶在颁奖礼开始前送到的都是过季款了……您看怎么办？"

毫无疑问，穿过季款会被嘲讽，但撞衫就不一定了，要么艳压另一方漂亮完胜，要么被骂得体无完肤，看谁更舍得砸钱买通稿。

然而，今天是金影奖的颁奖典礼，撞衫关乎的不仅是红毯，更是鹿死谁手的奖项。乌蔓和何慧语一同入围了今年的"最佳女演员"，这剑拔弩张的意味就更明显了。要是她输了，可不只被发通稿嘲讽那么简单，未来几年都别想抬头。

乌蔓下意识地抠着指甲，一阵钻心的疼痛传来，小指的长指甲被抠折了。

"把熨好的礼服拿回来，我穿。"

不过是你死我活的赌局，谁怕谁？

离正式走红毯还有半个小时，乌蔓打发了人，拐到厕所最后一个隔间锁上门。

她从口袋里掏出一包苏烟，不点火，只是虚虚地咬在唇边，盯着天花板发呆，不时掏出手机看两眼，一直有消息进来，但微信置顶的那个对话框一直很安静。

厕所外又进来两个人，一人挑了一个隔间小解，还互相说着话。

“你看见乌蔓和何慧语的衣服没？肯定又是一场腥风血雨。”

“当然看见了，后台都传遍了，就等着一会儿看戏呢。你说今晚‘最佳女演员’会是谁啊？”

“论演技我肯定站何慧语咯，论别的那就不好说了。”

“什么意思？”

“你以为乌蔓之前都是靠实力赢的吗？看看她演的都是些什么玩意。”

“这些我是有听说啊，她好像有一个很厉害的男朋友？”

两个隔间的门打开，女声压低，含糊地说了一个姓：“郁。”

另一人闻言吸了一口气：“真的假的啊？”

“除了那位爷，谁还有这手笔？”

直到脚步声远去，乌蔓才吐掉咬出了烟丝的苏烟，静音的手机里已经收到好几条薇薇的微信，催着她赶紧回化妆间换衣服。微信置顶的对话框始终毫无动静。

她不再等待，慢吞吞地走出厕所。附近的钟楼准点报时，走廊里迎面跑来几个挂着工作牌的员工，着急忙慌地用粤语交谈着。

乌蔓听不太懂，只隐隐约约听懂了“追野”两个字。

一个才出道不久就兴风作浪的名字。

乌蔓换好全部行头走到外面，才发现刚下完一场雨，地上油光水滑，浸着各色霓虹的水滩像极了在场人的争奇斗艳。

她踩着十厘米的细高跟，在一片淋漓里走得四平八稳。她所到之处，快门声比刚才的雨声还大。无数盏聚光灯围着，落在她裸露的后背上，再添一把柴就能燃烧起来。

这把柴说来就来了。

何慧语穿着和她相似的藕色长裙，蹬着恨天高在助理的搀扶下走到乌蔓身边候场。两个人的身型差不多，年纪也相仿，但气质截然不同。何慧语盘着头发，一丝不苟，露着细长的脖子，浑身透着恰到好处又似曾相识的优雅大气。

乌蔓则把头发染成了暗红，像夜莺的毛色，松垮地披在肩上，遮不完光裸的背，露出背上那一块胎记，很大块，形状像折断的羽毛，张牙舞爪地嵌在惨白的肌肤之上。那种毫无章法又颓丧的美，总感觉像是不该存在于这个世界上一样。

王不见王，一见就要伤筋动骨，快门声比方才更热烈，快把乌蔓的耳朵响炸了。

何慧语伸手拥抱她，分开时对她耳语："我要是你，绝对不穿这一身。"

乌蔓没搭腔，何慧语意味深长地道："今晚好像没在现场看到郁先生。"

乌蔓的笑意冷下来："主办方请的人，该去问主办方。"

"他不是和你更熟吗？"何慧语状似亲密地挽着她，用只有两人才能听见的音量呢喃，"看来外头的传言不是毫无依据，没了郁家泽，你拿什么和我争？"

乌蔓不动声色地抽回手："我还没把你放在眼里，谈得上争？"

她掠过何慧语走向红毯，薇薇捏着手机等在另一头，看见乌蔓下来，小跑过去递上手机："蔓姐，有微信来了。"

乌蔓的心跳快了一拍，她下意识地伸向手机的手转而拢了一把头发，然后才去拿。

然而，发来微信的人并不是她期待的那个，而是她的经纪人赵博语。

"撞衫这种事你怎么不和我商量？还是你已经知道结果了？那你也应该提前和我说一声啊，我这就给你安排庆功宴！"

乌蔓自嘲地回了两个字："没有。"

赵博语火速连发了好几条微信。

"郁先生这次怎么回事，不管吗？"

"八字没一撇你就敢撞衫……姑奶奶，硬拼咱们哪里拼得过何慧语。"

"我看这庆功宴八成要吹了，我先联系公关吧……"

乌蔓滑到微信置顶，备注着郁家泽，头像是一只小鸟，还是没有任何新消息。上次的对话停在一个月前，她回了冷冰冰的两个字：收到。

红毯环节结束后，颁奖典礼正式在香港文化中心开始。

台下几乎座无虚席，乌蔓粗粗地扫了一眼，发现有两个位子突兀地空着。

一个在最前排，那个位子她不用看都知道是属于郁家泽的。另一个位子在她后面几排，她看不清字条上贴着的名字，心下有些好奇。

台上主持人开始颁发第一个奖项，最佳新人奖。大屏幕上开始播放入围名单的节选表演片段，乌蔓抬头看去，发现好几个都挺面生，选出的片段可圈可点，但谈不上眼前一亮。

大屏轮播到最后是一段民国戏，穿着卡其背带裤的男孩子斜靠在凉亭旁，灯光很暗，他正在抽一支烟，火星影影绰绰地点亮鼻尖，除此之外什么都看不见。穿着旗袍的女人痴迷地靠上去，他轻笑着抬手推开帽檐，往女人身上吐了一个烟圈，眼睛却斜向镜头，瞬间亮出藏着的半张脸，烟灰落地，烧得看客心头一空。

乌蔓的视线落在跳出的名字上：追野 /《孽子》。

这部电影入围了戛城金柏主竞赛单元，主演追野是第一次演戏，大家都羡慕他太幸运，凭借这部电影蹭个提名已经是让大多数人眼红的履历，谁都没想到他真能斩获影帝。

毕竟当时的热门候选人可是 G 国的国宝级男演员，追野要打败他，就像蚂蚁要踩死一只大象。

因此，结果一出，全世界都为之震惊了。

那样崭新而年轻的东方面孔，肆意地瞥过众多金发碧眼，捧起"最佳男演员”的奖杯，在唇边轻轻一吻。谁能不嫉妒呢？这样的起点是大多数圈内人一辈子都到不了的顶点，天赋这东西真是霸道得不讲公平。

颁奖人也不故弄玄虚，开门见山，因为结果没有悬念。

“本届的‘最佳新人奖’，毋庸置疑，绝对是这位异军突起的新人演员——追野！”

导播的镜头追到了那张空空如也的座位上，原来那是他的位子。

“追野因为身体不适，今天遗憾地没能来到现场，但让我们同样送上掌声恭喜他。”

台下雷鸣般的掌声竟送给了一把空椅子。乌蔓觉得好笑，挑了下眉，连手都没抬。

她心里压根不信追野身体不适的说辞，回想起走廊上那几个擦肩而过的工作人员，估计就是因为追野故意撂挑子不来而上火，但主办方又不可能把这个奖颁给别人，金柏影帝要是输给其他新人，那就成笑话了。

金影奖虽然不如金柏奖，但在国内已经是最高级别的奖项了。乌蔓有耳闻他狂，却没想到他狂成这样。过刚易折，他刚进圈，以后有的是受挫的时候。乌蔓凉薄地想着，侧头发现何慧语借机在看她。何慧语点了点第一排郁家泽的空椅子，抿嘴笑，带着一种势在必得的从容。

场内密不透风，乌蔓神色如常，但也开始觉得缺氧。

熬过了漫长的等待，在即将公布“最佳女演员”之前，乌蔓的手机振动了一下。

微信置顶多出了一个未读红点。

郁家泽：“十周年礼物。”

接着，她听到台上的主持人报出了她的名字。

周围人都看了过来，嫉妒、不屑、探究、玩味……总之没有一种是带着善意的，但那又如何？成王败寇不需要讲过程，她赌赢了。

乌蔓在打下来的追光中微微眯起眼，紧绷的肩膀放松下来，笑意盈盈地站起身，居高临下地对上何慧语的视线。

对方煞白着脸，失态得忘记了鼓掌。

上台前，乌蔓俯下身在何慧语耳边轻声说：“我要是你，就绝对不穿这一身。”

颁奖礼折腾到很晚，结束时天星码头还是很热闹，水泄不通地围满了人。

乌蔓坐上保姆车离开，车子驶出一段距离后，街上慢慢冷清了。从盛大到荒芜，就隔着十几米，这就是娱乐圈。自出道到现在，乌蔓仍旧会有一点不适应的恍惚。

薇薇抱着手机不停地刷：“赵哥已经吩咐把稿子都发出去了，您得奖的热搜冲到第二了。”

“还不是第一？”

“第一是……”薇薇看了一眼，欲言又止。

乌蔓点开热搜，今晚第三次看到那个名字。

追野。

词条讲的是他缺席金影奖，但这条新闻的热度怎么会比自己还高？乌蔓纳闷地点开相关视频，一段用手机录的视频爆火。

手机的主人原本在拍夜樱，有个男孩子戴着鸭舌帽入了画，春夜里的满树樱花顿时都成了他的布景。

镜头一抖，手机后的声音颤颤地说：“你……你是追野吗？是追野吧！”

追野愣了愣，随后满不在乎地向镜头扔来一罐啤酒。

“喝吗？请你。”

“啊？谢谢……”

手机镜头转了一阵，又恢复正常。拍摄人疑惑地喃喃：“我不是在做梦吧？我现在居然和追野一起赏花喝酒？明明粉丝群里还在说你身体不适，所以缺席了颁奖礼，怎么会在这里呢……”

“去领一个水奖怎么比得上飞来看目黑川的樱花？”追野伸了个懒腰，躺倒在公园的草坪上，“一辈子那么短，过把瘾就死，不能浪费时间。”

“水……水奖？金影奖？”

“‘最佳女演员’颁给了乌蔓而不是何慧语的奖，不是水奖是什么？”

他看向镜头，又是那种惹人不快的、赤裸裸的眼神。

视频到此戛然而止。

保姆车内暖气呼呼地吹，沉默是今晚的奈何桥。

乌蔓面无表情，滑动微博的手指暴起一根青筋。

两分钟后，网友刷到乌蔓点赞了一条两个月前的营销号微博——

“新晋金柏影帝追野整日不务正业？又一新欢曝光，疑似大花何慧语！”

过了几秒，她取消点赞，发了条微博。

乌蔓：呵呵，手滑了。后面附了一个可爱的表情包。

她刚发完，赵博语的夺命连环电话就打进来了。

“姑奶奶，你这又是搞的哪一出？”

“只是教一教某个不知天高地厚的小孩。”

“他可是刚出道就吊打老戏骨，动不动就上热搜碾压流量的小孩，我们犯不着和他交恶啊！”

乌蔓漫不经心地划着营销号微博偷拍的那张图，画面很模糊，但依然能看清何慧语像是喝醉了，被追野从车上半抱下来。

“算不上交恶吧，我只是提醒一下他不该有恋爱脑，尤其在娱乐圈。为了帮绯闻女友出头，在背后诋毁竞争对手是最低级的行为。”

“话是这么说没错，但我们这个奖确实也拿得有点虚，这样公开叫板不是最合适的方式……”

“赵大经纪。”

赵博语不说话了。他知道乌蔓这么称呼他的时候，就是生气了。

“真可惜没能让你感受到带个天才的快乐，什么都操心挺累的吧？给你透露个消息，听说追野还没有经纪人。”说完，乌蔓一把掐了电话。

刚才反击的些微快意被这通电话搅得烟消云散，乌蔓点开微博，热搜第一已经变成了“乌蔓手滑”。

“美女太惨了，论红毯论奖项哪个不是艳压河马，河马除了老牛吃嫩草，还会别的吗？找的嫩草也真是没品他妈给没品开门——没品到家了。怎么，美女拿奖就是水奖，合着非得是他对象拿奖才是名正言顺？”

“今晚我第一记爆笑，何慧语除了老牛吃嫩草不会别的？到底是谁只会靠男人不会别的，大家有眼睛的都看得见！”

“你们两家对撕能不能别带追野？不带你哥就没流量了是吗？澄清过多少次了，追野只是后辈，礼貌地送前辈回家，开局一张图，造谣一张嘴，辟谣跑断腿。多多关注戛城影帝的作品吧，谢谢！”

“不是吧不是吧，影帝才出道多久就和小花大花都快传了个遍了。明明是只浪蝶，就别立禁欲乖宝人设了，群众不是瞎子。还礼貌送前辈回家，怎么对乌蔓前辈就口出狂言，真是选择性礼貌。”

乌蔓越看脸色越差，明明今晚打的是漂亮的背水一战，却被半路杀出的程咬金搅成了一滩浑水。她打心底厌恶这个面都没见过的新晋影帝。

回到酒店，乌蔓强撑着困意泡了个澡，迷迷糊糊在浴缸中睡了过去，最后是被手机铃声惊醒的。

来电显示是郁家泽。她的困意顿时消了大半，按下免提，男人的声音不疾不徐地传过来。

“我拨了有十分钟。”

“对不起，让您久等了。”

“我等的可不止这十分钟。”

他说的是她没有回那条“十周年礼物”的微信。

“您吊着我一个月，我几个小时不回，礼尚往来也算轻的了吧。”

“小骗子，明明是利用完我就把我丢到一边不理睬了。”郁家泽似乎在解领带，听筒里传来窸窸窣窣的声音，伴着他懒懒的声音，“这份礼物喜欢吗？”

乌蔓“嗯”了一声，道：“如果您没让我胆战心惊地猜，我会更喜欢。”

“觉得没希望的时候突然绝处逢生，不是很有意思吗？”他语气温温柔柔的，“其实本身这个奖项，评委早就选定了你，我不说，只是想看你惊喜的样子。”

水冷了，乌蔓打了个哆嗦。

“但你来问我的话，我也会告诉你的。”他轻声叹息，“可惜你就是不来找我。如果我一直不去找你，是不是你就当我死了，连墓志铭都帮我写好了？”

她“呸”了一声：“别乱说死不死的。”

他笑了：“你在担心我吗？”

“就是不吉利而已。”

郁家泽语气轻快：“别担心。无论我是明天死还是一百岁再死，我最后去的地方一定会是你身边。”

乌蔓觉得好笑。每一年都有坊间传言郁家泽和她分手，尤其在她迈入三十岁以后，唱衰声音更多。但事实上，郁家泽的控制欲一年比一年严重。电话里的那句情话乍一听很甜，但仔细一想就令人毛骨悚然。

“我最后去的地方一定会是你身边”……那不就是说，我做鬼也不会放过你？

第二天订的是晚班机，但乌蔓还是很早就醒了。

这些年，她的睡眠质量一直不好，总是在不同的点睡、不同的床睡，但好在一直在同一个人的身边。她出道一年后就跟郁家泽在一起，当时她二十一岁，除了一张皮囊，一无所有。郁家泽二十六岁，不但有皮囊，还拥有一切。无数女人费尽心思想见他一面，风情万种地喊上一句“郁少”。

而她第一次见到郁家泽时，却硬邦邦地说了句“您好”。

郁家泽漫不经心地看过来，兴味索然地审视了她一番，问她：“你是木头吗？”

乌蔓结结巴巴地说：“把‘您’字拆开，你凌驾于心上。这就是您。”

“小姑娘挺土啊。”郁家泽笑了，“不过土得挺可爱。”

当所有人都以为她没戏时，他却问：“你叫什么名字？”

“乌蔓，从藤蔓里飞出来的乌鸦。”

他若有所思。

当时所有人都以为他们只是露水情缘，毕竟在乌蔓之前，和郁家泽在一起最久的也不超过十天。

谁能想到十天被拉扯成十年，她被郁家泽捆在身边，见证他从被人称为

“郁少”到“郁先生”。

而她始终叫他“您”。

乌蔓下楼到酒店的健身房做了例行的一小时运动，再回房时，看到了本该在千里之外的赵博语等在她房间门口。

他哭丧着脸：“姑奶奶，我不远万里负荆请罪来了，你可别生气了。”

乌蔓没搭腔，打开门径自进去，但敞开的门还是泄露了一点态度。赵博语长出一口气，赶紧进门，把一摞纸质的剧本大纲推到乌蔓跟前。

“你得奖的消息一出，太多人来找我谈合作了，我挑了一晚上挑出几个不错的剧本，赶紧给你送过来了。你看看对哪个有兴趣？”

乌蔓终于肯开口了：“行吧，我看看。”

赵博语耐心地坐着等，观察着她一个一个翻下去，神色越来越淡漠。

“都拒了吧。”

“姑奶奶，这些都是最近顶级的好本子了，大卡司，大流量。这些你都看不上，你要什么？”

她要什么？乌蔓怔了一会儿，忽然摆弄了一下手机，一言不发地扔过去。赵博语手忙脚乱地接住，屏幕上是某瓣上她的影人界面。

“你看看这些作品，哪部不是大卡司、大流量，但哪部的评分超过了七分？”乌蔓笑容讽刺，“就算我拿了金影奖又如何？递过来的剧本还是之前这些，有意思吗？”

“那你想怎么样，你妄图拿个金影奖就更上一层楼？就算你再生气，我也要跟你说，做梦。”赵博语郑重其事地道，“除非你能拿一个更高水准，让其他人都无话可说的奖项。”

“金影奖已经是国内顶尖行列了。”

“谁说我们就要框死在国内？”赵博语犹豫了片刻，还是咬咬牙，把另一个剧本从包里抽出来，放到了桌上，“你看一下这个吧。”

乌蔓对他卖的关子兴致不大，躺在椅子上翻看，一页接着一页，身体却慢慢坐直了。

她抬起眼：“这个剧本是什么情况？”

赵博语心头一紧，暗叹果然。

“这个本子不是别人求上门的，是我特地找的，需要试戏。这是《孽子》导演的新作，依旧是奔着金柏奖去的。这可是可遇而不可求的本子，但对你来说太难抉择了。”

“为什么？”

“有很多尺度大的戏份。”

“……”

“可你之前都不能接这种剧本。能接的就那些，剧本受限，没有好的导演指点你，没有好的演员对戏，你能成长到现在的样子，已经是极限了。”

他看不见乌蔓的表情，因为她转过了椅子，对着厚窗帘，留下个暗红色的后脑勺。

“小蔓，我从不认为你不是天赋型演员，恰恰相反，你很有灵气，不然我怎么会一眼看中你？这么多年来，我知道你不甘心，我也清楚你一直想突破，所以我想了一晚上，还是把这个剧本带过来了，最后怎么选择，在你。”

“你是背着郁家泽把这个剧本带过来的吧。”乌蔓提醒他，“如果我接了，你也会受牵连。”

“这我当然清楚。”他顿了一下，又道，“但如果我能亲手捧出一个戛城影后，职业生涯也算圆满了。”

乌蔓转过来，大纲的一角已经被她捏破了。

“赵哥，谢谢你。”

赵博语一时间有些恍惚，乌蔓上一次叫他赵哥是什么时候，五年前？八年前？

她轻声说：“帮我联系一下，我要去。”

“你确定吗？”

“试试呗，万一人家根本看不上我呢。”乌蔓抠着掌心，“但在试戏之前，绝对不能让郁家泽知道。”

赵博语暗中联系好，通知乌蔓试戏的时间和地点。他说这次竞争会很激烈，乌蔓到了现场才知道他还是往轻了说，太多一线女演员在候场，简直梦回颁奖礼后台。

她看见了何慧语，何慧语也看见了她，面露惊讶。

“你怎么会来？”

“我怎么不能来？”

“你没看大纲吗？郁先生允许你接这种尺度的戏？”何慧语挑眉，“也对，应该轮不到他操心，毕竟你是拿不到这个角色的。”

“丧家犬就别在我门口吠了，怪吵的。”

乌蔓越过她，坐到角落里，仔细研读工作人员发下来的试镜片段。

故事叫《春夜》。

女主角是一个三十五岁的中年妇女，和丈夫维持无性婚姻已经有八年，两人也没有孩子，她虽然能感觉到丈夫依然爱她，但生活就像一条搁浅的船只在原地打转。直到那一晚，丈夫把一个少年带进家门，说他要在家中借住一段时间复读，希望妻子能多多照顾他。

巨浪来临，船只倾覆。

试戏的部分就是这段初遇。

等候室的大门打开，导演汪城走进来，他五十岁左右，精神气十足，明明已经很有威望，却还对着众人鞠躬。

“谢谢大家肯赏脸抽空来试戏。这个戏的男主角我是早定好的，今天我就干脆把他叫来了，你们和他对戏。”

乌蔓抬眼看向门口，心里咯噔了一下。

“追野。”导演叫道。

追野走进来，摘下口罩的那一瞬间，乌蔓想到了很多东西——

溅落的瀑布，爆裂的烟花，枪鸣时的起跑线，燃烧原野的火，夏日突袭的闪电……他和它们带有相同的气质，蓬勃、冲撞，难以掌控的肆意。

而这些，恰恰是现在的她最讨厌的东西。

乌蔓被排在倒数，前面的人单独进房间试戏，彼此都不知道对方演得怎么样。

她在这行已经很久没有试过戏了，几乎都是制片方求着她，很难再有豁出去争一个角色的机会。

她坐在椅子上看着试戏的人进进出出，像坐在十一年前的板凳上。

那时她第一次去试戏，是一个飘着雪的大冬天，但试戏的段落是一场夏天的戏。所有人都裹着羽绒服或军大衣，唯独她是穿着吊带和热裤来的。司机师傅一直从内视镜里打量她，怀疑自己载到了精神病。

她当时只想做到最好，哪怕是一个只有两句话水词的龙套，她也想方设法代入自己就是那个人，正身处那个夏天。

最后乌蔓拿到了那个角色，代价是当晚直接患了肺炎住院。她从来很舍得对自己下狠手。

乌蔓从回忆里抽离，调整了一下状态，走进试戏的房间，里头有四个人，摄像、编剧、导演，以及追野。

汪城问："可以直接开始吗？"

乌蔓对着巨大的落地镜深吸了一口气，点点头，追野便起身朝她走了过来。

少年身形颀长，在乌蔓面前站定后几乎可以将她包住。

乌蔓仰起脸，皮笑肉不笑地道："初次见面，久仰大名了，追影帝。"

追野放空了一两秒，似乎才听见乌蔓在说什么，那副怠慢的样子看得人心头火起。

"那我是不是该叫你一声乌影后？"他语气里的不确定听起来尤为刺耳。

只是两句开场白，短兵相接，乌蔓就觉得自己被全面压制了。

不爽，很不爽，可她还得压下火争取角色。

"开始吧。"

汪城一催促，乌蔓就感觉站在自己面前的人不一样了。

眉眼还是那样的眉眼，但少了属于追野本人的那股锋芒，多了一份天真和戒备，以及藏在心里的浓浓的好奇。

这里的情节点是丈夫简单介绍了一下便进卫生间了，留下他们两人。乌蔓觉得尴尬，拢了拢头发，看着窗外没话找话地说：“外头雨好像停了。”

追野轻轻“嗯”了一声。

他明明穿着一件正常的薄卫衣，但声音就像滴了水，仿佛他就是那个刚穿过一场淋漓的春雨走到女人面前的十八岁少年，残留的雨水从发梢滑进白衬衫，顺着他清瘦而单薄的肌肉蜿蜒而下。

乌蔓的视线自始至终没有和追野接触，甚至语气冷淡，完全没有待客的热情。

“等我老公出来，你进去洗个热水澡。我去给你收拾房间。”

她转过身朝反方向走，听到汪城在背后喊停。

戏还没有演完，却被叫停了。乌蔓下意识地以为是自己搞砸了，僵硬地停下动作。

汪城却皱着眉头看向追野：“是不是对戏太多，有点累了？”

居然是追野出了问题？乌蔓有些错愕。

他有些心不在焉：“可能是。我去休息一下。”说完，他就直接插兜推门出去了。

和那么多人对戏追野都没出岔子，偏偏到她这里没了状态。

乌蔓脸上的表情不是很好，此刻的尴尬比起刚才演出来的还要多。

汪城安抚地笑笑，说：“我对你刚才的表演很好奇，你是这么多人里第一个表现出冷淡情绪的。前面的表演者甚至有把目光很赤裸地投在肉体上，别忘了她是一个八年没性生活的女人，她的心里是有悸动的。”

“的确会有悸动，但我认为她会下意识地压抑这份悸动，不然她怎么能够忍受漫长无趣的八年？”乌蔓阐述她对人物的理解，“她不是一个对自己诚实的人。她甚至会暗示自己这个少年的出现是令她讨厌的，他是一个会带着她脱轨的破坏者。”

汪城和编剧对视了一眼，编剧点点头，汪城说：“谢谢你的表演。”

乌蔓走出排戏室，远远地看见廊下围了一群莺燕，刚才那个说要休息的人被围在中间，就像被蜂花围住的蝴蝶。她们眉飞色舞地与他调笑，他则来者不拒，散漫地勾着嘴角，忽而向排戏室的方向看过来。

乌蔓被他的视线抓个正着。

这一幕好似和《孽子》的预告片重叠。他也是那样斜靠在旗袍女人的身上，吐着烟圈，兴致寥寥的，突然就神采奕奕地看向镜头，看向正在凝视他的你。

乌蔓没有回避他的视线，眼神透露出毫不掩饰的嘲讽，这就是大影帝所谓的休息？

她偏过头离开了，转去厕所隔间，抽出一支苏烟咬上，给薇薇发消息让她来接自己。看时间差不多了，她吐掉烟出去，撞上正进来的何慧语。

何慧语看热闹不嫌事大，道："试得怎么样？听说刚才追野试到一半就出来了，这么多人里就你独一份这待遇。"

乌蔓拧开水龙头，仔仔细细地洗着手，不紧不慢地说："有时间担心我，不如担心一下你的小男友，我看他快被那群女人吃了。"

"我哪有资格担心他？"何慧语嗤笑，"你真的信了那个营销号微博，以为我们有一腿？他帮我说话只是因为他说实话，根本不是因为帮我。怎么，你听不得实话？"

"那我也说实话，你输的姿态挺难看的。"

何慧语噎了一下。

她不忿："金影奖被你拿走我真的无所谓，但是这个角色可不一样，不存在内定。谁输谁赢，这次才是见真章。"

乌蔓关掉水龙头，转过身抱臂看她："那如果你拿不到这个角色呢？"

何慧语嗤之以鼻："我拿不到，你以为你能拿到？"

所有试戏的人走后，汪城把摄像刚拍的片段投到大屏上重新让大家看了一遍，很多细节变得更加清晰。有的人展示出重新被点燃的鲜活，有的人展示出克制的悸动，有的人展示出对欲望的渴求。

他心里已经有了考量，但还是看向追野："你和谁对戏最有感觉？"

追野把玩着桌上的笔帽，没有立即回答。

"罢了罢了，我看你的表演就知道了。那个是最诚实的，不会骗人。"

他又看回大屏，一个个翻下来，最后停在某一个片段上，并把那个片段反复来回地看——正是乌蔓试戏时被叫停的前后段落。

“小子，我以为这里你是状态不好，但现在仔细一看，明明是状态太好了。”汪城用手指点着桌面，“和前面那些人对戏的反应都千篇一律，到了这儿完全不一样，我差点被你骗过去。”

他把画面暂停在追野看着乌蔓的眼神上。

Kilig，汪城想到了这个塔加拉族语，那是一种看到一个人，成千上万只蝴蝶会从胃里眼里心里翩翩涌起，扑朔乱飞，方寸大乱的欢喜。

他很惊讶追野居然仅仅是试戏就能把这种少年的怦然心动演出来……他是天生的演员，自己真的挖到宝了，汪城心里这样想着，但嘴上还挑着刺：“到时候再往里收一点，那个尺度会更好。”

他都不知道追野有没有听进去，因为追野只是撑着脸，歪头看着大屏幕。

乌蔓上车后惯例戴上眼罩开始休息，再次睁开眼，发现车子没回家，竟然开到了金城酒店。

薇薇嗫嚅道：“郁先生吩咐的，他还让我们不要提前告诉您。”

乌蔓心头一滞，她知道一试戏消息就瞒不住了，该来的总会来的。

久违的“惩罚”。

她做过所有忤逆他的事，都会受到相应的惩罚。每一次都不会重样，像是在开一个盲盒，上次是蛇，也许这次就换成了蜘蛛。总之哪一样都不会让人好过。

乌蔓接过房卡的手微抖，勉强控制住，上了楼。

顶层的总统套房里没有人，桌上放着一张小卡，字迹仿若篆刻，却是郁家泽亲手写的。

“换上。在这里等我。”

旁边的衣架上挂着一条香槟色小礼服，是今春顶奢款，却被人毫不怜惜地从裙摆处往上剪开，一直到大腿根。

晚上八点半，2021 包厢。

今天是某电影票房大卖的庆功宴，制片人请了主创还有出品方，其中最大的出品人是郁家泽，他本来拒绝了邀请，又临时决定参加，这可愁坏了制片人。订好的一桌菜品全推翻，让酒店重新做，每一道都做辣的口味，越辣越好。

满桌红彤彤的辣油看得众人面如土色，有愣头青不知情，小声向同伴吐槽："制片人疯了吧，也不照顾一下大家的口味，全是辣的，还都是变态辣，这谁吃得下？"

"马上要来的那位大佬吃得下。"

"哪个糟老头子？吃这么辣当心嗝屁！"

他还想继续吐槽，同伴拧了一下他胳膊，示意他噤声。他顺着同伴的视线看去，包厢门开了，一个身着棕色呢大衣的男人揽着女人的细腰走进来。

他瞬间就被女人吸引了注意力，这不是前阵子拿了金影奖"最佳女演员"，现在风头正盛的乌蔓吗？

她穿着一件低胸的香槟礼服，但奇怪的是礼服下摆被剪开了。

他觉得口渴，不由自主地喝了口水，目光还停留在她裙下的风景上——因为高开口能看到半遮半掩的黑色蕾丝袜，束口勒在饱满的大腿肉上，泛出一圈红痕，随着她的走动越勒越深。

而她其他地方则是冷淡又工整的，衬着那点黑白红格外抓人，是明知禁忌却让人飞蛾扑火的诱惑。

真骚。他在心里暗道了一句，忽然感受到一股压迫感十足的视线从头顶碾过。

他抬起头，是刚才的那个男人，正似笑非笑地看着他。他瞬间就坐直了，也不知道为什么，像是身体的本能预警。

同伴瞥着他僵硬的表情，小声说："他就是你口中的糟老头子，郁家泽。"

喝的水哽在喉间，他猛烈地呛了两声，郁家泽的视线让他不敢对视，即便只是浅浅的余光，他都能感觉出那是一个让人自惭形秽的男人。

他自诩靠脸吃饭，但比起郁家泽，他这张脸便拿不出手了。而于郁家泽而言，脸却是他最不值得一提的东西。

大概只有这样的人物，才能拥有乌蔓。

全世界最珍贵的艺术品合该落入眼光最好的收藏家手中。他连嫉妒的情绪都不敢有。

乌蔓穿着那条暴露的裙子被郁家泽揽进包厢时，胃就开始神经性地抽疼。当看到桌上那一桌辣菜，她脸上的笑再难维持下去。众人若有若无地滑过她腿间的视线，更让她感到难以自抑的难堪。

她故作冷静，忽视所有的目光。

郁家泽体贴地摩挲着她的腰间，下一秒使力摁着她坐下，笑道："帮我试试菜。"

他转动圆桌，把最辣的一道菜转到乌蔓面前。

乌蔓和他对视了几秒，眉头不带皱地大口吃下，辣椒顺着食管一路烧到胃。她压住冒上来的咳嗽，胸口起伏个不停。

"看样子挺好吃的。"郁家泽轻描淡写地道，"好吃就把这盘吃光吧。"

说完，他不再看乌蔓，坐下来和旁边的人谈笑风生。

他左手边是个大腹便便的老总，姓许，也投资了这部电影，虽然只是很小的份额。郁家泽和他算是旧识，两人经常在这种觥筹交错的宴会遇见。

他给郁家泽倒上酒，殷勤地道："这是我带过来的藏酒，不知道您喝不喝得惯。"

郁家泽轻抿一口："挺不错的。"

"您喜欢的话一会儿可以捎上一瓶。"许总扫了一眼还在一边埋头吃菜的乌蔓，她嘴唇鲜红，比菜色还红上几分，他无意识地舔了舔嘴唇，"说起来，好久没看见您带乌小姐出席宴会了，我还以为您已经和她分开了。"

"那你真是不太了解我。我的人，我不会让别人碰一根指头。"郁家泽遗憾地说，"只有不是我的女人，我才会带来这种场合，让人看看。"

"这……"许总的眼神飘到乌蔓身上。

郁家泽端起酒杯，做了个"请"的手势。

许总了然一笑："女人嘛，年纪大了确实没意思。我手底下新签了几个模特，您要是感兴趣，可以和酒一并捎走。"

郁家泽没表态，一口一口地饮酒。

坐在旁边的乌蔓全程听了他们的对话，不知道是话还是辣椒的原因，一股想吐的冲动涌上喉咙。

她匆匆站起身："我去趟洗手间。"

一冲进厕所，乌蔓就抱着马桶吐得昏天暗地。她一早就准备试戏，压力大得吃不下东西。在这之前她什么都没吃，胃根本受不了。

吐到最后，她感觉胆汁都快吐出来了，才浑身虚脱地从地上爬起来。她看着镜子里面色苍白的自己，衣服凌乱，还沾着呕吐物，嘴唇微微发肿。

真是狼狈。

乌蔓冲着镜子露出一抹嘲讽的笑，一点一点仔细把自己收拾干净了，粉饰得刀枪不入，才又回到了令人窒息的包厢。

一直到庆功宴结束，郁家泽都没有再同乌蔓说一句话。

许总观察了一晚上，终于放下心，在乌蔓起身拿包时凑到她身后，把自己的名片夹到她的低胸礼服上。

他油腻的语气混着酒气直往乌蔓的耳朵上喷："虽然你年纪大了，但我很大方的，完全不介意你之后来找我……"

乌蔓只看到郁家泽倚在门边，轻慢又冷漠地旁观着。

"那我提前谢谢许总。"

她把名片收进包里，走到郁家泽身边，盯着他："您满意了？"

气氛凝滞，周围人一看架势不对，纷纷离开了，还贴心地把门带上。

郁家泽将手插进她的发间，用大拇指慢慢地摩挲："你看，没有我的庇护，你就是刚才那样的下场，被恶心的老男人揩油，还得笑脸相迎。"

乌蔓不吭声。

"知道错了吗？"

乌蔓捏紧手心："一个演员想争取好的角色，怎么就是错了？"

郁家泽的手倏然收紧，抓起她的头发拉向自己，鼻尖对着鼻尖。

"看来我真把你宠坏了。演员？你首先是我的女人，才会被人高看一眼，不要忘了主次。"

乌蔓头皮抽痛，她别过脸，咬住发肿的下唇。

“你好好跟我说，我会拦着你去演这个角色吗？”郁家泽慢慢松开手，冰冷的指节顺着她的脸颊下移，滑到她的唇边摩挲，“但前提是亲密戏必须借位，或者用替身。”

这话和扼杀无异，汪城怎么可能允许他的演员借位，尤其是这种情感极强烈的戏，尺度大的戏都要拍得很细腻，浑水摸鱼是行不通的。

她心里有些绝望，但转念一想，这个角色八成也轮不到她，没必要在这个时候对着郁家泽以卵击石火上浇油，先应下来再说，不然还不知道他会怎样发疯。

她扯出一抹难看的笑：“好。”

郁家泽从上衣口袋里掏出手帕，用它隔着裹住她手包的柄，远远一投，扔进了垃圾桶。

“那包脏了，我重新给你买一个。”

丝绒的手包搭扣在飞行过程中松开，那张名片从包中飞了出来，轻飘飘地跟着落地。

出门前，郁家泽脱下大衣递给她：“快挡上，还嫌露得不够多？”

明明是你逼我穿的，神经病。

乌蔓不敢再多说一个字，默默地披上。

郁家泽看她两眼，皱起眉，忽然一把将她打横抱起，扯下那件快拖地的大衣，直接从上头盖住她的腿，就这么抱着她一路出了包厢。

乌蔓怎么也没有料到，几天后，汪城亲自约了她。

他笑眯眯地把《春夜》的完整剧本摊在她面前：“乌蔓，你就是我们心目中的邓荔枝。”

她瞬间愣住了。

“我们？”

“我，编剧，制片人。”汪城顿了一下，又道，“还有追野。”

乌蔓差点怀疑自己幻听了，那个偏见大到就差指着她的鼻子说“我看不起你”的追野，居然在那么多优秀的演员里独独选中了她？

汪城向她伸出手：“《孽子》可惜了一点，没能拿下金柏大奖。但我对《春夜》信心十足，它会是我的，也会是你的代表作。”

乌蔓愣怔地看着那双手，好似如来的神掌，是劫是缘，她不知道。

她没有立刻答应，想起前几天郁家泽的发疯行为还心有余悸，说要再仔细想想。

回去之后，她再度翻看了汪城的所有作品和采访，他毕业于电影学院导演系，执导的第一部电影就上了院线，成为当年金龙奖的最佳新人导演。顶着这个光环在商业电影的前路上一片大好时，他却突然和一个地下电影的制片人合作，剑走偏锋，拍他真正想拍的电影。

而事实证明，他赌对了。

她要不要也剑走偏锋地赌一次？时机并不总是青睐自己的，乌蔓很清楚以自己的水准能拿下这个角色，真的是撞了大运。

她心乱如麻，电脑屏幕上反复播放着汪城带领《孽子》剧组参加戛城电影节的视频。

那条不长的红毯是每个电影人都要花漫长的时间才能走上的地方。

汪城旁边站着高出他快两个头的追野，烫好的卷发向后梳起，一身挺阔的黑色西装，却不好好打领结，里头的白衬衫解开了两颗扣子，神采飞扬，带着几分雀跃、几分活泼，像一个小王子。

记者蜂拥围上来，采访追野：“请问斩获影帝后你最大的感受是什么？”

他想了想，说：“不虚此行。”

谢天谢地，他没有说“水奖”两个字，不然乌蔓真的会嫉妒得把他列入暗杀名单。

“收获良多吗？能不能展开讲讲？”

他竖起大拇指：“影节宫外斜对面的那家法式餐厅的生蚝真好吃。”他对着镜头轻轻地眨了下眼睛，“你们这个采访会翻译成法语吗？让那家老板看到，下次给我打个折吧，我可是免费帮他们打广告了。”

记者擦冷汗：“你下次都安排好了啊。”

“当然，戛城不会只邀请我这一次。”

如此笃定，透着让人咋舌的轻狂，可就是让人不得不相信，他的确有这样的资本。

另一个记者冒出来，噼里啪啦地问：“你刚出道就展示了如此演技，是系统学习过吗？”

“没学过。”他云淡风轻地说，“但汪导说我是体验派，因为我什么都来真的。”

屏幕前的乌蔓眼皮一跳。

她低头看向手里汪城给的《春夜》剧本，里头涉及诸多亲密戏……

如果接了的话，这些戏她逃得掉吗？乌蔓犹豫不决的心更乱了。

等到把《春夜》的剧本看完，乌蔓才发现自己熬了个大夜。太阳还没升起来，只隐隐露出了点儿光亮。

她完全感觉不到困意，走到阳台掏出烟咬上。

她已经好几年没真的抽过烟，要说瘾早没了，只是个惯性动作。可此时此刻，烟瘾突然上来了，她翻遍房间都没能找到一只打火机，不知道什么时候都被郁家泽扔了，只因为他不喜欢烟味。

乌蔓看着手里的剧本，内心难以抑制地躁动。

当演员这么多年，这是第一次她这么喜欢一个故事，字里行间的潮湿让她想起南方，永远不会停的雨，将要过期的肉体，缠绵中透着腐坏。

那种陈腐又新鲜的冲动瞬间席卷了她内心深处的某个部分，她自己都不知道原来她会偏爱这种故事。

黎明唱起了骊歌，躁动的鼓点敲击着乌蔓的神经，太阳穴突突地跳，凭着眼下的冲动，她给导演发了一条信息。

她自己都觉得这个提案很荒谬，刚发出去就后悔了，想要撤回消息。

然而，手机很快振动了一下，导演回复了。

他说可以。

赵博语知道她真的拿下了邓荔枝这个角色之后抽了自己一巴掌，说："我在做梦？"

"所以你压根不信我能拿下？"乌蔓敷衍地回道，她埋头捣鼓着修图软件，给自己刚拍的《春夜》剧本打马赛克。

她故意把"春"字露了出来，修图完毕，发布微博。

微博上，乌蔓：万物复苏。

赵博语还处于震惊状态："我是不信郁家泽会同意你接，这么大尺度……"

"他同意了，前提是和男演员的亲密戏，都不能真身上。"乌蔓放下手机，"然后我说服了导演。"

"你确定你不是在编段子？"赵博语难以置信，"汪城对电影的要求这么高，怎么会同意你的荒唐要求？"

"当然是因为我搬出了郁家泽。我跟他说，您既然已经选了我，就必须接受我在亲密戏上的保守原则，郁家泽还会投资。不然我就吹枕边风，让郁家泽动用人脉卡一卡这部电影的发行证，到时候连参加电影节的资格都没有。"

"真的假的……汪导没有气出心脏病吗？"

乌蔓胡诌："差一点吧。"

她和汪城的密谋，现在不能让任何人知道。

赵博语长叹了一口气："完了完了，这下肯定把汪导得罪了，你拍戏的时候小心点。哦，对了，这部电影的男主角定的是追野吧，你到时候进组了可别跟人家杠上。他毕竟年轻，意气风发，你别和他一般见识。"

乌蔓脑海里突然闪过追野无比认真的眼神，穿透了镜头看向她，说，我什么都来真的。

她心不在焉地说："你先担心自己吧，郁家泽过两天就来收拾你了。"

座位上的手机在她发完微博后就振动个不停，网上已经讨论得热火朝天。

某营销号微博爆料："乌蔓微博刚发的剧本是汪城新作，男主演已确定是追野。"

网友纷纷在底下评论。

“非官宣不约，我们家追野没任何动静。他不是和汪导拍一部就绑定了好吗？别带帅哥出场了。”

“笑死人了，就乌蔓的演技，汪城能看上她？如果真的是他的本子，只能说汪城也被收买了，绝了。”

众说纷纭，大家总体上还是不相信乌蔓真能拿下汪城电影的女一号。

但是何慧语很清楚，她得知自己落选之后就一直在猜汪城到底选了谁，偷偷打听了她觉得可能的人选，大家都说没戏。直到她看到乌蔓的微博，那个剧本分明就是《春夜》。她完全不敢相信，忍不住悲哀地想，汪城也被收买了吗？

几分钟后，吃瓜群众刷到了何慧语的一条新微博，明显是和乌蔓对着干。

何慧语：万物已死。

营销号微博像阴沟里的老鼠，闻着味立刻出动：“何慧语内涵乌蔓为哪般？据传新剧本已内定何慧语，乌蔓横插一脚。”

这条微博又掀起一波热议。

“乌蔓太过分了，注水乌鸦滚出娱乐圈！”

“汪城和他的新电影还想入围金柏？等着入围金扫帚还差不多。”

而他们口中过分的注水乌鸦已经回到了别墅，网购的菜谱到了，她系上围裙，开始学做菜。

《春夜》的女主角是一个全职太太，没有工作，唯一得心应手的就是家务。乌蔓在这一点上和她截然不同，这些年她的生活都有人打理，不需要她亲力亲为，她也打心底里不喜欢做这些。在家务这块，她完全是个新手。

虽然剧本里只有很零散的画面描写，也许成片剪出来不过几秒，但乌蔓认为自己有必要认真地学一学。

于是，在进组前的这段时间，她让阿姨带薪休假，独自包揽了别墅卫生和一日三餐，闲下来就琢磨剧本。郁家泽来过一次，被她做饭的样子吓到了。

他尝了一口她做的菜，文质彬彬地吐掉后说：“你做的是饲料吗？”

其间，乌蔓又完成了几个早就排好的广告和杂志拍摄，定完妆，一个月后正式进组。

道具组的棚还在搭，统筹的通告出来，开头一段日子全是外景戏。因为故事发生在春天，需要赶在春天结束前把需要的外景拍完。

外景地点在广州，乌蔓提前一天飞过去，参加剧组的开机仪式。

汪城有个特别的习惯，别的剧组开机仪式随便放点贡品大家简单拜一拜就糊弄过去了，但他不。他一定会挑个当地的寺庙跪拜祈福。他说每一片土地都是有灵性的，咱们外来者闯入，要拜一拜求得庇佑，接下来电影的气运都会很旺。

到了寺庙，汪城要求两位主演并排跪在佛像面前，一起磕头，祈祷拍摄顺利。这是乌蔓在试戏之后再次见到追野。

之前，他们的定妆照是分开拍的，为了贴合角色，定妆照上他的发型是平头，耳朵上面剃了一个十字伤疤。

看到真人后，乌蔓发现追野看上去远比照片上更桀骜难驯。

他穿着背后是老鹰和富士山刺绣的长外套，往佛堂门口一站，看着不像是来上香的，更像是来收香火保护费的。

乌蔓在蒲团上跪下，追野跟着跪在她身边，佛堂疏旷，佛像顶天立地，垂眸慈悲地看着跪于身前的二人。

乌蔓心里别扭，她不是一个有信仰的人，但扑面而来的肃穆还是震住了她。

跪拜完起身，追野和她说了今天的第一句话："听说这个寺庙求姻缘很灵，很多情侣会像我们这样来跪拜。佛祖今天要是没睡醒，把我们看错了怎么办？"

那口气，好像佛祖认错了，他就要血溅于此以示清白。

"我们满脸写着不熟，佛祖不会那么瞎眼。"乌蔓无语，"再说了，你相信这世界上真的有神灵？"

"你不信？"

"那都是骗小孩的。"乌蔓掸掉身上的香灰，"信神灵不如信自己。"

追野沉默了一会儿，嗤笑道："那你可真是无趣的大人。"

乌蔓不置可否，他们走出佛堂来到廊下，一个小僧正在和路人搭话。

“施主要不要求个姻缘，我们后院的姻缘树特别灵。单身朋友保桃花朵朵，暗恋者保终成眷属，有对象的保长长久久。”

小姑娘眉飞色舞地说：“好啊！”

小僧比了个“五”：“五十块钱一个铃铛哦。”

乌蔓意有所指：“这就是你说的神灵吗？还明码标价。”

追野不以为然：“人上班有工资，神上班就让神打白工吗？乌影后别太抠门了。”他掏出手机打开支付宝对着小僧，“我也来一个，支持一下月老的工作。”

乌蔓无语，五十块钱虽少，但她绝不会像他这样浪费在这种东西上。

追野扫完码，小僧从旁边的塑料箱里拿出一个铜都氧化了的铃铛递给他：“施主在下面的便笺上写下你和另一个人的名字，然后挂在后面的树上就可以了。”

乌蔓觉得实在滑稽，抱臂围观：“你挑名字都得挑半天吧。”

追野没回应，低下头“唰唰”两笔写完了。乌蔓斜着眼睛偷看，人在八卦面前总是抑制不住好奇心。不知道这位绯闻缠身的年轻影帝，到底爱谁呢？

只见便笺上写着龙飞凤舞的两个名字：追野、小黄。

她在脑海里过了一遍，实在想不到圈里有哪个女演员的外号或昵称叫这个。

也太土了点……影帝的品位实在差劲。

追野抬起头，偷看的乌蔓被抓了个正着。

他转着笔，勾起嘴角：“你想知道我的八卦可以不用偷偷摸摸的，与其点赞营销号的微博，不如直接问我这个正主，保真。”

乌蔓很想敲醒自恋的他，振聋发聩地告诉他，老娘点赞营销号的微博只是为了反击你的言论，你的感情生活我毫不关心！

但刚才偷看被抓，她实在没有底气。

她呵呵一笑，顺杆子往上爬：“你女朋友的名字挺特别，圈子里没有这号人。”

“嗯，这是一条狗。”

“……”乌蔓想到了不太好的东西。

他斜睨了她一眼：“小黄是我去年拍戏的时候捡到的，兽医说它有病，活不长，所以被抛弃了。”便笺被他很珍视地托在手心，语气是令乌蔓惊讶的温柔，“但我希望它能长长久久地陪在我身边，也许会有奇迹呢。”

乌蔓尴尬地咳嗽一声：“哦……”

在这一刻，她忽然发现这位影帝真的就是个二十岁的大男孩，带着只有那个年纪才会有的丰沛柔软，还有一厢情愿的天真。也难怪他会大言不惭地说出针对她的话，最后却在选角时又认同了她。

她带着某种扳回一城的优越，挑起眉说：“果真还是小孩啊。”

“小孩？”

追野动作一滞，放下准备挂在树上的铃铛，转身走到她面前，板鞋的鞋尖对上高跟鞋。乌蔓下意识地后退了一步。

“你好像对小孩很了解。”他弯下腰，直视着她的眼睛，笑着问，“那小孩喜欢神明，喜欢小狗，还喜欢什么，你知道吗？”

乌蔓蒙了一下，这是什么问题？

追野当然没有指望她会回答，顿了一下，又说：“还喜欢……捉弄人。”

他直起身，插着兜倒退两步，单手比了个“开枪”的手势，对着乌蔓的心脏方向，手腕轻巧一抬：“所以，不要轻易招惹小孩。”

第二章

一头孤岛的鲸鱼

开机仪式结束后是剧组惯例的聚餐，一般是几个主创，大家喝喝酒聊开了，就不那么生疏了。

在这之前，她只知道男主角是追野，到了剧组后才见到其他演员。扮演她老公的钟岳清是香港人，年轻时是香港影片的扛把子，年纪稍大后瞄准内地市场，北上发展，现在混得也算风生水起。

女二号丁佳期正好十八岁，完全贴合角色。她长着一张极清纯的脸，举手投足都带着没有被世事打磨过的天真。据说这个演员是汪导一所所学校走访挖出来的。她和追野也有对手感情戏，戏份虽然不多，但很重。

到了饭桌上，乌蔓一眼就注意到了丁佳期。大概是女人天生的敏感，她的视线不着痕迹地从女孩不需要打针也那么饱满的苹果肌上滑过，心头闪过很淡很淡的感慨。

娱乐圈就是这样，永远有新鲜漂亮的人像龙卷风一样冒出来。她这个爬到山巅的老人永远不知道什么时候就被刮下去了。

这大概也是她无法离开郁家泽的原因之一，靠着他，不至于摔得粉身碎骨，而且确实可以避免很多麻烦。

比如此刻，她看见钟岳清端着酒直奔丁佳期去了，他根本不敢来灌自己，只会对这种涉世未深的小女孩下手。

丁佳期显然是第一次碰上这种场面，在钟岳清的引导下拿起了酒杯。

她不擅长喝酒，刚下肚就咳嗽起来，雪白的脖子瞬间泛红，钟岳清看得眼睛都直了，嘴上还不饶人地说：“不会喝酒就要多练练嘛，入这行不会喝酒怎么能行。”

乌蔓在心里嗤笑，有人则直接笑出了声。

笑出声的人正是追野。他神不知鬼不觉地站到了钟岳清和丁佳期之间，抬手挡住了那杯酒。

“我怎么不知道当演员要靠喝酒，这是你们港圈的规矩吗？”

钟岳清脸色不大好看：“你不知道的规矩多着呢，慢慢学吧。”

“你说得对，所以我绝不好为人师，教人这教人那，结果输出的全是些垃圾。”

钟岳清脸色更黑，导演适时出来打圆场："岳清，追野这小子就是这副德行，他在我上个剧组也快把人得罪光了。其实他很可爱的。追野你也是，岳清是前辈，你客气点懂不懂？"

追野不置可否，同钟岳清碰了碰杯，饮尽拦到手中的酒："我干杯，你随意。"

这样就当赔不是了，也不管人家接不接受，任性妄为得很。

乌蔓冷眼旁观着这一出"英雄救美"的闹剧，心里想追野这直来直去的性格是真的会吃大亏，同时，她再次肯定这人不是真的故意针对自己，他针对的是所有他看不惯的人和事。真不知道他哪来那么多热血。

被救美的丁佳期热烈又羞赧地注视着追野，追野察觉到后瞥了她一眼，她就看向别处，故意用手拨动耳后的头发。

这种眉来眼去的纯情戏码，乌蔓没有兴趣围观。她起身朝导演打了个招呼："汪导，没事的话我先回去了。"

汪导拉住她："你们两位主演不聊聊？"

"小孩忙着和美女聊天，我就不煞风景了，再说早上也聊了一下。"

"你这是要一直叫下去了？"追野的声音冷不丁在乌蔓身后响起，"那我是不是也该从乌影后改口叫大姐姐？"

她转身看向他，追野脸上浮着酒后的潮红，语气里含着隐隐约约的不爽。

"你要是想这么叫，我也不反对。"

"叠字叫起来有点幼稚，那就少一个字吧，大姐。"

乌蔓觉得自己拳头硬了。

他又自顾自地道："算了，要不还是叫阿姐吧。"

阿姐，是剧本里少年陈南对邓荔枝的称呼。

汪城插嘴道："这么快就入戏了，看来明天开场拍的戏我不用太担心了。"

追野耸肩："本来就不用担心，横竖都是借位。"

他擦着她的肩走过时，歪头状似不经意地耳语："毕竟阿姐'家教'很严。"

《春夜》正式开始了拍摄日程。

摄制组布光架灯的工夫，乌蔓拿着剧本边看边做造型，脑海里不断地过滤剧情的前前后后。

追野饰演的陈南会闯入邓荔枝的生活，原因和他的家庭有关。

他的母亲和邓荔枝的丈夫是老乡，年轻时来广州打工，嫁给了一个男人。本以为对方是个富豪，后来却发现对方是打肿脸充胖子，在香港只有一间厕所大的蜗居，整日不务正业，游手好闲，妻儿不管。她忍受不了这样的生活，勾搭上内地的一个富商，扔下陈南跑了。

离婚前，她联系到老乡，说能不能让陈南去他那儿住一段日子。他去年考学失利，一个人跑去广州打工。她不舍得儿子就这么断送下半生，两人长谈了一番，陈南答应了她会再试一次，但她怕他是敷衍自己，只好拜托老友敦促。

而陈南确实发现成年人的世界太残酷了。他天真地以为自己可以活下去，但发现自己的文凭干不了什么。他在广州活不下去，在香港的那个家他又不想回。至于陈南为什么会同意住进邓荔枝的家，并非是觉得来回过关有多么辛苦，这么多年他早习惯了。

他只是想逃离。

他厌恶那个伸展不开身体的四方牢笼，厌恶那个光线昏暗的走廊，厌恶那个满身酒气的男人，厌恶那个嘴上唠唠叨叨、眼底时不时露出怨恨的女人。

这一场拍的就是陈南不想回香港，也不想回邓荔枝的家，一个人在滂沱大雨的广州街头如行尸般游走，然后撞上了来找他的邓荔枝。

造型做完，乌蔓看着镜子里衣着朴素的自己，深吸了一口气，从现在开始，你就是她，你就是那个生活如一潭死水的邓荔枝。

她到片场时，追野已经做完造型了，正拿着剧本迎面走过来。

这一场是雨中戏，他换上了白衬衫，皱巴巴的，鞋子故意沾上了泥浆，整个人显得灰蒙蒙的，但那双眼睛是明亮的，是一种无论被多少污浊的雨水掩盖都不会熄灭的明亮。

他上下扫了她同样暗沉的造型一眼，微微摇头。

又是哪里让他看不顺眼了？乌蔓在心里翻了个白眼，假装没看见。

但追野非常不知情识趣，主动开口：“其实定妆照出来的时候我就想说了，你的造型不太行。”

“你又有何高见？”

他拦住她的去路，像学生时代一时兴起把女生围堵在走廊上的坏男孩，表情却一本正经，似乎劈头盖脸就要挑一堆毛病。

“还是过分漂亮了。”他说。

乌蔓的心跳没来由地漏了一拍，就听见追野懒懒地补充道：“和我一开始看剧本时想象的邓荔枝不一样，会影响我入戏，有点麻烦。”

心脏落回原处，变成额头青筋一跳。

她内心默念，宰相肚里能撑船，不和小年轻一般见识。

开拍前，汪导让两人走了下大致的位置，确定好机位和景别就正式开始了。

场记拍下板，镜头开始转动。

道具组准备的雨水瓢泼而下，瞬间把追野的白衬衫打湿，头上尖尖的短茬上粘着一滴滴水珠，衬得他像无家可归的小刺猬。

这只小刺猬湿淋淋地蹲在街边的卷帘门边躲雨，周围的人行色匆匆，没有谁为他停留。

他垂下头，把自己的鞋带解开，又系上，再解开，乐此不疲。

不知道第几次解开时，有一双手比他更快地捏住了鞋带。

追野饰演的陈南错愕地抬起眼，看见乌蔓，也就是邓荔枝肩头夹着一柄灰伞，蹲下身替他系鞋带。

她的衣服和伞一样，也是灰扑扑的，衣摆沾着斜风细雨，抹去了她身上的油烟味，闻起来是一股醉人的潮湿。

两人都没有开口，陈南愣怔地盯着她给自己系鞋带的手。原本是极好看的手，修长，柔软，偏偏布满了老茧。

那是比他多生活了好多年的证据。

他闷闷地说：“为什么打个这么复杂的结？”

“这样你下次解开的时候，或许会有一种解谜的乐趣。”

“你不问我为什么不回去吗？”

“我不用问，我很清楚……”邓荔枝顿了一下，又道，“有的时候买完菜回家，明明快到饭点了该回去做饭，我却突然站在马路边等红灯变成绿灯再变成红灯……”

“你那是偷懒吧？”

邓荔枝笑：“你要这么说也行。”

一直观察着监视器的汪城拿起对讲机道：“停一下。”

道具组停掉雨水，追野和乌蔓站起身看向导演。乌蔓有些不安地问：“是不是刚才情绪不太对？”

汪城问她：“你觉得哪里不太对？”

汪城在片场像变了一个人，没有半点多余的表情，比乌蔓还矮上一点的个子带来的却是十足的压迫感。

周围人的目光盯着她，她张了张口，不知道该说什么。

她太久没有拍戏的时候被人打断了，然后指着鼻子暗示她演得不行，当面让她下不来台。

所以乌蔓一时间真的转不过弯，脑子有点蒙，又有点乱，一会儿是这个部分邓荔枝到底该用什么样的姿态说话，一会儿是大家都在看挺丢人的，一会儿是开拍第一条就出岔子，她是不是真的挺没用的？

气氛僵持，追野忽然打了个喷嚏。

“这么耗下去我得感冒，导演，等我一下，我再去贴两片暖宝宝。”说完，他甩下大家就大摇大摆地走了。

汪城说：“正好，大家都休息一下吧。”

窒息的气氛解除，片场又恢复了闹哄哄的状态。

乌蔓也坐回了休息的折叠椅上，把剧本拿到手中，盯着剧本里的那一行字念念有词：“邓荔枝系好鞋带，看着陈南，神色平静地对他说……”

“你觉得这个平静是真的平静吗？”

汪城忽然坐到她对面，斜眼瞟到她手上密密麻麻地写满注释的剧本，面色稍霁。

“不是。”乌蔓脱口而出，然后才慢慢地斟酌着说，“她知道自己的生活很糟糕，却一直粉饰太平，但她为了安慰陈南，还是说了这一番话。但她觉得这样很丢脸，因为这背后深层次的原因是无性婚姻，对一个女人来说这是很羞耻的，所以她只能故作平静。”

“你对邓荔枝的理解还是太片面了。”汪城摇摇头，“就像你在试戏的时候说的，她能忍受这样的生活长达八年，一方面有她压抑自我的原因，但压抑到了极限，你想过人会变得怎么样吗？”

乌蔓迟疑地说：“会自我厌恶吧。”

“不，是认同。她性格里的某一部分已经被同化了。她不仅被桎梏在一段没有激情的婚姻生活中，更被桎梏在自己已经死亡的灵魂里。而这一切通常是潜移默化发生的，如果没有契机，有些人可能到死都不明白。所以邓荔枝的平静不是故作，而是一种不自知。”

乌蔓的心口没来由地被针扎了一下，那种感觉很奇妙，像是一头孤岛的鲸鱼穿越了漫长的光阴听到某种召唤，在这一刻，她的灵魂和邓荔枝产生了共鸣。

“谢谢导演，我好像有点明白了。”

第二次开拍前，乌蔓站到了街头，就那样不声不响地站着酝酿情绪。

四周是来来往往的人，都是当地的群演，趁着没开拍纷纷偷拍、议论、交头接耳，但乌蔓浑然不觉。

她眼神空茫地看着马路，街头的十字红灯，转过街角是一家大型的海鲜市场，她经常在那里买鱼，再一个人拎着回家。沿途的墙角永远有擦不干净的黑泥，盲道坏了半块砖也一直散在那儿，乏善可陈的街景里，忽然多出了一抹刷亮世界的白。

是那个身着白衬衫的少年陈南，垂着头安静地缩在陈旧的卷帘门前。

乌蔓不记得什么时候汪城喊了开始，只感觉到夜空忽然就开始下雨，噼里啪啦地落到她撑开的伞上，她心想，原来这个人看上去和自己一样寂寞。

她逆着人流，在雨中走到他跟前，看见他自得其乐地玩着鞋带。身体快于意识，她蹲下身，打破了他的这份寂寞。

陈南看着她的动作，闷闷地说：“为什么打个这么复杂的结？”

“这样你下次解开的时候，或许会有一种解谜的乐趣。”

“你不问我为什么不回去吗？”

“我不用问，我很清楚。”邓荔枝的语气很平静，“有的时候买完菜回家，明明快到饭点了该回去做饭了，我却突然站在马路边等红灯变成绿灯再变成红灯……”

她的这份平静里藏着不易察觉的茫然，说着说着就收声了。

“你那是偷懒吧？”

邓荔枝愣了愣，道：“是吗？”

她没有按剧本上写的来，下意识地说出了这两个字，说完才心头一惊，但汪城并没有喊停。

拍摄还在继续，这一场顺利地过了。

乌蔓没有第一时间刹车，还蹲在原地回味自己刚才的状态。

那种不受控制的演绎，虽然可能只有短短几分钟，却比站在香港文化中心的那个舞台上时更有成就感。这是她拍戏这么多年来从未体验过的。

赵博语没有说错，她若想突破瓶颈，必须靠好的导演，还有……好的对手演员。

追野刚才的表演完全没有任何生硬的痕迹，甚至连口音都有些港普的味道，他的背还有点不自觉的微躬，是常年伏坐教室才有的体型。事实上，他本人身板挺直，完全没有任何仪态上的毛病。

他厉害得让乌蔓从嫉妒中生出一丝佩服。

然而，这么厉害的追野，也做不到第一时间无缝切换。他也仍旧蹲在乌蔓跟前，眼睛一眨不眨地盯着她看。

周遭非常喧闹，剧组在准备下一场戏的拍摄，需要换场地，灯光设备也得跟着挪。大家都很忙，没有人注意到两位主演还意犹未尽地蹲在卷帘门前。当灯光挪开时，他们栖身的这一块像落幕的舞台剧，“啪”的一下就黑了。

两人谁都没有动，维持着刚才拍摄时的距离，在黑暗中若即若离。

乌蔓察觉到追野的视线在她的唇边逡巡，他的眼神很专注，和以往同她说话时的那种漫不经心完全不一样。

远处有野猫在叫春，一声，又一声，吵得人心烦意乱。她想，追野大概还沉浸在陈南这个角色里，因为下一场要拍的戏，是很重要的亲密戏份。

下一场要拍的戏发生在海鲜市场，在剧本上和他们刚拍的那场是连在一起的——邓荔枝把陈南接回家，半路雨停了，邓荔枝想起他还没吃晚饭，路过市场便想买条鱼回去做。

美术组找的海鲜市场距离上一个场地不远，还正好是汪城想要的感觉：杂乱无章的摊位，活的死的海鲜明晃晃地堆在案板上，也有好好地养在缸里的，咕噜咕噜冒着泡。

邓荔枝老远就闻到鱼腥味，恍惚想起什么似的问："你是不是还没吃饭？"

陈南一愣，"嗯"了一声。

"那干脆买条黑鱼回去吧。"邓荔枝自言自语，"上次那道黑鱼你吃得一根刺不剩。"

"阿姐，不用麻烦，我在楼下便利店买个面包就好了。我经常这么对付。"

邓荔枝听他这么说，语气更不容置喙："不费事。走。"

她拉着陈南走进海鲜市场，刚下过雨，混着咸湿海水的地面更加难以下脚。她穿着带跟的鞋子穿梭在三教九流间，走得很吃力，就为了给他选条还活着的黑鱼。

陈南紧紧地盯着她的背影，亦步亦趋地跟在她身后，似乎只要她脚下一打滑，他就能从背后抱住她。

最后，两人终于在市场尽头找到了一家鱼摊，老板在一旁和别人玩扑克，摊子冷冷清清，小小的水箱里仅剩下一条瘦弱的黑鱼，半死不活地浮着。

邓荔枝弯下腰，贴着鱼缸观察那条鱼到底还活着没。陈南在她身后跟着弯腰，手抵在蓝色的水箱上，几乎贴着她的脸颊，一起凑近看那条鱼。

邓荔枝的脊背瞬间变得僵硬，她下意识地转过头，想说又不要你挑鱼，不用离这么近，话还没出口，陈南就低下头搅住了她。

当然，实际上，追野只是稍微往乌蔓的脸凑得更近一些，造成他们很亲密的错觉，机位对准的是乌蔓的后脑勺。

汪城在监视器后面说：“好，这条过。”

导演组的人在一旁小声议论：“不会吧，汪导是被‘魂穿’了吗，真接受乌蔓亲密戏借位啊？”

“她被定下来我就知道这戏要完蛋，资本的力量啊……不诚心拍戏去祸害大热门剧不行吗？”

“也不是诚不诚心的问题吧，我听说她背后的人管得很严。从出道到现在，她拍亲密戏全是借位，一个实打实的肢体接触都不许有。”

“冷知识，乌蔓的银屏初吻还在。”

之后汪城让摄像留下来补拍几个空镜，其他的人员今天就可以收工了。

等现场人员走干净，只剩下汪城和必要的摄像、录音时，乌蔓和追野从各自的保姆车里又回到了海鲜市场。几人对望一眼，心照不宣。

他们要清场再拍一条亲密戏，瞒着所有人，拍一场不需要借位的、真实的感情戏。

那天在阳台上，乌蔓冲动地给汪城发去的消息说的就是这个计划。

她很诚实地表达了自己的难处，但她又实在不想放弃这次机会，所以恳求汪城能不能“瞒天过海”：当着众人的面还是照旧借位，这样郁家泽也不会知道，然后在所有人看不见的地方，她会达到汪城的要求，豁出去完成他想要的拍摄效果。

但是这样就会非常麻烦，浪费大家的时间和精力，每次还都必须清场并保密。

汪城却想得很开，回复说就当多走一次戏。而且清场拍有时候是必要的，亲密戏或者更大尺度的戏他更乐意给演员沉浸发挥的空间。

乌蔓的愧疚感这才减轻一点点。

汪城最后又发来信息说：“但我有个要求。”

“您说！”

“如果郁家泽事后看到成片要暗杀我的话，希望你能拦住他。”

“可能我在您被暗杀前就先挂了。”

乌蔓开着玩笑，内心却是真的七上八下。

她完全想象不到郁家泽的反应，就像从前的人无法想象预言的世界末日到底是什么样子，是彗星撞击地球，丧尸围攻人类，还是全球再次进入冰河世纪。

又或者那一天到来的时候，只是个平平无奇的午后。

刚才那条亲密戏的借位拍摄里机位已经取了大全景，这次要拍的就是两个人靠近的特写。

乌蔓注意到追野下车时嘴里就含着什么东西，她猜测大概是薄荷糖之类的。她早在保姆车上的时候就吃了。

乌蔓深吸了一口气，想回到刚才拍摄的状态，却怎么也不得要领，脑海里全是救命、救命、救命……

追野注意到她战栗的小腿肚，惊讶地道："这么紧张吗？"

乌蔓面不改色地否认："穿高跟鞋久了有点累。"

"这个跟只有三厘米，好像你在金影奖颁奖典礼上穿十厘米高跟站三个小时都很稳。"

"可以闭嘴吗？"

"当然。"追野也不知道是不是故意的，提醒她，"但我闭嘴的时候就是亲你的时候了。"

乌蔓的小腿肚颤抖得更厉害了。

汪城远远地比了个手势，示意他们可以开始了。

乌蔓弯下腰，视线僵硬地盯着那条黑鱼，好像她不是在思考着要怎么杀了它才好吃，而是把它当作了救命稻草。

她在心中默数着三、二、一……

追野的胸膛从背后压过了她的肩头。

他的脸贴着她的脸滑过，带着雨水的鬓角在她的颊边擦过一道湿痕。

乌蔓的呼吸变得很轻，春夜的晚风吹开她额前的碎发，追野明亮的眼睛直直地撞进她眼眸。

他一只手撑住蓝色水箱，另一只手箍住她的肩，慢慢地倾下来。

周围没有人，虽然还有摄像机在转动，但奇怪的是，乌蔓觉得他们并不是在拍戏，而是真的在隐秘的角落里接吻。

这根本就不是陈南和邓荔枝。

两人的唇快触碰上的一刹那，她慌乱地躲开了。

“对不起导演！”

她马上反应过来，为自己的不专业向导演道歉。

汪城摆摆手：“我早预料到了，你没拍过实打实的亲密戏，会有抵触情绪也是正常的。再来一条吧，我相信你。”

追野抱臂靠在水箱上，带着几分威逼，慢条斯理地说：“我有点困了。下条你要是再躲，别怪我抓着你的腰不让你逃。”

乌蔓冷眼扫过去：“你以为我会怕？我只是不习惯。”

“那我们下条一次过，阿姐？”

“你等着看。”

第二次的拍摄开始。

这一次，乌蔓摒弃了心中的杂念，暗示自己是邓荔枝，并不知道接下来会有那样一个吻，所以她现在的身体必须是松弛的，没有防备的。

等到追野靠近时，乌蔓还是忍不住绷直了身体。从追野的视角看过去，她细瘦的脖颈微微向上拉伸，透着淡紫的血管。

这样紧张又无措的她，让人很想戏弄。

乌蔓的肩头再次被追野的手箍住，这一回他抓得更往上一些，手指几乎碰到她的后脖颈。

他眼里忽而闪过不属于陈南的促狭，像是在说，看，我抓到你的命门了，你就乖乖束手就擒吧。

乌蔓有一瞬间的错愕。在她愣怔的刹那，追野的嘴唇贴了过来。

这是除郁家泽外，乌蔓第一次和别的男性接吻。

追野的嘴唇不像郁家泽那样总是冰冰冷冷的，相反，特别温热，唇齿间的味道还带着一股少年的甜味，以及一点点酸。

追野投入地闭着眼，长长的睫毛微微发颤。水箱澄蓝的浮光在他的眉间游过，市场的空气里飘满腥味，以及他衣服上未消散的潮味，她感觉自己被他拖进了一片海，开始不知道怎么呼吸。

她脑子里模糊想到，原来他刚才吃的是话梅糖，所以这个吻才会如此好闻。

可这根本不该是邓荔枝心中想到的东西。

汪城喊了“卡”，追野很快退开了。

乌蔓硬着头皮说：“对不起导演，我刚才情绪还是不对。”

汪城揉揉眉心，言简意赅地道：“再来。”

乌蔓忍不住有点焦躁，因为这次卡戏的问题不是出于她不理解人物，可是问题出在什么地方，她不是很清楚。

她稳了稳情绪，正努力入戏时，脸上滑过一抹潮湿。

夜空中下起了细雨。市场是露天的，雨滴落在鱼缸里荡开一圈圈涟漪。

摄像无奈地道：“导演，拍不了，接不上戏了。”

汪城蹙起眉，观察了一会儿雨势。春夜里的细雨最是缠绵，通常淅淅沥沥下很久。他打消了等待的念头，叹了一口气：“刚才那条也还行，帮我记下吧。”

这条凑合的戏或许会成为这部电影的瑕疵，可就算知道是瑕疵也没法改善，因为剧组没有预算，也没有精力再来这里包场置景。

而她是瑕疵的始作俑者。

这场雨浇灭了拍摄，也浇灭了乌蔓今日连续被搓磨的骄傲。

她踌躇片刻，决定向追野低头，请教这个年纪轻轻就拿下了金柏奖的人。

“你有什么办法克服对亲密戏的不适应吗？”

追野听到她的问题诧异地扬眉，不知道是诧异于问题，还是诧异于她的示弱。

他想了想，很困惑地说：“这需要克服吗？”

“我之前都不拍这种戏的。”

“《孽子》里我也没拍过，这也是我的第一次。”

乌蔓又受挫了，为什么人家就是这么信手拈来，完全看不出别扭？

他看着她，眼瞳反射着水箱的波纹，一副天真烂漫的模样，嘴上却扔下重磅炸弹："对你有想吻的冲动，不就吻了吗？"

乌蔓还没反应过来，又听见他说："我指的是陈南对邓荔枝。"

她算是发现了，这小孩说话喜欢大喘气。

接下来的几天是乌蔓和钟岳清的相关戏份，拍的是剧本中段，邓荔枝和丈夫结婚九周年的日子，她想做一点有仪式感的事情，于是订了当年丈夫求婚的餐厅，特地打扮了一番，还为他准备了一份礼物。

然而，丈夫根本不记得这个日子，临时通知她，他要加班。

她独自在餐厅味同嚼蜡地吃完了两人份的餐食，九楼落地窗外雷雨阵阵。

邓荔枝下意识地身体发颤，她平生最害怕的东西就是雷电。

手机再度亮起，是丈夫打来的电话。

"喂。"

"外面打雷了啊。"

邓荔枝听着这句平实的话，鼻头一酸，突然就释然了。

生活不需要风花雪月，只需要有人能记得她的小事。

她刚这么想，电话那头就说道："我昨天买的那盆兰花记得从阳台拿进屋里啊，会淋坏的。"

邓荔枝脸上的表情先是错愕，接着是僵硬，最后趋于平淡。

她一声不吭地挂掉了电话。

这一场拍摄得很顺利，比预计时间结束得要早，钟岳清提议留下来围观接下来的拍摄，正好是拍摄追野和丁佳期的对手戏。

乌蔓本着学习的心态没有走，一个是影帝，一个是汪城亲自挖掘的灵气新人，她倒是想看看这两人会擦出什么火花。

下一场要拍的是追野和丁佳期的初遇，戏份很简单，拍摄地点是在一家精品店，追野路过橱窗时忽然顿住脚步。

他想给邓荔枝买一件礼物，但店里的装饰花花绿绿，一群女孩子挤在一起，他实在拉不下脸进去，但橱窗里的那枚胸针又着实吸引着他。

他犹豫地站在窗外，没注意到橱窗里有一个女孩子在偷偷看他。

这里没有一句台词，必须用眼神演绎出少女初见少年时那种惊艳的柔情和小鹿乱撞的无措。

乌蔓盯着左上角的监视器，这个机位是丁佳期眼神的特写。

她抬头的那个瞬间让乌蔓想起塞纳河的春水，风乍起，吹皱满池，将“心动”二字诠释得淋漓尽致。

丁佳期的演技已经好到这个地步了吗？乌蔓回想起第一天聚餐时，丁佳期偷望追野的眼神，有些怀疑小姑娘是本色出演。

这场结束，摄制组忽然推出了一个大蛋糕，原来今天是丁佳期的十八周岁生日。

小姑娘惊喜得满脸通红，一口一个哥哥姐姐地道谢。

钟岳清切了一块蛋糕递给丁佳期，说：“不知你生日，没准备礼物。这样吧，今晚我做东，庆祝你生日。这可是你的成人礼，别跟我客气啊。”

乌蔓一眼就看出来钟岳清还想追丁佳期，但他很聪明，没有单独约她，而是说动了大家一起去唱歌。

乌蔓没有拂他面子故意装高冷搞特殊，答应也会参加。她到了包厢一看，一些小配角都在，变成了一次剧组团建。丁佳期坐在中间，身上还穿着拍摄时的校服裙。

最普通不过的打扮，却是最彰显青春气息的打扮，时刻提醒着乌蔓自己和丁佳期不是一辈人。

她没有穿过这么好看的校服。她上学那会儿是肥大的校衣校裤，即便她刻意让裁缝把腿围改小点，上身还是丑得不堪入目，但好在那丑得无法形容的校服她没有穿多久，因为她辍学了。

乌蔓收回思绪，将刚才特意买的礼物递给丁佳期：“祝你生日快乐。”

丁佳期受宠若惊地起身双手接过，连声说：“谢谢乌蔓老师。”

乌蔓摆摆手：“不用这么见外，叫我蔓姐就行。”

丁佳期怯生生地说：“好，谢谢蔓姐。”

乌蔓客套地回以一笑，坐到角落里，她环视四周，追野居然没有到场。

不会吧，这么好的泡妞机会，那只浪蝶居然会错过？她刚想到这里，包厢门就被人打开了，是追野。

“准备礼物，来晚了一点。”

他其实用不着解释，丁佳期满脸的雀跃毫不遮掩。对她而言，他能来已经是最好的生日礼物了。

“给你。”追野随手将礼物直直地抛了过去。

丁佳期手忙脚乱地接住，惊喜地问：“我可以现在打开吗？”

乌蔓扫了一眼自己刚刚送出去、现在已经被打入冷宫的礼物，心想小姑娘能别在她面前表现得这么双标吗？

“是你的了，当然可以。”

丁佳期小心翼翼地拆开来，是一张老旧的音乐碟片。这张碟片发行于十八年前，丁佳期出生的那一天。

世界上有很多专辑发行于这一天，但唯独这张专辑里收录了一首歌，叫《佳期如梦》。

乌蔓忍不住感慨一句，绝了。

别说丁佳期，就是她也会为之心动。

钟岳清的脸更是黑得和昏暗的包厢融为一体，追野一落座，他就挨过去，不太爽地小声说：“追野，你这样是不是有点不厚道？”

“怎么了？”

“你看不出来哥对佳期有意思？还送这么个礼物？”

“我送她礼物不是因为她过生日吗？还是成人礼。”追野耸肩，“如果你过生日，我也会挑份好的。不用心的礼物不如不送。这有什么吗？”

钟岳清见他一脸坦诚，败下阵来，他才不信这番鬼话，咬着牙说：“行。最好是不代表什么。”

有人开始起哄，让丁佳期唱《佳期如梦》表示感谢。她扭捏了一下，双颊红红的，也不敢看追野，捏着话筒说：“那我就献丑了，也谢谢追野哥哥送我的礼物。”

丁佳期明显谦虚了，她一开嗓，众人就被惊艳了，等她唱完，直接打趣说："汪导这是拐了个歌手的苗子过来演戏啊。"

气氛逐渐热络，钟岳清接棒唱完下一首，把话筒递到了乌蔓手中。

"来，蔓蔓，你也来一首，好像你出道这么久都没听过你唱歌。"

乌蔓神色淡淡的："我唱歌不怎么在行，听你们唱就好了。"

追野坐在她斜对角，本来低着头的他忽然抬头看了她一眼。

众人以为她是不想喧宾夺主，没有再坚持。

包厢内的酒喝完了一轮，钟岳清又叫了一轮新的，摩拳擦掌招呼大家："别光喝酒了，来玩游戏呗！"他看向丁佳期，"不过佳期你还是喝饮料吧。"

丁佳期摇摇头："这回我想喝酒试试……"

钟岳清关切地道："那要是喝不动了可千万别逞强，告诉哥。"

丁佳期乖巧地点头，视线却越过钟岳清拐着弯绕到了追野身上。

大家一番讨论之后，决定玩用嘴传字条。

"大家岔开围成一圈坐吧，这样玩游戏才有意思。"

钟岳清提议打乱座位顺序，他把左手边的女生支到对面的男生中间，自己就正好挨着丁佳期。结果这一换，他发现自己右手边坐着的人是乌蔓，便有些犹豫地问："你玩吗？"

乌蔓为了避免麻烦，心里也确实不太喜欢这种游戏，刚想说不玩，冷不丁地撞上追野的视线。他坐在丁佳期旁边，却看着她。

她耳畔不禁回响起他的奚落——阿姐"家教"真严。

即将脱口而出的话哽在喉咙里，她话锋一转，无所谓地道："好。"

又不会真的碰到，就跟借位似的。她不想显得自己比一群小孩都玩不起。

她无所谓，别人有所谓，没有男演员主动换到乌蔓身边，甚至宁愿和追野挨着坐在一起。

钟岳清可不想自己一个人被拖下水，指着那个挨着追野的小男配让他坐到乌蔓和另一个女生中间。

小演员苦着一张脸，这种事万一传到乌蔓身边人的耳朵里，他被针对可怎么办。

他十分不情愿地起身，有双手忽然从旁边伸过来，压住他肩头让他坐下。

追野站了起来。

“人家不想换就不要勉强他，我换也是一样的。”

他走到乌蔓和另一个女生中间坐下，原本还富有余裕的空间变得拥挤，拥挤到乌蔓能清晰地感受到他贴过来的温热腿根。

追野这一换位置，几家欢喜几家愁。

本来丁佳期左手边就是他，这下换成了那个小男配，脸上的失落藏都藏不住。不知道是不是乌蔓的错觉，那个小男配脸上也闪过一丝失落……

高兴的当然非钟岳清莫属，他从刚才起就不太爽丁佳期和追野挨着坐，但是又不好当着众人颐指气使地让追野换，才点的那个小男配。

追野成名后花边新闻层出不穷，钟岳清有所耳闻，本来这次笃定追野是要和自己抢人，结果没料到他轻而易举就换了位置，仿佛对丁佳期毫不在意。

那追野为什么送那份礼物？真像他说的那样只是单纯送礼？钟岳清有些迷惑了。

有人切了一首电子嗨歌，把包厢内的灯调成暗闪，气氛迷离暧昧得恰到好处，游戏开始了。

字条按顺时针的方向传递，由钟岳清传给丁佳期开始，转一圈到乌蔓这里再传回给钟岳清，算是一轮。

头两轮很简单，撕的纸片够大，但到了第三轮，字条就开始有点不够大了。尤其是转了一圈到了尾巴这儿，已经快小到需要两个人紧紧相贴。

追野从另一个女孩那儿艰难地衔过纸片，转身面向乌蔓，那张纸片被他含在嘴边，小得快看不见，边缘都是濡湿的痕迹。

乌蔓下意识地皱了皱眉，一时间没有动。

钟岳清带头起哄：“要是断在这里可要接受惩罚啊！”

大家看热闹不嫌事大，纷纷起哄，丁佳期跟着干笑了两声，喝酒的速度越来越快。

乌蔓不动，追野也不动，两个人莫名其妙地对峙着。包厢里的霓虹换成了暗蓝色，像水波漫过追野的脸，乌蔓突然就恍惚了一下，仿佛身在前几天的片场……那个淡蓝色的玻璃水箱前，少年倾身贴近，睫毛颤抖。

她抿了抿唇，看着他的眼睛迎了上去。

追野垂下眼回看她，舌尖顶出那一小片薄纸。

乌蔓在他看过来的刹那就移开了视线，转回到纸片上，却分心到纸片周围——追野微扬的唇型下两边各有一颗小虎牙，比一般的虎牙更尖锐，让她联想到鲨鱼。

而她是那条自投罗网的沙丁鱼。

乌蔓轻轻努动嘴唇，蹭上纸片的边，再进一步，他们的下唇就会相遇。

周围的人不由得屏息，这是游戏的高潮，大家期待看到的就是这个画面。

丁佳期也盯着交颈的两个人，忽略纸片，根本就是姿态旖旎亲昵的情侣，明明他们有那么大的年龄差，看上去却十分登对。明明是很养眼的画面，落在丁佳期眼里，她只觉得不舒服。

乌蔓和追野每凑近一分，众人就紧张一分，到达临界点时，追野毫无预兆地抄起乌蔓的黑色手包挡住了他和她。

两个人就这样躲到了手包后面，阻隔了所有旁观的视线。

追野一只手拿着黑色手包，另一只手撑在皮质沙发上，将乌蔓卡在自己造出来的城堡中。她被吓了一跳，用眼神无声地质问他。

你在干什么？

追野向她眨眼，慢慢拉开一点距离，用大家看不见的另一只手把纸片从嘴里拿了下来，他的手心里不知道什么时候多了一张更小的崭新纸片。

在乌蔓还在惊疑的瞬间，追野扣住她的下巴，用拇指揉开她的嘴唇。

纯白的纸片擦过她的唇，贴上，渗出明艳艳的口红。

“咬住了。”他比了个“嘘声”的手势，用口型说，“不要泄露我们在作弊。”

他挪开手包，理直气壮地背手比了个小树杈说：“我们传好了。”

“喂喂喂，鬼鬼祟祟在做什么？”钟岳清立刻追问。

“好奇啊？那你跟阿姐换位置，我再跟你做一次？”

追野笑得无所谓，一句话让钟岳清住了嘴。

事实上，丁佳期是最好奇的那个，可她不敢问，只敢借机观察乌蔓脸上的表情探究些许端倪。

乌蔓的神色不是很自在，嘴唇抿了抿纸片，愣了一会儿才转过身面向钟岳清。

接下来应该由她传给他了，大家起哄得更欢，因为字条比刚才更小了一点。

钟岳清非常识趣地举手投降：“我认输，我认输！”

他洋酒啤酒混着灌，大家还是不满意，他只好开麦给大家唱粤语歌，还拉了一个女生和他对唱，点了一首情意绵绵的《漩涡》。

借着歌声的遮掩，乌蔓忍不住小声问：“你刚刚那是什么操作？”

追野没有看她，给钟岳清打着节拍，漫不经心地说：“既然你不喜欢这个游戏，就不要勉强自己做。头两轮的时候，你知不知道你很像在用嘴拆炸弹？”

乌蔓怔住了，他看穿她在逞强，所以在大尺度的那个节点，提前准备好字条帮她躲过去了。

一句谢谢怎么也说不出口，她低下头喝酒，以掩饰心里的别扭。

包厢里闹哄哄的，乌蔓的手包被追野拿起放在一边后就远离了她的手，她忘记拿回来，以至于错过了手机里薇薇发来的一条重要微信。

“蔓姐，您现在回来吗？郁先生来探班了，在酒店等您。”

薇薇发完微信，两只眼睛死死地盯着手机。她发誓她追男神的时候都没有这么紧张和期待过对方的回复。

但是老天爷偏喜欢捉弄人，越是这种关键时候，越无动静。

薇薇提心吊胆地通过车内镜偷觑郁家泽，他坐在后排闭目养神，一件挺阔的薄风衣下是黑色的西裤，看样子是刚处理完工作，眉间还有几分倦意。

她和这位大佬见面的次数并不算多，但只要他一出现，她心里的警觉指数就会达到峰值，逼迫自己调动所有的注意力，不要出差错。

每当这个时候，她对乌蔓光环加身的羡慕嫉妒完全消失，只剩下同情和敬佩。因为她是离乌蔓最近的人，比其他人更了解他们之间的相处模式。

换作她，她肯定忍受不了，别说十年了，十天都是个问题。

——但大佬根本不会看上她，她暗自拍了下脑袋，嘲笑自己庸人自扰。

“还没回？”

郁家泽突然出声，把薇薇吓得心惊肉跳。

“蔓姐可能上厕所没注意呢……我给她打个语音电话吧！”

“不用，现在几点了？”

“快十二点了。”

郁家泽没再说话，他微微坐直身体，手指搭在关闭的车窗边轻叩。

包厢内，乌蔓的手机又亮了一下。

是薇薇发来的微信消息。

“您先不用急着回来了……郁先生直接过去了。”

乌蔓看到消息的时候，喝下去的酒顿时醒了大半。

这还真是郁家泽干得出来的事，明明昨天人还在京城，突然就飞来广州，随时随地突击查岗。

她赶紧给郁家泽发消息：“组里有人过生日，马上就结束了。您不用过来。”

那个顶着小鸟头像的家伙回了四个字：“接你回去。”

过了一会儿，郁家泽发来了微信消息：“出来。”

乌蔓不敢逗留，起身对大家说：“今天拍戏有点累了，我先回去休息，你们继续吧。”

包厢里清醒的人已经不多，无人在意她的离开。开门前，她下意识地扫了一眼包厢，没看到追野的身影。

郁家泽让司机把车停在了斜对面的巷子口，乌蔓远远地看见车窗开着，坐在里头的人面目模糊，但她一眼就能认出来。

她走过去拉开后座车门，郁家泽正在假寐，眼皮也不动地拍了拍身旁的位置。

乌蔓默不作声地挨过去，靠在他的肩头上。

郁家泽抬起手，逗鸟似的捋着她的头发，嗅了嗅：“头发里都是酒气。”

“因为您总是不提前说要来，您要是说了，我就不来参加聚会了。”

“又在怪我了？”郁家泽低笑，“临时出趟差，想起你在这里拍戏，就过来了。”

他把风衣脱下来盖到乌蔓的肩头：“没想打扰你和同事聚会，但是你也要知道分寸。”

乌蔓垂下眼睑：“嗯，我知道。”

“对了，给你带了份礼物。”

郁家泽拿出一个正方形的小包装盒，看上去像是首饰盒。

乌蔓不太意外地接过来，他经常会冷不丁地送些小玩意儿。

她一边说着“谢谢”一边打开，忽然发出短促的一声惊叫，整个盒子被她失手打翻在地。

一截手指掉了出来，滚进车后排的缝隙。

郁家泽抱着乌蔓，感受到她在自己怀中发颤，怜惜地摸着她的头。

“怎么了，不喜欢吗？”

“那是手指？”她难以置信地颤抖着嘴唇，艰难地问。

他微笑：“你猜猜是谁的。”

乌蔓脸上的血色尽褪。

“那个许总是用左手手指摸的你吧？我应该没记错。”郁家泽用手指点着车窗，“就算是我不要的东西，他也配？”

乌蔓额头沁出大量的冷汗，像是突然被从水里捞出来。她怎么也想不到郁家泽会这么报复别人，更何况是他故意诱导别人这么做的。

他已经丧心病狂到她难以理解的程度。

这一瞬间，乌蔓想不顾一切地跳车逃离。

郁家泽突然哈哈大笑，笑得整个人都在抖。

“你不会真信了吧？现在可是法治社会。”他从地上捡起那根手指，扔到乌蔓怀里，“你知道的，我最爱给宝贝惊喜了。”

乌蔓条件反射地挥手要把它甩出去，但是一碰到才发现，那根手指是仿生的道具。

“刚在酒店等你的时候看见道具组有这么个小玩意儿，就拿来玩了，毕竟你让我等了好一会儿呢，我也无聊。”

乌蔓虚脱地往后靠上座位，一时间什么话都不想说，内心把郁家泽撕碎了千百来回。

“生气了？”郁家泽又掏出了一个正方形的小礼盒，“这才是真正给你准备的礼物。”

乌蔓这回说什么都不愿意接了，已然患上拆礼物后遗症。

郁家泽轻笑着主动拆开了礼盒，是“Y”字形的项链，字母上镶嵌着红宝石。

他撩开乌蔓暗红的头发，从后面给她戴上，就着戴项链的姿势顺势抱住她，下巴搁在她肩头说：“除了拍戏我允许你摘下来，其他时候都不可以。”

乌蔓拨动胸口，那项链像一个血红的标记，烙印在她身上。

她没来由地想起刚才追野送给丁佳期的那份礼物，那是真正站在他人角度，用了心希望让收到的人感到开心的礼物。

郁家泽轻声耳语，语气里隐约带着不快：“你走神了？”

“还有点没缓过劲来。”乌蔓扯起一抹笑，“我很喜欢。”

“刚才给你的惊喜有点过了，对不起宝贝。”

他在她的发旋轻轻啄吻，温柔得不像话。

乌蔓的视线从项链上移开，抬起眼时浑身一激灵。

追野插着兜站在 KTV 外抽烟，虽然和车子隔得有点远，但乌蔓不知道他是什么时候站在那里的，也不确定他看没看见这边。

她迅速伸出手，“嘀”的一声，把车窗关上了。

“怎么了？”

“我怕狗仔偷拍。”

郁家泽轻蔑地道：“拍就拍，他们敢发？”

乌蔓的视线透过车窗徘徊了一阵，那个隐约的人影摁灭了烟，头也不回地进了 KTV。

她慢慢地呼出一口气，软在郁家泽怀里低声道：“我们回去吧。”

第二天拍摄的是乌蔓、追野和钟岳清三个人的一场戏。这场戏是考试之前的某个周末，邓荔枝的丈夫看陈南一直闷闷不乐，便提议出去散心钓鱼，也当作弥补和妻子的结婚纪念日。这场戏位于剧本的中段，陈南和邓荔枝彼此间有点暗潮汹涌，而丈夫还蒙在鼓里毫不知情。

乌蔓本以为郁家泽一早就会离开，但是飞机晚点了，他索性说去现场看她拍戏。

头两年的时候，郁家泽经常去现场看她拍戏，随着年纪渐长，公司很多事务由他接手之后，他就很少再有这样的空闲。

乌蔓心里其实并不是很想让他去，面上却微笑着说："谢谢您抽空陪我。"

郁家泽轻轻一瞥她做好造型后的样子，无趣地道："真和灰扑扑的乌鸦似的。"

他们驱车前往拍摄现场，在珠江一段偏僻的河段。现场人多眼杂，布光的补妆的奔来跑去，黑沙滩上尘土飞扬。

郁家泽嫌弃地瞅了外面一眼，懒洋洋地道："我就在车上看着吧。"

"那我先下去了。"

郁家泽"嗯"了一声，抓着她的手一摇一晃的，并没有放开的意思。

乌蔓小声道："我要下去啦。"

郁家泽手腕一使力，乌蔓便毫无防备地跌坐在他怀里。

他侧头吻她脖子下方快连到肩头的一颗小痣，牙齿轻咬，不一会儿她肌肤上就多出了暗红的吻痕。

乌蔓挣扎着起身，捂着脖子瞪他："我马上要开拍了！"

"补妆遮一下就可以了。"郁家泽低头摆弄了一下手机，"下车再补吧，航班提前了，司机先送我去机场。"

他是故意的。她今天的造型扎着马尾，脖子那块肌肤清晰可见。

乌蔓捂着脖子下了车，把车门关得震天响。

她刚想让薇薇把化妆师叫过来补妆，就见钟岳清迎面走来。

"你来得正好，汪导临时改了下扉页，需要我们赶紧过去对一下戏。"

乌蔓脸色一黑，进也不是，退也不是。

“你脖子怎么了？”钟岳清见她一直捂着脖子，忍不住问。

“没事，昨晚扭到了。”

“哦，没事，我也经常扭到，回头我给你推荐个按摩仪。”

“谢谢了。”

再捂着太别扭，乌蔓只得慢慢把手放下，见钟岳清完全没注意到，才心下一松，眼下只能先跟着他去对戏，遮瑕稍后再说。

她无奈地跟着钟岳清走到监视器那儿，追野已经拿着新的扉页坐在一边看了。乌蔓接过临时改的扉页，埋头沉浸到剧本中，当她理顺好可以和其他二人对戏时，追野却突然起身说“等我一下”，然后就走开了。

钟岳清耸肩：“这小影帝真是随性。”

乌蔓见他走开反而轻松了一些：“不管他，我们俩先对一部分吧。”

她和钟岳清先行对起扉页，虽然只是在排戏，乌蔓也逼迫自己沉浸其中，所以她完全没发现有人默默地站到了自己身后。

当一件运动衫从身后披上来时，她才惊觉。

追野的目光意有所指地从她被盖住的脖子后方滑过，他面无表情地道：“阿姐，海边风大。”

乌蔓几乎立刻偏过头去看保姆车。

原本停着车的位置空空如也，郁家泽已经走了。

乌蔓虚惊一场，要是被郁家泽看见她披别的男人的衣服，那就完蛋了。

“怕他看见吗？”追野用低得只有他俩才能听见的声音说，“就像昨晚怕我看见那样。”

这一瞬间，乌蔓的汗毛纷纷竖起来了。

昨天晚上追野果然看见了……但他知道什么叫非礼勿视，非礼勿言吗？真不知道他这张嘴已经得罪了多少人。

乌蔓索性大大方方地摊开道：“怕？注意你的措辞。调情不想被人发现和不想被调情的人发现，这完全是两码事。”她冲他微微一笑，“但还是谢谢你的外套。”

“所以他真的是吗？”

追野没头没脑的追问让乌蔓一愣。

“你没听过传闻？”

“听过。”追野直视着她的眼睛，“传闻还说你演技很差，但我不觉得。所以为什么要去相信传闻呢，我想听你亲口说。”

乌蔓突然有点手足无措，也难以启齿。

她四两拨千斤地道：“快点对戏！”

日头落下去，天空犹如一瓶被打翻了的蓝莓汁，浓稠的昏蓝裹住云层，晦暗地透出几丝苟延残喘的夕阳。

汪城一拍大腿：“就是这个光！快快快，我们争取一条过！”

三人已经来到河滩边，追野和钟岳清坐在小马扎上，一人拿着一根钓竿。乌蔓则站在边上，手里拎着一个空空的铁桶。

场记火速跑到镜头前拍板，拍摄开始了。

丈夫徐龙是前两年养成垂钓爱好的，周末常会约上几个钓友一起来河边垂钓，从没带上过邓荔枝。因此，这是邓荔枝第一次旁观丈夫钓鱼。

徐龙一边钓鱼一边回头看她，柔声问：“会不会无聊啊？”

邓荔枝摇头。

“那就好，我之前怕你无聊，以后多带你来。”

旁边的陈南闷不吭声，握着钓竿的手微微发紧，指节都泛着白。

徐龙注意到了，指导他：“垂钓讲究的是放平心态，你再紧张，鱼也不会上钩，它该来的时候就会来的。放轻松。”

陈南却反驳道：“如果没有强烈的愿望，鱼也不会感受到吧。你冷落它，它就算已经在钩子底下了，也会游走的。”

他说这话的时候，视线扫过邓荔枝。

“那可不一定，这鱼不就来了嘛！”

徐龙手中的钓竿小幅度地颤动，他神色一喜，开始有技巧地收竿。

棋差一着，在快要钓上来时，鱼一个打挺，跑了。

“啧，差一点……”他遗憾地站起身，“我再去拿点鱼饵来吧。”

徐龙走去车后备厢拿备用的鱼饵，河滩边只剩下邓荔枝和陈南。

日头越来越暗，少年瘦削的侧脸在这片昏暗中变得柔和，他所有的锋芒似乎都被这份柔和削平，瓦解出几分哀伤。

他背着邓荔枝，轻声问："阿姐，你爱他吗？"

"所以他真的是吗？"

追野开拍前说的那句话就这么和台词重合，"咣当"一下砸在乌蔓心头。

监视器后的汪城非常紧张，他等了一天的光线，如果这条不行，那这一天的努力就白费了。而这一场戏又是临时调的，尤其考验演员的演技。

他对乌蔓是最不放心的，这场戏她的情绪很难拿捏，那种突如其来直面自己内心的冲击，必须是真正冲击到灵魂深处而引发的震颤和恍惚，不能是假模假样的惊异。

这很难。

他紧紧地盯着左上角的监视器，这个机位是乌蔓的神情特写。

只见她抖了抖嘴唇，神色恍惚，除此之外还流露出了另一种情绪，那就是难堪。

她沉默的时间远比走戏时要久，摄像机便一直追着她的表情，放大再放大。

汪城激动得不住地抖腿，就是这种情绪，就是这种情绪！

乌蔓慢慢地说出台词："到了我这个年纪，还谈什么爱啊。"

追野回头："但是在我这个年纪，可能什么都没有，但我有想给你的爱，很多很多。"

乌蔓眼眶微红，眼泪完全不受控制地涌出眼眶。

这是乌蔓和邓荔枝都没有感受过的赤诚爱意。

谁在流泪呢？她有一点分不清。

她的余光瞄到徐龙拿着鱼饵往这边走了过来，抬起头用力地吸了一下鼻子。陈南正想扔掉钓竿过来抱她，他的钓竿动了，徐龙也过来了。

"快，快收竿！"徐龙指着他大喊，陈南硬生生地停下脚步，被迫抬起钓竿。

一条生龙活虎的黑鱼跃出水面。

"可以啊小南，有钓鱼的天赋！"徐龙拍手叫好。

陈南小心翼翼地把那条黑鱼放进邓荔枝手里的铁桶，背着徐龙小声道：“阿姐，这是我钓到的第一条鱼，送给你。”

邓荔枝没有说话，低头看向那条黑鱼，它正猛烈地撞击着铁桶壁。

“砰——”

“砰——”

和她怦怦的心跳一样凶猛。

“这条拍得太棒了！”

拍摄结束，汪城像个孩子一样一跃而起，激动地过来拥抱乌蔓，拍拍她的肩头说：“你越来越像邓荔枝了。”

这是一句她梦寐以求的夸奖，但乌蔓兴致不高，放下扑腾的桶笑得勉强。

“谢谢导演，我有点累了。”

“今晚回去好好休息吧。”

她点点头，径自穿过人群走向保姆车，却在半途被追野截下。

他不依不饶地问：“现在拍摄结束了，你应该有空回答了吧？”

她有些错愕，罕见地露出几分慌乱。

“我发现你还挺八卦的，这么想知道我的私生活？”

此时两人离得很近，乌蔓这才看见他的脖子上有一处被遮瑕遮住的痕迹，因为时间长了脱妆露出暗红的印。

她心里闪过一股怪异的情绪，面上暧昧地笑着说：“明明你自己的比我更精彩吧？”

吻痕在昨夜之后出现，酒精、少女，发生了什么可想而知。她忍不住同情起钟岳清，忙活了一晚上，还是给别人做了嫁衣。

她收起笑，面无表情地上了车，将追野扔在车外。

车上还残留着郁家泽的味道，是他惯用的辛辣木质调香水。她闻着这个气味，接过薇薇递来的湿巾，慢慢擦掉眼周已经干掉的泪痕。

她是乌蔓，她是乌蔓。

她在心里默默地给自己暗示。

第一次拍摄，她觉得她成为邓荔枝时，整个人兴奋得战栗。

但当她越来越像邓荔枝时，乌蔓感到恐惧，对未知的恐惧。刚才看见追野脖子上的那个吻痕时，那股奇怪的情绪更像是邓荔枝在她体内叫嚣。她爱陈南，所以才会突然生出不合时宜的占有欲。

她觉得自己有必要跳出来一下，不能再往深处坠落了。

乌蔓翻开经纪人的微信："赵哥，你之前是不是拒掉了一个快闪店的站台？重新联系一下，我去。"

"啊？你不专心拍戏出来干吗？那个站台也没几个钱。"

"这边可以请假。"乌蔓答非所问，"好歹是高奢的快闪活动，还是别得罪了。"

乌蔓向剧组请了两天假，汪城没有反对，只是把戏的顺序调了下。她再回来时，面临的第一场戏就是"抓奸"。

剧本前情是邓荔枝内心动摇之后，为了让自己不失控，她决定和徐龙要个孩子。

她鼓起勇气求欢，甚至特意换上了令她极为羞耻的吊带裙，他却扯着她的吊带裙说："你突然穿这个好奇怪啊。"

邓荔枝终于崩溃了，她内心怀疑徐龙出轨的念头越发强烈。都说吃不下饭是因为偷吃了零嘴，不然为什么他对她没有了欲望？

于是，在徐龙又一次说要加班晚归之后，她查了他的手机定位，是在一家洗浴中心。

邓荔枝神色惊惧又满心愤怒地夺门而出，陈南放心不下，一路跟着她。

然而，到了洗浴中心，她又不敢进去了。

陈南想直接拉她走，她平静地说，来都来了，她要看看那些女的有什么特别。

她点了个按脚的服务，脸上没有半点享受的神情，吓得按摩小姐以为自己力道重了，忙问她是不是力道不合适。

邓荔枝直接口出恶言，说她们手上功夫不行，是不是心思都用在钻研床上功夫了。

按摩小姐一蒙，反应过来后差点跟邓荔枝吵起来，陈南急忙拦住，并将按摩小姐推出了房间，然后锁上门。

前面都拍摄得很顺利，接下来的戏却卡住了。

因为接下来，失去了理智的邓荔枝走到了陈南面前。她光着湿漉漉的脚，踩上陈南洗得发白的运动鞋。

作为报复，她要勾引他。

这场戏尺度并不大，衣服都好好穿着，连吻都没有一个，但正因为如此，那种互相较劲的欲望更难以表达。

拍了很多条，都没有达到汪城想要的效果，只好暂停拍摄。

乌蔓厚着脸皮上去问："导演，到底是哪里感觉不对？"

"太僵硬了。"汪城言简意赅。

"可是邓荔枝本来就不太会这些，僵硬不是应该的吗？"

"僵硬只是表层。"汪城叹了一口气，"怎么和你说呢，你举手投足都带着傲气，因为你对你美貌的笃定已经刻进了骨子。你知道你只需轻轻勾一勾手指就能得到别人的注视，所以僵硬在你的表达之下变成了不屑。而邓荔枝只是一个普通人，丧失理智豁出去勾引一个小她这么多岁的男孩，这种心态截然不同。前面你的心态不到位，所以后面被陈南拒绝的时候，你的羞愤就显得轻飘。"

汪城说得很明白了，也是在委婉地告诉她，她不够入戏。

离组的两天无疑对乌蔓是有影响的，穿上华服，在衣香鬓影中戴上假面，那熟悉的快门声让她觉得踏实。她又成了可以应付自如的乌蔓，而不是那个失控到流泪的邓荔枝。

短暂的割裂让她没那么惶恐，她以为她能更好地控制角色和本人。

然而，她高估了自己。

乌蔓心里懊恼，但她没有太多思索的时间，很快拍摄再度开始。

她光着湿漉漉的脚，走到追野面前，仰头盯着他。

追野刚要开口说话，乌蔓就捂住他的嘴，将他推到了单人沙发上。

追野一脸震惊，不一会儿，潮红遍布他的脸，因为乌蔓光着的脚趾在轻碰他的裤子。

窗外的暴雨来得急，洗浴中心的窗户关得很严，整个房间被春天的茧牢牢裹住，沉闷潮湿，他们被束缚在里头，无处可逃。一丝不乱的裤子因她的触碰生出了褶皱，如同雨落池塘，延绵开去，一圈又一圈。

乌蔓站在沙发前，居高临下地抬起一只脚，从裤管慢慢往上滑，像在用他的裤子擦拭脚上的水珠，留下很浅很淡的水渍。莹白的脚趾上是暗红的甲色，在黑色裤子的衬托下，像软毛的画笔，不知道深浅就裹挟着欲望莽撞地涂画。

相比动作的大胆，她的眼神却根本不敢和追野对视。

他则直直地看着她，神色复杂，抓着把手的胳膊青筋毕现。

少年滚烫的喉结上下滚动，难耐地喊道："阿姐。"

乌蔓在听到追野念出这句台词后，即将踩上他大腿内侧的脚慢下了动作，似在犹豫不决。这一回，她比前面几次都要紧张，又因为这个姿势拍了好多条，腿肚在又一次保持这个姿势时不可避免地开始抽筋。

她发着抖一下没站稳，追野伸手撑住她的腰，顺势将她搂进怀里。

乌蔓就这样掉进了他的怀抱。

这已经偏离了剧情的发展，但汪城没有喊停。在他看来，腿部抽筋这个意外反而成就了那一下的张力，因此他只是静静地任由摄像机继续转动。

抽筋并未停止，乌蔓跌坐在追野身上，一只脚还在一抽一抽的，看上去很滑稽。

追野一只手揽在她腰间，另一只手揉捏她的小腿肚，临场发挥说："阿姐，疼吗？"

她没回应，按照剧本双手捧住追野的脸，急切地想去捉他的唇。

追野迟疑了一下，极力往后仰，躲开了。

"连你也不愿意吗？"

这里乌蔓的情绪应该达到羞愤和自我厌弃的顶点，但刚才的动作打乱了她的节奏，她完全是机械地按着剧本在演，情绪根本不连贯。

追野揉着她腿肚的手轻轻一掐，在她挡住摄像机的角度里用气声道："又要NG？只是一条简单的勾引戏，你平常怎么勾引郁家泽的，就怎么来勾引我，这总会吧？”

监视器里，乌蔓瘦削的背剧烈地弹动了一下。

她垂下的手高扬，却生硬地拐了个弯，转而重重地推了一把追野。因为反作用力，她也向后跌下沙发。

乌蔓无比狼狈，又无比恼怒，双眼通红，都不顾自己腿还抽着筋站不起来。

一片死寂。

“好！这条过！”

乌蔓无助地坐在地上战栗，薇薇赶紧上去想帮她按腿，有人却比她更快一步。

追野直接蹲下身，搂住乌蔓的腰将她打横抱起来。

“找店里的员工来按更快一点。”

他随口解释，在一片惊愕的目光中走出了房间。

乌蔓也愣了一下，随即抵着他的胸口挣扎，咬牙切齿地道：“放我下来。”

追野单手抱着她，另一只手锁住她扑腾的两只手腕，到了另一个房间才放开。

双手重获自由的刹那，乌蔓就结结实实地甩了追野一个巴掌。

她怒极反笑：“可以啊，刚刚就应该给你的！”

追野没吭声，他的一只手还揽在乌蔓的腰上没松开，他低头盯着她眼里的血丝，用很软的语气说：“阿姐，对不起。”

乌蔓还在发抖，已经不知道是气的还是腿肚子的抽筋没好。

追野半跪下来，握住她的腿肚轻按。

“当时你已经过了前面的部分，再卡一条，想找回那样的状态就更难了，所以我才用那个方法激了你一下，你别生我的气。”

他自下而上地望着她，姿态放得很低。

乌蔓冷冷地抽回腿，后退一步，双手抱臂，完全是防御的姿势。

“你以为你是谁？就算你是戛城影帝，演技比我好，谁允许你用这种口不择言的激将法来激我？那是你的演戏方法，不是我的。我再怎么说也比你早出道十一年，是你的前辈，我希望你放尊重一点！还有，别再让我听到你提郁家泽的名字。”

乌蔓噼里啪啦地说完最后一句，追野摸了摸被打的脸，神色逐渐冷了下来。

他慢慢地站起身，感觉很可笑似的，忽然笑出声：“想被人尊重，就做值得人尊重的事。”

说完，“咣当”一声，他甩上门扬长而去。

乌蔓更加窝火，他凭什么还反过来讽刺她？

几分钟后，门外响起小心翼翼的敲门声。

乌蔓冷声道：“怎么？刚刚不是门还甩得挺响亮的？”

门外一个女声喏喏地道：“是有位先生刚下楼说您腿抽筋还没好，需要按摩服务，您现在方便吗？”

乌蔓胸口一滞，那团怒火明明还在烧着，却像被人闷头盖了一床被子，熄不灭，又烧不起来，不上不下。

“刚下楼的先生”明显是追野。

明明两人刚吵过架，他还惦记她的腿抽筋干什么。

“不用，谢谢。”

门外消停了片刻，又响起敲门声。

“我说了不用了。”

“蔓姐，是我。”薇薇迟疑的声音传来，“郁先生来电话了。”

门内安静了一会儿，乌蔓打开门，接过放在薇薇那儿的手机。

她整理了一下情绪，接通电话。

“刚拍完？”郁家泽似乎也刚忙完，声音带着倦意。

乌蔓“嗯”了一声：“您好像很累。”

“倒还好，只是看了些跳梁小丑的热搜，不是很舒服。”

乌蔓心里咯噔了一下，对着薇薇使眼色让她打开微博热搜，果不其然，高位挂着她和一个新人明星的名字：纪舟、乌蔓。

点进去是前两天高奢快闪店的活动，两人站位排在一起，纪舟含情脉脉地看着她的照片。营销号微博还挖出他的采访视频，里面问到他的理想型，每个点似乎都能和乌蔓对上。

乌蔓心下了然，纪舟最近人气下滑，才铤而走险想要蹭她的热度。

毕竟金影奖热潮刚过，她是女星里各种热搜指数排第一位的，简直是天然移动的大血包。

她在电话里再三强调自己和他一句多的话也没说，郁家泽不爽地说要给他个教训，这事才算揭过。

接下来几天的拍摄，任谁都看得出来组里两大主演在闹矛盾。

虽然两人平常在拍摄之余的交流也不多，但是那种故作视而不见的古怪气氛实在是太明显了。

汪城很愁，这晚拍摄的地点在大排档，收工之后他干脆招呼大家留下来聚餐，想给乌蔓和追野破一破冰。

导演都这么说了，乌蔓不可能拒绝。事实上，她也觉得自己闹别扭的行为特别幼稚，不过是同事之间发生摩擦，她出道这么多年，想粉饰太平给彼此留一分体面还不简单？但当她想装作若无其事地开口和追野说话时，看见他那张臭臭的脸丝毫没有服软的架势，一股火又冒出来，她直接转头就走开了。

餐桌上，两人也坐成最遥远的对角线。

钟岳清是最会活跃气氛的，像之前的嘴对嘴游戏不便在这种场合玩，但他还会很多的酒桌游戏，立刻从大脑库里搜索了一个出来。

“导演，我们来玩一个‘我从来没有做过’的游戏。”

汪城有点蒙：“这怎么玩啊？”

“这个游戏太适合您这种阅历丰富的人了！”钟岳清惯会夸人，“规则很简单，每个人摊开掌心，轮流说一件自己从来没有做过的事情。当一个人说完，其他人要是没做过，就得屈起一根手指。谁的掌心最先变成拳头，就得喝酒。”

丁佳期撇嘴：“我是最年轻的，那我可惨了。”

一个女配角吐槽道：“你可别再乱喝酒了，喝醉了就乱亲人。那晚包厢里的人都被你祸害了个遍。”

那晚乌蔓离开时丁佳期还有意识，看来这事是她走之后发生的。

丁佳期双手合十道歉："对不起嘛姐姐，我还记得你嘴唇很软，哈哈！"

她和大家混熟之后性格也活泼起来，时不时开个玩笑，不像刚进组时那样拘谨。

"我哪有追野软啊，他一进来你就抱着他狂亲。"

丁佳期那张脸未喝酒就红了个透，结结巴巴地说："别乱讲啊，我记得我没……没亲到嘴。"

她越说越小声，头快埋到桌子底下去了。

"你是没亲到嘴，因为你够不到，你把追野的脖子当猪蹄啃。"

"对不起对不起，我真的不知道自己喝醉会这样……"

乌蔓模糊地想到那天追野脖子上遮瑕掉了之后的吻痕，她以为那晚他们睡了，没想到只是丁佳期发了酒疯。

她觉得自己的心情似乎变好了那么一点点。

追野不以为意："你怎么每次见面都要跟我道歉？要不这样，我在你脖子上回啃一口，你就不用道歉了吧？"

丁佳期被调戏得又红了脸。

乌蔓收回视线，刚才的感觉应该是错觉，她的心情并没有变好。

钟岳清看不下去，直接打断道："酒来了、酒来了，我们来一轮吧！"

乌蔓暗自给钟岳清点赞。

大家起哄让导演开头，汪城想了想，说："我结婚了，这个可以吧？"

钟岳清点头："可以、可以，就是这个意思。"

这一桌基本是年轻演员，他们有的连恋爱都没谈过，更别提结婚了。

"导演你好狠啊！"大家哭诉着纷纷屈起一根手指。

汪城哈哈一笑，琢磨道："这还挺有意思的。"

下一个是丁佳期，她以牙还牙，俏皮地说："我没有谈过恋爱！"

汪城哭笑不得，屈起一根手指。

乌蔓在屈和不屈之间犹豫了一会儿。

她和郁家泽之间，算是怎样一种恋爱关系？把"恋爱"两个字拆开，得有恋，还得有爱。

可他们之间有命令、服从、掌控、利益、心血来潮……有很多很多词可以去定义，唯独那两个字……

但乌蔓还是屈起了手指，因为在世俗的定义里，他们大概是算的。

在场还有一些人没有弯下手指，其中有一个人让众人跌破了眼镜。

追野居然没有屈起手指。

“这个游戏不能骗人哦！”

追野面向质疑他的人，十分无辜且诚恳地说：“我真的没谈过恋爱。”

乌蔓也很意外，她以为他虽然年纪小，但已经是阅历丰富的那种人。那么多花边绯闻里，总有一个是真的吧？

她愕然发现，自己对追野的了解都是基于很片面的猜想。她没有加他微信，也没有查过他的相关资料，仅凭着几个照面，似乎就对他下了简单的定义。

她承认这其中有一点报复的意味，让她抗拒去了解这个人。

质疑的人嘟囔：“我才不信……”

钟岳清凉凉地讥讽：“这有什么不信的。有玩伴就够了，我们追野才不是愿意被一个女人绑住的浪子。”

追野耸了耸肩，也不辩解：“该轮到我了，我就随便说一个吧。”他想了想，说，“我曾经骑着马追一列火车，结果从马上摔下来断了两根肋骨。”

钟岳清扶额：“我虽然也从马上摔下来过，但我是为了拍戏，没闲到去追火车。”

丁佳期一脸好奇：“你为什么要追火车呀？”

“一定要有为什么吗？想追不就追了？”

她恍然大悟：“也是哦。”

乌蔓扶额，这是什么令人无语的对话。

接下来又轮过了几个人，到了乌蔓。她猜想她做过的事很多人也做过，至于那些真正独一无二的经历，她不想说。

她在那些乏善可陈的记忆里挑挑拣拣，最终憋出来一句：“我从没喝醉过。”

“天哪，你是魔鬼吗？”钟岳清一拍大腿，“今晚就让你立地成佛！”

“别闹。”乌蔓笑着挡过钟岳清故意递过来的酒。

有人忍不住问：“蔓姐，你都不好奇喝醉是什么感觉吗？”

“这有什么好奇的，喝醉不是一件很可怕的事吗？”乌蔓不自觉地皱起眉，“完全不受自己控制，还伤身，百害无一利。如非必要，还是算了吧。”

丁佳期心虚地喝了杯柠檬水。钟岳清见状，连忙挺身而出：“你这人……喝酒就是喝酒，讲究的就是痛快，什么利不利的。”说着，他便招手让服务员再端扎啤酒过来。

大晚上的还要被吆来喝去，服务员似乎很不爽，端来扎啤时重重地往桌上一放，结果那扎啤下面还搁着个毛豆碟，酒杯打滑，洒了乌蔓一身。

“做咩啊！”钟岳清第一个反应过来，爆了句粤语，赶紧抽过纸巾递给乌蔓。

服务员好像也吓蒙了，年纪看着很小，垂着头一句对不起都没说。

乌蔓无奈地大致擦了擦，酒液透过布料渗进去，大腿间一片黏腻。她只好起身说：“我提前回去收拾一下，真是不好意思。”

汪城也很无奈，好好的一次破冰聚餐，两位主角还一句话都没说上呢。但也没办法，他点点头，目送乌蔓离开。

司机没料到乌蔓会提前离开，车子停在了远处。等车来的间隙，她躲到后巷，掏出苏烟咬上。

春寒料峭的晚风从后背吹过，乌蔓感觉浑身泛着寒意。

她似有所觉地回过身，发现刚才那个服务员在巷口张望。

乌蔓还以为她介意刚才那事，随口说：“你不用追过来道歉。”

“道歉？”那人忽然冷笑一声，“是你该向纪舟道歉！”

乌蔓一愣：“呃……你是他的粉丝吗？”

“我是最爱他的人！我哥哥根本不会喜欢你这种花瓶！网上那些营销号微博都在乱带节奏，肯定是你买通稿蹭我哥哥的热度，你要不要脸啊？！”她背着手靠近乌蔓，“你不仅蹭我们哥哥的热度，还要搅黄他的资源，得不到就要毁了他是吗？你真的好恶心！”

这都什么跟什么？乌蔓一头雾水，明明是纪舟买通稿蹭她的热度，怎么变成她求而不得倒打一耙了？

乌蔓忽然想起来，前几天电话里，郁家泽说要给纪舟一个教训，大概就是这人口中搅黄资源这事。

这么说好像还真和她有几分关系。她不禁汗颜，无端又替郁家泽背了锅。

为了不刺激这个极端粉丝，乌蔓一言不发地慢慢地向后退，手机盲打110。

才按出一个键，那服务员拿出藏在身后的热水壶，“哗啦”一下朝乌蔓泼了过来。

乌蔓险险避过，不管不顾地朝巷口跑去，但腘窝被热水溅到，跑步的速度因此慢下来。那个疯女人穿着平底鞋，跑得特快，转眼就要追上她。

风从耳边急速掠过，乌蔓大口喘着气，心跳急促，像是在和恶魔赛跑。

感觉到背后的脚步声越来越近，越来越近，她无处可逃时，迎面撞上了一个人的胸膛。

整个世界天旋地转，远处霓虹灯光在眼前拉成丝，那人搂住她转了个圈。

疯子手中剩下的大半壶的滚烫热水全数泼到了那人后背上。

乌蔓吃惊地抬起头，追野闷不吭声地紧紧环抱住她，一丝缝隙也没有留下，热水被他严严实实地挡在了外头。

那个疯子也被吓到了，回过神来抱着热水壶跑了，乌蔓没心思去管，紧张地摸上追野后背，完全忘了几小时前两人还多说一个字都嫌烫嘴。

她第一反应就是大骂：“你是傻吗，不会推开我之后自己也闪开吗？”

追野：“……”

乌蔓这才别别扭扭地关心道：“是热水吧？不是别的什么吧？”

他“嘶”了一声：“应该吧，我只感觉到了烫。”

“那还好，还好只是热水……”

她这才注意到两人还保持着纠缠在一起的姿势，慌忙一把将追野推开。

追野微微愣怔，半截袖子和白衬衫后背全部湿透，整个人像耷拉的落汤鸡，他浑不在意，抬手抓住乌蔓的袖子调笑：“阿姐，还在生我的气吗？”

乌蔓抽回手：“说什么呢，我没有生气。”

“嘴硬。”

“别再废话了，我车子马上就到，送你去医院。”

追野表情一变：“我不去。”

乌蔓没想到他会拒绝：“你是不想我送还是……”

“我不去医院，谁送我都不去。”

“你是三岁小孩吗？”

被说三岁小孩，他索性正大光明地耍赖：“反正我不去。”

“那你的烫伤怎么办？”

“随便买点烫伤药膏抹一抹就好了。”

乌蔓无语，但她总不能绑着追野去医院，只好顺着他的意思送他回酒店，路上经过药店，她把所有烫伤类的药膏都买了一遍。

追野指着满满一袋子药膏，笑弯了眼，说：“阿姐，你刚才买药的样子好像个霸道总裁。”

“我谢谢你没说我像暴发户。”

车子很快到了酒店，乌蔓在电梯里把那一大包药膏扔给追野，他难以置信地道：“你不会想扔下我不管吧？”

乌蔓同他大眼瞪小眼：“我药都给买了，还想让我帮你抹吗？”

“难道不帮吗？”追野凉薄道，“原来你不仅是霸总，还是渣女。”

“你叫助理来！”

“他还在大排档，等他回来的时候，我的烫伤说不定更严重了……”

“刚刚是谁死都不去医院的？”

“这不一样，我不喜欢医院。”

“说不过你。”乌蔓不管他，径直按下自己房间所在的楼层，追野抱着药站在角落里，也不去按楼层，等电梯门一开，他亦步亦趋地跟在乌蔓身后走出去。

他一路堂而皇之地跟着她到了房间门口。

乌蔓转过身，做了个“停止”的手势：“小孩，你若跟进去，那就是耍流氓了，懂吗？”

追野一声不吭，只是默默地伸手撩开袖子，半边皮肤已经起了水泡。

乌蔓的视线在他手臂上来回移动，喉头滚动，还是强硬地移开眼，当着他的面关上了门。

她换下黏腻的衣服，刚才瞥见的水泡却在脑海里挥之不去。

简单地冲洗了下换好衣服，在房间里来回踱步的乌蔓还是试探着打开了门，探出脑袋张望。

追野抱着一袋子药还站在门口，视线正好和她撞了个正着。

乌蔓没说话，黑着脸缩回了脑袋，但开着的门没有再关上。

身后窸窸窣窣，接着是门关上的声音，她头也不回地说："衣服脱掉，趴沙发上。"

"这么心急？"

乌蔓阴恻恻地回道："那你现在出去，等你助理回来，够慢了吧？"

追野乖乖地闭嘴了。

乌蔓拐去洗漱室洗手，出来时，追野已经脱掉湿漉漉的白衬衫趴在了沙发上，两片凸出的蝴蝶骨上全是触目惊心的水泡。

房间里只开了沙发旁的落地灯，昏黄的侧影里，那两片蝴蝶骨斜拉上墙，振翅欲飞，又脆弱得仿佛一碰就碎。

这一路上追野都没喊疼，她还以为真的不严重，现在才发现可怕。

"好在水泡比较小，不然真的得去医院。"乌蔓抿唇说，"涂药的时候可能会有点疼，力道重了你就告诉我。"

追野把脸埋在胳膊里，声音闷闷地传来："好。"

乌蔓挤了一点药膏，动作轻柔地覆盖上鼓起来的水泡四周。他的皮肤还带着余热，隐隐发烫，她一路抹下去，感觉指尖快要着火。

房间里过分安静，乌蔓转移注意力道："你怎么会突然出现在那儿？"

"她从我们吃饭时起就一直在看你。"

"这我还真没注意到。"

他哼哼："你没注意到的东西多了。"

她动作一顿："弄疼你了？"

“有一点。”

追野的背微微绷直，弯曲的线条像一只猎豹，却是落了难的，只能无奈地蛰伏在一角。他后脖颈沁出了细密的汗，顺着歪斜的肩头缓缓滑落，像油滴进灯芯，配合着他压抑的轻喘，“咣当”一下在乌蔓脸上擦起火焰。

“好像有点热。”她喃喃着起身走到一边调低空调温度，追野侧过脸看她，她又走回沙发边，他的视线正好落在她的腘窝上。

“别动。”他冷不丁出声，伸手将她的腘窝包住，拇指轻轻地摩挲着上面的红点，“你自己也受伤了，没发现吗？”

乌蔓弯腰拍掉他的手：“等处理完你的伤，我再处理我自己。”

“可是女明星的腿好像更重要。”追野直接一把拉住乌蔓的腿将她拖到自己身边。她猝不及防，晕头转向地软倒进沙发里。

追野也还在沙发上，上身赤裸地半支着胳膊，将她半拢在身下。

两人四目相对，鼻尖撞上鼻尖，时间仿若老旧的磁带卡在了这一刻。

乌蔓恍神的工夫，追野已经拉开距离，跳到地上，半蹲着握住她的腘窝，长臂一伸够到软膏，替她抹上。

乌蔓咬住下唇：“你别总是多管闲事。”

追野的手指一顿：“你真的很不近人情。”

乌蔓脸色一沉，从他手中抽回腿，斜睨过去：“那我就有人情味地免费给你上一课，娱乐圈没有人情，只有利益才是最实在的。”

“包括你对郁家泽的感情吗？”

空气凝结成冰。

“我好像说过，不要再在我面前提起郁家泽的名字。”

“为什么？”

“非要我把话说得这么明白吗？”乌蔓轻轻叹了口气，“因为你越界了，小孩。”

追野“哦”了一声，站起身扯过自己的衣服穿上，他扣得很急，三两下就草草扣上扣子，还笨拙地扣错了位置，露出一小片腹肌。

“那感谢今晚阿姐的同事爱。”

追野打开门，头也不回地挥了挥手离开了，迅速得乌蔓甚至来不及说一句“药膏还没抹完”。

乌蔓在沙发上呆坐了一会儿，视线扫过药膏，然后抓起手机，在微博里查找追野的账号。可笑的是他常上热搜，微博里却连一条动态都没有，除了一条微博自动发送的生日祝福。

她又打开网页输入了“追野”两个字。

封面是他的杂志照，去年冬天在雪地里拍的。他穿着白色的高领羊绒衫，卷起一半的袖子，揽住雪人的肩头。雪人被他衬着显得生气勃勃，仿佛活过来了。

乌蔓继续往下刷，看到他的出生地，青泠。

这个县城她很久以前去过一次，在她陈旧的记忆里，那不是一个好地方。穷山恶水，坑洼的石板路上总趴着一条犯困的黄狗，天气是绵延的阴沉，雨将落未落的潮闷，和它清新的名字截然不同。

很难想象，追野居然出生于这种地方。他身上有着完全不像那片土壤带出来的蓬勃和干净。

事后，乌蔓向公安局报了案，警察抓了犯事者，这事算是有惊无险地过去了。事情也免不了传到郁家泽耳中，但他一个电话也没打来。乌蔓倒也没期望他关心。

今天主要是她个人的戏份，拍到很晚才结束，她累得半根手指都不想动，躺回保姆车上刷手机。一直闷不吭声的郁家泽给她发送了一个定位，是酒店里的一家餐厅。

乌蔓发了一个问号过去，郁家泽就装死不回复了。

她按照地址来到餐厅包厢，郁家泽正坐在里面，一只手揉太阳穴，另一只手翻着菜单。

他抬起眼，嗓子有点哑：“来了？”

“您感冒了？”

他无奈地“嗯”了一声：“被老头子按在医院里了，不然昨天就可以来见你。”

乌蔓的心口很轻微地被捏了一下。

“生病了就别乱跑啊。”

“没办法呀。”郁家泽将她揽到怀里，下巴的胡子没刮，故意蹭蹭她的巴掌脸，“谁叫我的小乌鸦受伤了。”

乌蔓想，郁家泽真的是很可恶的一个男人，总是在折磨、戏弄、不理不睬之后，又给她制造浪漫的柔情时刻。

她软下语气：“我没事的。”

“这次要不是剧组有人帮你，你就出事了。”郁家泽伸出手指轻叩桌面，“还得感谢那个小演员。”

国内最年轻的戛城影帝，在郁家泽口中仅仅是“小演员”。

“可惜他的时间观念似乎不太好。”

“什么意思？”

“我约了他来一起吃饭。”郁家泽勾了一下她的鼻子，“这是对他保护你的嘉奖。”

包厢外有人叩了一下门，没等郁家泽和乌蔓出声回应，那人就大大咧咧地推开门进来了。

说曹操，曹操就到。

乌蔓脸上露出来不及管理的些许慌乱。

郁家泽刚好错开视线，没看到她的表情，微笑道：“你迟到了。”

“找我有事？”

郁家泽将乌蔓揽在怀里：“你保护了我的人，我自然有份谢礼想要给你。”

追野拉开椅子，懒懒地坐下，眼神懒洋洋地扫过郁家泽挂在乌蔓肩头的手。

他漫不经心地说：“谢礼的话，有人已经给过我了。”

乌蔓面色僵硬，脑海里闪过湿透的白衬衫、暗黄的沙发、光裸的背，那个暧昧又硝烟弥漫的夜晚。

“哦？”郁家泽微微眯起眼，视线投向乌蔓。

乌蔓装作若无其事，枕在腿上的手指却下意识地缠在一起。

她假装回想了一下，说："如果谢礼是指烫伤药膏的话，那就算是吧。"

郁家泽挑眉："那也显得我们太欺负人了。"

他从包里抽出一份合同，推过去。

"这是我们公司S级艺人的合约，目前除了蔓蔓，我还没有给过其他艺人这个待遇。"

追野眼皮也没抬一下："这是给我的谢礼还是给你的？"

郁家泽闻言，闷声笑起来："看来你还不知道被我亲自挖是什么概念。"

追野无所谓地道："我是个演员，我只需要知道怎么把戏演好就够了，至于其他乱七八糟的事情，不在我的考虑范围。"

"好，的确是戛城影帝，年少有为，性情中人。"郁家泽手指一勾，合同回到他手中，被他慢条斯理地撕成了两份，"如果对事业不感兴趣，那对美人呢？我看你这方面的传闻不少。"

"你要给我介绍？"

乌蔓正在喝茶，听追野这么说，一口水呛在喉咙里。

"喀喀……"

郁家泽像拍小婴儿一样拍乌蔓的背："都多大的人了，喝茶还会呛着。"

乌蔓尴尬一笑，郁家泽这才分出精力看向追野："喜欢什么类型？我倒真的可以介绍一下。"

追野的视线越过郁家泽，若有似无地瞥向乌蔓。

"嘴硬、逞强、不近人情……"他每说一分，乌蔓就跟着心惊一分，每个词似乎都是照着她在说。

郁家泽搭着她背的手一点一点收紧。

追野忽然笑了笑，移开视线："除了以上这些特质，都可以是我喜欢的类型。"

郁家泽眉头一挑，慢慢松开乌蔓，有点遗憾地说："那看来介绍不上了，我的口味和你正好相反。"

追野意味深长地道："没关系，我看上的，我喜欢自己抢过来。"

这一顿堪称鸿门宴的饭终于告一段落，三人在电梯口分别。

郁家泽搂着乌蔓回房，没有再提任何关于追野的事，仿佛完全忘记了刚刚在和谁吃饭。

乌蔓以为这出闹剧应该算是彻底翻篇了。

临睡前，她强撑着累到快散架的身体在梳妆镜前贴面膜，郁家泽黏腻地从背后搂上来，在她的后脖颈间啄吻。

“您适可而止……”她有气无力地道。

他盯着镜子里的乌蔓，状似无意地问：“你觉得追野这人怎么样？”

乌蔓贴着面膜的手微微一顿，她继续挤出袋子里的精华液，像是没什么好说的。

“很有天赋的小孩，又初出茅庐，所以容易恃才傲物，说话也经常不看人脸色。”

他长长地“嗯”了一声：“这句话，是欣赏，还是讨厌呢？”

紧绷的面膜完美地覆盖了乌蔓的表情。

她在镜子里迎上郁家泽审视的视线：“您说呢？我都快被他气习惯了。”

郁家泽这才放过她：“一个小演员，怎么值得让我们大影后生气。”

次日的拍摄是一场重头戏，陈南的毕业典礼。

毕业典礼会要求学生的家长到场观礼，陈南的妈妈已经去了北方，他爸又不管他，于是他邀请邓荔枝来。而这一天，邓荔枝目睹了丁佳期饰演的女学生向陈南搭讪。

郁家泽这次也跟着来到了拍摄现场，从保姆车上下来后便堂而皇之地以出品人的身份坐到汪城旁边围观。

他不着痕迹地拍了拍乌蔓的屁股：“让我看看你不惜跟我对着干也要接下来的戏拍得如何。”

这一句话就让乌蔓紧张了。

汪城在一边插嘴：“小蔓真的不错，可塑之才。”

乌蔓更紧张了。

她站到镜头前，催眠自己将周围的灯光、摄影、录音、导演组全部虚化，操场上穿着校服的学生们则变为清晰的焦点。

而她站在观礼台上，满怀雀跃又哀伤地目睹她爱的人跨越里程碑，走向新的世界。

为了这一场陈南的毕业典礼，邓荔枝准备了很久。

她的衣柜里大多是灰扑扑的常服，唯有几件颜色活泼点的都是好多年前的，放到现在早就过时了，于是她独自去逛了很久没踏足的商场，一件一件地试。

那种久违的激动，像十八岁那年手足无措地去赴一场约会。精心打扮好，她郑重其事地戴上陈南送给她的蝴蝶胸针。

毕业典礼按部就班地进行，到了拍照环节，人群四散开，大家各找各妈，纷纷冲着观礼台涌来。

陈南混在人群里，穿着一模一样的衬衫，却比任何人都打眼。他一眼就看到了她，原本没什么表情的脸变得生动，伸出手用力地摇晃，笑弯了眼向她跑来。

下午四点的阳光还算热烈，他侧脸散着光晕的绒毛，风里垂落的樱色花瓣……邓荔枝恍惚间觉得自己真的是十八岁，心无旁骛地在等一个拥抱。

她旁边的阿姨推了推她："这是你家弟弟吗？"

邓荔枝如梦初醒："对。"

阿姨咯咯笑："好帅气哦！"

陈南终于跑到了邓荔枝身边，低下头，发现她鼻头有一点点红。

他立即紧张起来："你怎么啦？"

邓荔枝带着一点鼻音说："没事，太高兴了。"她踮起脚摸他的头，"完全长大了！"

他昂首挺胸地说："对，我是个男人了。"

邓荔枝心虚地环顾四周，丁佳期饰演的女孩在偷看他们，被她逮个正着。

那女孩犹豫了一下，索性拿着手机过来。

“我给你们拍合影吧。”

邓荔枝愣了一下，笑着说“谢谢”。

她有些拘谨地站到陈南身边，他却毫无顾忌地伸手揽住了她的腰。那一瞬间，她非常不自在，被摄像头记录了下来。

女孩没有多想，只道：“刚才表情不太好哦，再来一张。”

邓荔枝深吸了一口气，任凭陈南搂着她，而她也轻轻地把头搁在了他的肩膀上。

女孩完全没在意他们的动作，对她来说，照片只不过是接近陈南的一个幌子。

她拿着手机过来，扭捏地看向陈南：“同学……你还记得我吗？”

陈南回想了一下：“你是那天在店里帮我挑胸针的同学。”

女孩激动得脸上泛起红潮：“你还记得我啊！”她的视线扫过邓荔枝的胸口，笑得更灿烂了，“那天问你你都不说，原来是给姐姐挑的啊。”

邓荔枝下意识地偏了偏身子，挡住女孩看向胸针的视线。她有些局促地挤出一抹微笑：“你好，我是陈南的……姐姐。”

女孩甜笑：“姐姐你好。”她转头看向陈南，“同学，我们加个微信吧，我好把照片发你。上次你走得太急了，都没加上。”

陈南没有多想，调出微信二维码给她，嘱咐说：“表情不好的那张也记得发。”

站在一边的邓荔枝视线扫过女孩刚没过膝盖的校服裙，扫过她高高昂起的马尾辫，扫过她泛着微红的耳垂，什么都明白了。

邓荔枝拢了拢为了装嫩买的深粉色裙子，难堪地后退了一步。

整场拍摄结束，几乎没有卡的地方，只需要换景别补镜头即可。

汪城先补丁佳期和追野交换微信的近景特写，乌蔓下了镜头，回到郁家泽身边休息。

他摸了摸乌蔓的头，夸奖道：“士别三日，你已经长成大雁了。”

“有吗？”她嘴角不自觉地翘起。

“这小孩也演得不错。”郁家泽点了点镜头里的丁佳期。

乌蔓“嗯”了一声：“是不错。”随后，她又补了一句，“不过也掺杂着几分真情实感吧，感觉小姑娘是真的喜欢。”

“哦？”郁家泽盯着镜头里丁佳期和追野的互动看了一会儿，问乌蔓，“可虚情假意和真情实感，要怎么区分呢？”

乌蔓被问得一愣。

他神色莫测地道：“我看你刚才瞧追野跑过来时的眼神，不比这小姑娘来得差。”

乌蔓心里一惊，不明白郁家泽这话什么意思。

“你看你紧张的样子，我是夸你演技好呢。”郁家泽笑着看向导演，“是不是？”

汪城根本没觉察到两人之间的古怪气氛，诚实点评：“小蔓刚开始还有点僵硬，现在已经渐入佳境，镜头一开拍，完全就是邓荔枝。”

乌蔓谦虚地摆手：“我每次都要酝酿好久才能进去。”

“演员真有意思，镜头一开，就变成了另一个人，一关，就又变成了自己。”郁家泽满是兴味，“真的不会混淆吗？”

“一个演员越有坚定的自我，就越不会人戏不分。”汪城想了想，说，“不过我也不是演员，还是让演员本人回答这个问题吧。”

乌蔓迎上他们的目光：“别人我不知道，但我自己分得很清楚。”

郁家泽没再说话了，但乌蔓敏锐地察觉到他此时心情已经变好。

他心情是变好了，乌蔓和汪城的心情却非常复杂。两个人暗中对视一眼，都看到了彼此眼中的焦虑。

因为这场戏拍完，转场之后会涉及亲密戏。

这不是棚拍，场地就这么一次，郁家泽要是不走，他们该怎么在他的眼皮子底下拍实打实的这场戏？

毕业典礼这场拍完，傍晚剧组收拾转场到临西水上乐园。这场戏在剧本上的顺序恰好也是在毕业典礼之后的：陈南向邓荔枝讨要毕业礼物，他要的礼物就是她陪他约一次会。

转场间隙，乌蔓试探地问：“明天是早班机？”

郁家泽“嗯”了一声：“不想我走？”

你想多了。乌蔓在心里翻了个白眼，我巴不得你赶紧走！

“嗯……但我还担心您。”她捏了捏他的肩，“您今天陪了一天，晚上这场估计要拍到很晚，不如您先回去休息吧。”

“别的我就走了。”他指着通告单上的地点，“但是这个地方，我觉得你会需要我的。”

乌蔓怔住了，郁家泽还记得她怕水，严格地说，是怕泳池。

那是乌蔓刚跟着郁家泽那会儿，郁家泽带她出席一次别墅泳池聚会，各个公子哥儿带来的女伴都笑意盈盈、温声软语，只有乌蔓僵着一张脸，不识大体地躲在角落里。

有人便对郁家泽说：“你的女人不懂规矩，我去帮你调教一下。”

郁家泽懒懒地应道：“别太过火。”

那人让乌蔓帮他去吧台取杯酒，她还不知道对方已经在心里打起了算盘，端着酒小心翼翼地穿过泳池时，被人从背后一推。

她猝不及防地摔进泳池，溅起的水花下是岸上狂放的笑声。

他们像看跳梁小丑一样看她在水池里无助地扑腾，有人说别装了，这个泳池才一米深。

但乌蔓还是兀自沉了下去，很久没有浮上来。

她是被郁家泽捞起来的，当时几乎失去了意识。醒来之后，她攥着郁家泽的手指，依赖地说：“对不起，我是真的很怕水。”

郁家泽回味着她当时的样子，有些可惜地说：“那是你难得向我示弱的时刻。”

“因为您之后没有再带我去过，所以我也没有机会示弱。”

“现在为了拍戏，可以不怕水了？”

“还是怕。”乌蔓搓了搓胳膊，“但戏里我是邓荔枝，邓荔枝不怕。”

这话似乎取悦了郁家泽，他笑道：“果然分得清。”

转完场后，汪城借着给乌蔓和追野讲戏的名义将二人拖到角落里，忧心忡忡地问："郁家泽还不走吗？"

乌蔓很尴尬："都是我的原因，对不起导演。"

"这样吧，这部分改一下动作。"汪城想了想，说，"陈南要亲下去的时候，被邓荔枝躲开了。这个情绪也是说得通的，我们拍一版这个。如果郁家泽提前走，再清场补拍原剧本。"

追野全程抱着手臂，不置一词。

商量好之后，汪城让两个人大致走一下戏，差不多就开拍了。

剧本里，邓荔枝虽然答应了陈南的请求，但她心里其实放不开，连泳衣都没换，只说她看他玩就行了。陈南玩得不痛快，一直闷闷不乐。

因此正式拍摄时，前面的部分乌蔓都不需要下水，她表现得还算游刃有余。

"阿姐，你太狡猾了，明明答应了我像情侣一样约会，现在这样搞得你像陪孩子来玩的妈妈一样。"陈南趴在水池边上，望着一旁站着的邓荔枝，"你这样不无聊吗？"

"我看着你呢，怎么会无聊？"

一句话惹得陈南红了脸，他猛地一扎子钻进水里，仓皇又可爱地往别处游去。

邓荔枝站在岸上拿着陈南的手机，上面收到一条消息，他没有设置隐藏，她能清楚地看到内容。

是搭讪的那个女孩子发来的。

"你想报考什么学校？我问了好多人，也顺便想参考一下你的。"

"对了，我们年级好像还组织了毕业旅行，你要一起去吗？"

阴沉的天空布满了乌云，远处传来雷声，轰隆作响。

陈南游了一圈回来，见邓荔枝握着手机发呆，神色如同天色，死气沉沉。

"阿姐，好像要下雨了。"

她回过神，心不在焉地道："嗯，那你上来吧，我们找个地方躲雨。"

陈南眼珠子一转，不知道打什么算盘，又游开了："等一下，我再游一圈。"

好多人赶在落雨前离开了泳池，不一会儿泳池里就空荡荡的，只剩下陈南。

雨随之而至，又急又狠。邓荔枝拿包挡住头顶仍被淋得浑身湿透，她隔着雨幕冲不知潜在哪块水底的陈南大喊：“你去哪儿了？快上来！”

水面平静又凶猛，陈南藏在水底，故意不回应她。

“别闹了！”

为了看得更清楚，邓荔枝朝泳池边走近了些。她低头的瞬间，少年变成一条狡猾的人鱼冲出水面，扯住她的双腿。

“反正都淋湿了，来吧，阿姐！”

他大笑着，扯着她向水里坠落。

乌蔓对戏的时候一直在给自己做心理建设，她想，这么多年过去了，自己应该出息点了吧。

但是当冰凉的水缠上双腿，没过胸膛，淹至头顶时，周遭的一切都扭曲了。

触目所及，原本空荡荡的水池里塞满了人，小孩子的脚丫，女人丰满的胸脯，男人的啤酒肚，吵吵闹闹，人声鼎沸。

光滑的泳池瓷砖变得陈旧，泛着经年洗不去的污渍。乌蔓透过粼粼的水面向上看，下着雨的天空消失了，变成了天花板，是二十几年前小镇上流行的游泳馆样式。

耳边响起一个女人温软的声音，很近，又很遥远。

她说：“蔓蔓，憋气很好学的。”

乌蔓侧过头，身边多出了一个穿着红色泳衣的女人，她的眉眼和她极为相似。

乌蔓的嘴唇变得不受自己控制，上下张合，发出的声音奶里奶气：“妈妈，我憋不了那么久……”

她叹气：“憋气都不会，怎么学会游泳？再试一次。”

女人摁着她的头往水里按，耳膜鼓胀，周遭的一切都离她远去，头顶的那个声音却无比清晰。

温柔又残酷。

“会很多技能才能当大明星，我都是为你好。”

她粗重地在水里喘息，扑腾着想往上游，但摁着她头的手比她更用力。

摁下去，挣扎，摁下去，挣扎，摁下去。

她慢慢地停止了动弹。

逼近死亡的那一刻，有人扣住她的后脑勺，往她嘴里渡了口仙气。

乌蔓恍惚地睁开眼，四周恢复如常。雨依然在下，甚至比之前更大，雷声比刚才还要近，似乎就响在他们头顶。

隔着一层薄薄的水面，只有他们相拥着躲在水底，世界清净，一切都很安全。

追野的嘴唇贴着她的，试图给她做人工呼吸，短暂地拉回了她的意识。但他发现电视剧里的桥段都是骗人的，水底下根本做不成人工呼吸。乌蔓在这一下之后依旧萎靡，失神地揪着他的肩膀。

她迷蒙地睁着眼，撞上追野焦虑的眼神，他的眼神像是被池水冲刷过，桀骜又干净，不含杂质，看向她时，猛地荡开柔软的水波。

他含糊地说："我带你走。"

突然，水面剧烈地波动起来，与惊雷一起砸了下来，一道人影顺势荡进水底。

待乌蔓看清那个越游越近的人影，尚未清晰的意识被惊得更加涣散。

郁家泽正向他们游来。

那样子和十年前的样子模糊重叠，黑色的丝绸衬衣紧贴着皮肤，平常打理得一丝不苟的额前发凌乱地垂下来，少了几分高不可攀，更像年轻时候的他。

他面无表情的脸被池水裹住，泛着一种冷峻。

第三章

◇

春夜喜雨

道具组洒着暴烈的雨水，水波底下却比这滔天雨势还要暗潮汹涌。

郁家泽扔掉西装跳下水的那一刻，几乎所有闲着的人都巴巴地围到了监视器前看戏。

监视器里，乌蔓已经无意识地垂首，追野冷淡地瞥了远远游过来的人一眼，抱着乌蔓向反方向游去，游出了镜头。

郁家泽的位置一开始就没有装机位，监视器里只能远远地看到一个黑色身影一闪而过，看不清他的表情，但是那压抑的磅礴气场即便隔着屏幕，也让众人胆寒。

但追野毫无所觉，越游越快，即便裹着另一个人的重量也将郁家泽甩在后头，年轻带来的体力和速度差距显露无遗。

不一会儿，他便抱着乌蔓浮出水面，将她放到岸边。

乌蔓此时已经晕过去了，追野笨拙地按压她胸膛，捏着乌蔓的鼻子要继续给她做人工呼吸。

双唇即将相碰的那一刻，水面“哗啦”翻出人影，将追野恶狠狠地撞开。

郁家泽像从地狱里爬出来的索命恶鬼，沉声说：“滚开！”

“你有病？”追野太阳穴一跳，“别挡着我救人！”

“我的人需要你来救？”郁家泽居然勾起嘴角，笑着说，“而且我的人如果脏了，那还不如死了。”

“你在说什么屁话？！”

追野火冒三丈地揪起郁家泽的衣领，毫不犹豫地举起拳头，像个巨型炸弹一样冲着他挥去。

大家都没反应过来时，人群里冲出来两个黑衣保镖一左一右架住他。追野“呵”了一声，三人扭打在一起，剧组的人这才反应过来，火急火燎地拉开他们。

场面前所未有的混乱，汪城看着监视器竟兴奋起来：“这素材剪一剪就是古惑仔啊！”

一边的郁家泽慢条斯理地理了理被揪乱的领子，轻蔑地扫过现场，弯下腰，抱起乌蔓扬长而去。

乌蔓醒过来的时候已经是晚上，四周一片漆黑。

她迷糊地看向床边，黑暗中坐着个人，半张脸浸在死寂的黑暗里，半张脸现在惨白的月光下，专心致志地削着一个苹果。

“醒了？”

他抬起头，削了一块苹果递到乌蔓嘴边。

乌蔓此时胃口全无，但还是把苹果咬到嘴里。

郁家泽抹掉她嘴边溢出来的汁液，道：“开拍前，你跟我说你不会怕。”

乌蔓尽量平静地道：“对不起，是我高估了人的生理本能。”

他声音轻柔：“那个小孩在水里吻了你，你知道吗？”

乌蔓骤然听到这话，零碎的记忆瞬间回拢，心脏都忍不住发抖。

她面不改色地撒谎：“没有碰到，我躲开了。”

她记得机位不是特写，是一个大全景，并不能看得很分明。

幸好不是特写，万幸。乌蔓在心里默默感谢上苍。

“是吗？”郁家泽轻轻地拢着她唇边的软皮，本来是很温柔的抚摸，接着力道越来越大。

她的嘴皮又麻又痛，肉眼可见地肿胀起来。

乌蔓点头强笑道：“再说，他凑过来只是为了救我，毕竟拍摄出事故就麻烦了。”

“三番五次救你，他可真是热心肠。”郁家泽收回手，拿起水果刀，刀尖对准果核，手腕一用力，刺进核心，“我要不要颁发一面活雷锋的锦旗给他？”

“您真的想多了。他送给丁佳期的生日礼物，是他从十八年前发行的音乐碟片里一张张找，找出带着她名字的一张。这不是听起来比对我更有意思得多？您也听他亲口说过，我不是他喜欢的类型。”她迎向他的眼睛，“我和他之间什么都没有。”

“再拍下去也许就有了。”

“您在担心？”乌蔓故意激他，“戏已经拍到一半，多少双眼睛看着，您如果突然不让我拍，大家反而会觉得是您输了。”

郁家泽削苹果的动作一顿，把刀一扔，蓦然掐住乌蔓的脖子。

他笑得非常开心："说这么多，一句都不在点上。"

她被掐得脸色涨红，刚缓过来没多少的气都堪堪被掐出去。

郁家泽靠近乌蔓，冰凉的嘴唇贴着她的耳朵："你最应该说的是，不用担心，因为你的眼里只会有我。"

他放松了一点钳制，乌蔓断断续续地说："我的眼里……只会有……您。"

郁家泽这才放开她，剧烈的咳嗽声回荡在整个房间里。

"行，那就拍完吧。"郁家泽亲了亲乌蔓的额头。

毕竟那位年轻的戛城影帝很难再接到戏了。

"我一会儿还有个饭局，你有什么事就直接打电话给我。"

他把最后一块苹果塞到乌蔓嘴里，拍拍手，披上风衣离开了。

这之后，汪城特地来房间探望乌蔓，说统筹已经改了通告，让她明天好好休息一天。水上乐园的拍摄虽然最后出了岔子，但是在她昏迷前的那一段都可以用。乌蔓闻言，这才完全放下心，迷迷糊糊地昏睡过去，再次醒来已是深夜。

她感觉有点饿，叫了客房服务，很快就传来敲门声。

打开门，乌蔓的眼中闪过一丝意外。

站在门外的人是追野，他双手插在口袋里，嘴角还挂着两道伤口。

"还要拍戏呢，怎么把自己弄成了这个样子？"

乌蔓并不知道她昏迷之后发生的一切，忍不住惊讶地问，同时心里隐隐有了猜测，涌上一股非常不妙的预感。

他毫无所谓，摸了摸嘴角："这个啊，想和浑蛋打一架，没打成，被浑蛋的走狗咬了。"

"你说的不会是……"

"除了郁家泽，还会有谁？"

"你疯了吗？"乌蔓倒吸一口冷气，"你到底知不知道现在的状况……郁家的产业遍布娱乐行业，在圈子里人脉极广。你去得罪他？"

“再给我一次机会，我只遗憾自己的拳头不够快。”追野很可笑地反问她，“你知道他在你晕倒在泳池边的时候，还在说些什么屁话吗？这个人懂得什么是基本的尊重吗？我无法想象会有女人爱上这种人。”

乌蔓无奈地扬了扬唇：“我该说你天真，还是愚蠢？”

“所以你承认你是因为利益一直待在他身边？”

“这是我和他之间的事。”乌蔓左右看了一眼空荡的走廊，客房服务的工作人员也许很快就会过来了，又或许有谁突然路过，被人看见总归不好，“很晚了，我要休息了。无论如何，今天的事谢谢你。”

她语速很快地说完便要关门，追野一下伸出手扒住门缝。

乌蔓差点把他的手掌压坏，最后关头刹住车，恼怒地问：“你怎么这么莽撞！”

追野从未关上的门缝里乘虚而入，后脚一踢，把门完全推上。

乌蔓蹙起眉：“我这是警告，你该走了。郁家泽一会儿就要结束饭局回来了，泳池的事情已经让他很不爽，但那个算是意外。如果再让他看到你在我房间里，你就真的完了。我也得完。”

追野盯着乌蔓的眼睛，似乎屏蔽了她的话，他直勾勾地看着她，像是要洞穿她的灵魂。

“你为什么留在他身边不重要，但你必须离开他，他不是个好人。”

乌蔓愣了一下，随后肩膀微微颤动，她忍不住笑起来。

“不是好人？那你就知道我是好人了？物以类聚，人以群分，其实我也不是好人。”

追野沉下脸，朝乌蔓越走越近，不断缩短的距离让乌蔓感觉心慌。

她转身坐回不远处的沙发上，和追野拉开距离，佯装镇定地一晃一晃地跷着腿，姿态慵懒：“难道浪子的臭毛病，就是喜欢勾好女人堕落，劝坏女人从良？”

“乌蔓。”

追野忽然郑重其事地叫了一声她的名字。

这好像是他第一次叫她的名字，直接把乌蔓叫得一愣。

她眼看着他一步步向自己走来，那股扑面而来的压迫感逼得她下意识地停止了动作。

她晃眼瞥见对面的墙上投射着追野昏黄的影子，好似一只猎豹。

这只猎豹转眼到了跟前，伸出双手，还带着擦伤的手掌摁进柔软的沙发垫里，粗粝和柔软碰撞。

她不安地仰起头，被动又脆弱地陷在他的怀中。

“我不是浪子。”追野低下头看着她，从她的眼睛顺着轮廓线描摹到唇边，说话时露出尖尖的虎牙，像是要一口咬上她的颈动脉，“你也不是坏女人。”

酒店楼下，一辆宾利停在门口。

酒店工作人员戴着白手套毕恭毕敬地拉开车门，皮鞋落地，接着是腿、风衣的下摆、宽阔的肩头。

郁家泽从车上下来，他揉了揉额头，呼吸间溢出酒气。

他走进酒店的电梯，按下楼层。

数字一格一格地往上跳。

还在房间里的乌蔓和追野浑然不知。

15、16、17……

数字停在了乌蔓这一层，电梯门开了。

郁家泽没走出两步，旁边的电梯门也打开了，服务人员端着乌蔓点的餐食摇摇晃晃地走出来。

托盘挡住了她的视线，她迎头撞上了郁家泽。

乌蔓点的是蟹黄生蚝干拌面，此刻蟹黄的油汁溅满了他的风衣下摆。

空气在这一刻凝结，女侍者倒吸一口冷气，连连鞠躬，快哭出来了：“对不起对不起，我真的不是故意的……”

郁家泽青筋一跳。

房内，乌蔓听到追野的问题失神片刻，好笑地问：“那在你眼里，我是什么？”

“你是乌蔓，出生在凛冬，看上去似乎和那个季节一样冰冷淡漠。嘴很硬，笑起来的时候却很软，眼睛还会皱成一团，眼下的痣就跟着上扬三两度。”追野毫不犹豫地回道。

乌蔓沉默了片刻，说：“观察得可真仔细，这就是天赋型演员与生俱来的本事吗？”

“并不是，每一个人都可以，只要用心。”

乌蔓心里有个陀螺呼啦呼啦地转起来，嗡嗡地吵着闹着，又被她不动声色地摁住。

追野又往下凑了一点，两人之间的距离更近：“只有我一个人讲好不公平。在你眼里，我就是浪子？”

“浪子、影帝、小孩……我怎么看都无所谓。”乌蔓身体后仰，拉开两人之间的距离，“娱乐圈就是这样，不要管别人的真实想法。表面的关系只有一种，我们拍戏，就是搭档、同事，仅此而已。”

追野收回双手，慢慢站直。

“阿姐就是阿姐，年长我许多，活得很通透。”

乌蔓偏过头，看着那盏落地灯。

“你救我两次，我教你两课，我们扯平了。”

“扯平？”追野拉长语调，“这可不算，怎么想都是我吃亏。”

“那你还想怎么着？”

“总之，你欠我一个人情。”

乌蔓无奈地道：“好，就算我欠你一个人情，你可以走了吗？”

她胡乱应下来把追野请出门，目送他消失在左边拐角。

她正要合上门，右边电梯的拐角方向出现了郁家泽的身影。

毫不夸张地说，看到郁家泽的那一瞬间，乌蔓被惊出了一身的冷汗，鸡皮疙瘩像是过电一样从头蹿到脚。

从追野前脚消失，到郁家泽后脚出现，中间就只隔了两三秒。

乌蔓还没从后怕中缓过神来，就听见他问：“你怎么站在门口？”

乌蔓顿了一下，急中生智说："我点的客房服务还没送来，饿得不行了，想直接下去吃点。"

郁家泽一脸无语地抖了抖手上的风衣，指着那块污渍说："原来这是你点的。"

乌蔓这才知道，那绝妙到宛如神迹的时间差是自己点的客房服务造成的。

如果这世界上真的有神明存在，那一定是你，我的胃！

广州的外景拍摄部分到此结束，乌蔓和钟岳清跟着B组先回京城搭好的内景棚拍摄，追野则跟着A组去香港拍剩下的外景戏。

丁佳期的戏份已经杀青，得回到学校读书。离开那天她特别不舍，红着眼眶说会想大家。汪城拍拍她的头，让她加油考试，到时候杀青宴再见。

有人中途离组，自然也有人中途进组。

进组的人是乌蔓的专用替身傅静雅，因为在京城的棚拍戏涉及亲密戏，所以广州的部分她就没跟，剧组回了京城，她才正式入组。

乌蔓还记得她第一次看到傅静雅脱下衣服的时候吓了一跳，因为傅静雅的背上也有一块像折断羽毛的痕迹，与她身上的如出一辙。

她不禁问道："这也是你的胎记？"

傅静雅摇头："怎么可能呢，蔓姐。我是太喜欢你了，所以拿着你的照片去刺了一个一模一样的刺青。"

乌蔓不知道说什么好了。

她劝傅静雅："你要是想走演员这条路的话，以后还是去把这个洗掉吧。"

傅静雅呆了一下，甜笑着说："谢谢蔓姐。我先多跟着蔓姐学习就好。"

因为以前郁家泽不允许乌蔓接这种类型的戏，最大的尺度也就是洗澡，没什么技术含量。因此，这次傅静雅和乌蔓一样，是第一次面临在摄像机跟前和男演员演同床共枕的戏。

乌蔓并没有告诉傅静雅她其实就只是走个过场，之后还是需要乌蔓亲自来。因此傅静雅紧张得不知所措，即便只需要贡献脖子以下，那也是实打实的对戏。

况且，对戏对象还是那个声名鹊起的追野。

傅静雅有点害羞地问："《孽子》我看了好几遍，追野在青楼的那段抽烟戏看得我少女心都苏醒了……他本人怎么样？"

乌蔓淡淡地说："你很快就可以看到了。"

几天后，追野结束了香港的拍摄部分，A组回到了棚里和大家会合，调整了一下状态，剧组便开始拍摄。

傅静雅也如愿见到了追野，两个人礼貌地握了下手后，就开始准备一会儿拍戏。

在这之前，乌蔓要先完成前面文戏的部分，傅静雅裹着浴巾在一旁等待，然后两人再接棒。

这一段戏在剧情里是邓荔枝和陈南的第一次交心，发生在她被徐龙放鸽子之后。

酒店布好的菜色一点没动，挂了徐龙的电话后，她就顶着暴雨回了家。

一开门，她就盯着窗台上的兰花，有种想将它一把推下去的冲动。

但最后她没有这么做，只是轻轻地把它移到茶几上，而后抱臂蹲在茶几旁边，在轰隆隆的雷声中放肆大哭。

房间门被打开，陈南突然出现在邓荔枝身后。

他慌张地把自己的外套脱下来盖在浑身湿透的她身上，无措地蹲在她身边："阿姐，你怎么了？"

邓荔枝收不住眼泪，失态得像个小女孩，把鼻涕和眼泪擦到陈南的外套上，抽抽噎噎地道："放心……我……我之后……会洗掉……"

陈南哭笑不得，又觉得她这副脆弱大哭的样子可爱得不行。

他咬牙切齿地将她一把揽到怀里："伤心的时候还想着做家务，你是田螺姑娘吗？"

"我还湿着，你别碰我。"

邓荔枝摆手挣脱，却被陈南紧追着又抱住。

他稚气又倔强地说："我就要。"

邓荔枝不躲了，她靠在陈南的怀中。少年的怀抱滚烫，是这个凄风苦雨的春夜里唯一的避难所。她背脊渐软，转过身，把头埋在他坚实的胸口。

陈南却扣住她的下巴，迫使她抬头。

“阿姐。”他柔声道，“你今天很漂亮，但哭起来就不漂亮了。”

他垂下头靠近她，小心翼翼地擦拭她脸上的泪水。

“不要哭。”

她想躲，即将撞上茶几角的时候，他猛地伸过手心垫上。他力道大了几分，茶几摇晃，搁在边缘的兰花跟着晃了几下。

但现在没有人在意它了。

它在第三下的摆动中，“啪”的一声摔到冰冷的老式瓷砖上，四分五裂。

摄像机最后对焦在前景中碎裂的花盆上，又慢慢变焦到后景女人的双腿之上。

女人莹白的脚踝溅上泥点，她知道，她再也洗不掉了。

“卡。接下来上替身。”

乌蔓松开追野，气喘吁吁地退开两步。刚刚他们没有真的接吻，因为镜头只带到他们的手部和下半身，所以追野只是埋头在她的脖间蹭。

乌蔓的心还是跳得很快，但她清楚，这是属于邓荔枝的情绪，不是她的。

傅静雅在一旁看得目瞪口呆。

接棒时，她忍不住说：“蔓姐，你被附身了吗？我真的被吓到了……”

“我就当你在夸我了。”乌蔓坐到监视器后围观，“下面你加油。”

接下来的场景是陈南和邓荔枝的“重头戏”。

傅静雅走到沙发那个位置，把浴袍慢慢解开，里头并非未着寸缕，还好好地穿着服装师准备的属于邓荔枝的内衣套装。

乌蔓的目光下意识地飘到了右下角，那个机位正对着追野。

汪城朝着对讲机道：“准备好了我们就开始。”

场记拍下板的刹那，乌蔓屏住呼吸，视线紧锁在右下角。她只是好奇……追野面对另一个“邓荔枝”，是不是还能像面对自己那样全情投入。

监视器上正是手部的特写，追野的手指顺着女人的腰线往上，摸索到内衣的扣子，他的手指微颤，解了两下扣子都没解开。

仅仅只是一个手部的动作，就将他的青涩、紧张、珍视等复杂的情绪表现得淋漓尽致。

原来面对另一个人，他也可以瞬间入戏。

真是厉害的演员。

乌蔓喝着薇薇递过来的柠檬水，抿了一口后蹙着眉喃喃：“有点酸。”

有吗？和昨天一样啊。一旁的薇薇一脸蒙。

乌蔓将柠檬水塞回她手上，揉了揉太阳穴说：“我去休息一下，这边结束了通知我。”

这之后，还有他们不知道的，她和他的一场亲密戏要拍。

乌蔓轻手轻脚地走出影棚，即将拐出门前，她又忍不住回过头，看向沙发。

傅静雅背对着她，她看不清傅静雅的表情，但这个角度刚好可以捕捉到摄像机没在拍的追野的表情。

他的肢体和他的表情是割裂的，明明手上动情地抱着傅静雅，脸上的表情却是淡淡的奚落。

这份奚落是冲着乌蔓来的，因为他也正在看着她。

不看着怀里的傅静雅，而是远远地冲着她投来视线，像是在说：你看啊，因为你那无聊可笑的“原则”，我要在这里陪一个不知道从哪里冒出来的女人逢场作戏。

他把玩着傅静雅的指尖，眼神却勾着落荒而逃的她，口中念出台词：“阿姐，你怎么舍得？”

语毕，他终于收回目光，轻垂下眼，细密的睫毛在脸上投下一片阴影，显出几分委屈。

乌蔓离开影棚后就没有再回来。

她给薇薇发消息说自己身体不太舒服，回了别墅。这就是在京城拍摄的好处，可以随时回家休息。虽然这个家并不是真正意义上的家，但也是她住了七八年的地方，能带给她安全感。郁家泽曾说要为她买下来，被她拒绝了。

她并不喜欢很大的房子，更不需要带一个小花园之类的，她嫌麻烦，一个人也不好打理。小小的房子就很适合她，周围的东西很挤很满，能将她牢牢包围。

很多女星在她这个年纪已经开始考虑组建家庭，未来的房子该买什么样的，但是她从来不去想这些。

在她的潜意识里，只有她一个人，最多再加一条狗。那样的话，房子再大一点点就够了。

她想郁家泽也很满意她这一点，和他在一起十年了，却从不要求任何逾矩的身份，所以他们才没有一拍两散。

别墅个把月没人住，却没有灰尘，因为阿姨每天都会来打扫。乌蔓一头扎进床里，还能闻到被子晒过的松软味。

她闭上眼睛没多久，手机一振，是傅静雅发来的消息。

“蔓姐，你身体不舒服吗？”

“嗯，你们拍完了？”

“是呀，一条过。”

接下去本应该她接替傅静雅，和追野再拍一条沙发上的戏。

但她一想到追野和傅静雅刚才就在那张沙发上彼此拥抱亲昵，她就知道自己进入不了状态，再拍也是浪费大家的时间，只能和汪城说改日再拍，都是内景戏，好调时间。

她漫不经心地刷着手机，脑子里想着有的没的，朋友圈里蓦地刷到了傅静雅刚发的一条动态。

“某人真不愧是影帝，演技太厉害了，被他拥抱的时候真的有一种被深爱的错觉！［害羞］”

乌蔓的手指停在这一条动态上。

瞬间的冲击像海水涨潮，退去后全是泡涨的砂石，硌硬得慌。

她想，自己早出道十一年又怎样？同戛城影帝比起来根本是小巫见大巫，祖师爷赏不赏饭吃的区别。

人家的感情已经到了游刃有余地随意切换的地步，邓荔枝邓香蕉邓苹果，谁来都行。而她居然还在烦恼戏里的感情太滂沱，她第一次面对，就快克制不住地蔓延到真人身上。

但她会克制住的，就算克制不住，她也会掩饰得很好。

隔了几天，那场沙发戏终于还是要开拍。

现场清完人，只剩下汪城、摄影和录音。

乌蔓裹着浴袍，站在沙发边深呼吸。她的视线落在客厅的鱼缸上，里头有一条孤零零的黑鱼，接的是剧本里陈南钓到的那条。那次钓鱼回来之后邓荔枝不舍得把它杀掉，也不舍得放生，索性就养了起来。

徐龙嘲笑她，说头一次见把黑鱼当宠物鱼养的。

乌蔓脑子里混乱地想着这些，慢慢地放松下来，不自觉就转换到邓荔枝的身份上。

然而，追野一出来，乌蔓抬眼迎上他，刚平静下来的呼吸又急促起来。

追野看了看她："阿姐，你在紧张。"

乌蔓被他这么直白地戳穿，有些恼怒，面上更加紧绷。

"你该脱了。"见她不动，他伸出手，"还是我帮你？"

"我自己来。"

她后退一步，绊到自己的脚，浴袍松垮地敞开，她随之跌落进沙发里。

乌蔓条件反射地捂住胸口，却见追野在憋笑，顿时觉得自己这副扭捏的样子真的很可笑。

她不甘心，就着捂胸口的姿势双掌往胳膊上一撑，变成了很不屑地抱臂，挑衅地看向他。

追野脸上还带着笑，弯着眼睛，一颗一颗解开白衬衫的扣子。

周围的一切都是静止的，没有风，没有云，没有雨，一切都是在影棚内搭建的人工内景，但乌蔓偏偏感受到了微风拂过面颊的轻慢。他的白衬衫同样是风扬起的窗纱，少年的肌肤若隐若现，她还没看分明，他就贴了上来。

他们倒在沙发上，她暗红的头发散开，为了接戏，她做的是湿发造型，一部分垂落到他的胸口，一部分压在他们相靠的肩头。

这让总是看上去很冷硬的她变得潮湿又柔软，像积雨的流云，抚摸着就能感觉到掌心的潮意。

追野凝视着这样的乌蔓，捻上她的发梢，顺势而上，指尖像轻盈的芭蕾舞演员，一蹦一晃地贴着他自己的胸口摸索到她耳后。

乌蔓的耳朵像火柴棒的头，瞬间红到燃透。

“阿姐，阿姐……”

追野揉着她的耳朵哑声喊她，让乌蔓分不清他是在叫她，还是在叫邓荔枝。

他作乱的手移到了她的下巴上，稍一使力，将她的脸侧向他。他们面对面黏糊糊地挤在沙发上，仿佛整个世界只剩下方寸之地可以落脚。

“我们应该停下的……在我们还能停下之前。”乌蔓躲避着追野的眼神，她庆幸自己没有忘记台词。

“可是我忍不住了。”追野蛊惑着她，“阿姐，做我的同伙吧。”

“你会后悔的。”

他没说话，而是用实际行动证明。

她感受到扣在下巴上的手离开了，转移到她的肩带上，要去解扣。

乌蔓闭上眼睛，前几日他抱着傅静雅的那个画面又在脑海里闪现。

她瑟缩了一下身体，不同于邓荔枝压抑中带着渴望的躲闪，她这一下情不自禁地远离似乎伤到了追野。

他的手停在肩带上，没有往下再解。

汪城喊停，不解地问：“怎么回事，你居然出岔子？”

追野从沙发上坐起：“刚才有一下走神了。”

“刚才那条气氛挺好的，休息一下吧，一会儿再来一条。”

乌蔓捞过浴巾把自己包起来，小声说：“你为什么不跟导演说其实是我那个动作的情绪不对，你没接上？”

“因为我想知道为什么。”

两人虽然都还坐在沙发上，但隔着不短的距离。追野撑着头，语气淡淡的。

“我能感觉到你不是紧张，你是在抗拒我。”

乌蔓恍了一下神，笑着说：“你想多了。我第一次拍这种大尺度戏，真的是紧张。”

“那就请阿姐再专业一点。”

他特意咬重了“专业”两个字。

乌蔓忍了忍，还是图一时之快，忍不住说：“那我当然是没你专业了，对着随便拉来的替身也能付诸感情。”

完了。

一说出口，乌蔓就知道自己说错话了，她不禁懊恼自己为什么会像个小朋友一样非得顶撞一下才觉得痛快。

追野愣了愣，试探着问：“阿姐，你是不是在吃醋？”

乌蔓把浴巾又往上拉了点，不动声色地包住侧脸，假笑两声：“小孩，你真的很爱乱想。”

她感觉自己身边的沙发突然陷下去一块，追野坐了过来。

他将身旁这个白粽子扯下半片粽叶，露出她无措的脸。

“那你看着我的脸说你没吃醋。”

乌蔓被迫对上他的眼睛，他那么雀跃，眼里像是有无数蝴蝶在飞。

面对着这么一双眼睛，她卡了壳：“我……怎么会吃醋。”

他指尖点着她的鼻子，说：“撒谎。”

乌蔓不甘示弱地正要回嘴，整个房间像被上帝拉了一块黑布，所有灯光瞬间湮灭了。

“导演，停电了！”

黑暗中，摄影叫了一声。

汪城当然不可能因为停电就作罢，对着摄影和录音道：“你俩一起去取发电机过来，今晚务必把这条过掉。”

棚里太黑，汪城说完也跟着出去了。

窸窸窣窣的脚步声远去，沙发上只剩下乌蔓和追野。

乌蔓还穿着浴袍，不方便去到外面，干脆就窝在沙发上不动了。

追野似乎也没有要动弹的意思。

“你不出去吗？”

“我也还光着上身。”

乌蔓“哦”了一声，沉默下来。

“刚刚的事情还没说清楚呢。”追野不依不饶。

“没什么好说的，都说了我没吃醋。”

“那我也得澄清一下，我没有你说得那么厉害。”他顿了一下，又道，“和那个替身拍的时候，你不是发现了我在看你吗？”

乌蔓没吱声。

追野也没接着往下说，故意吊着她。她就不催，显得自己并不在意这个答案。

摄影棚里无比安静，只有两个人重合的呼吸声。

忽然之间，乌蔓感觉到追野靠得近了一些，胳膊轻轻撞上她的，接着，她的左小指和他的右小指也顺势轻轻相碰。

乌蔓的小指蜷缩着想逃跑，却被追野的小指勾住。

这只是攻城略地的第一步。

无名指、中指、食指、拇指……

他一根一根扣住她的。因为刚刚摸过她的湿发，他指尖还泛着潮意，又滑又黏，犹如一条狡猾又致命的毒蛇，缠上了就锁住，不放她离开。

乌蔓纤细的手指就这样被难舍难分地困在他的掌心下，插翅难飞。

密闭的摄影棚里没有一丝光源，一片死寂，坐在沙发上的两个人看似只是简单地并排坐着，谁都不会发现他们的手指借着黑暗在拉扯。

“因为那个时候我想着的是你。”

乌蔓闻言，试图抽回来的手指一滞，变得安分下来。

她感觉到自己的手指被轻轻摩挲了一下，听见他说：“我可只有这么一个阿姐。”

这一刻，彼此似乎都走火入魔了。

踢踢踏踏的脚步声自远处传来，是摄像和录音拉着发电机回来了。

机器嗡嗡工作的声响打破了满室黏稠的暧昧，不一会儿，暗下去的灯噼里啪啦地依次亮起，黑暗中滋生的那些心照不宣被那灯光的亮白抹去。

汪城带着满身烟味进来拍了拍手："可算是亮了。"

他眯眼看向沙发上规规矩矩地坐着的两个人："你们刚才在干吗？"

追野特别坦然地道："对台词啊，还能干吗。"

乌蔓的手缩在浴袍里，表情不自然地应和。亮起的几盏大功率灯打下来，烧得她脸发烫。

之后又拍了两条，汪城才放过他们。

除了摄影棚内有发电机，整个摄影基地都处于停电的状态，从棚内到她换衣服的化妆间一路漆黑。乌蔓没有打开手电筒，摸着黑走过去，好像这样混乱的情绪就不会被发现一样。

等换好衣服，完完全全变回乌蔓时，她的表情才恢复如常。

她推开化妆间的门，不远处的黑暗中亮着两点星火。

有两个人在那儿抽烟。

其中一个是女人，用兴奋的语气说："本来以为后天才能看到你，没想到你们就在隔壁拍。"

这声音太耳熟了，总是带着一股迷之自信的刺耳，可不就是何慧语嘛。

另一个人应了声，说："你现在在拍什么？"

听到回答的声音，乌蔓顿住了脚步，下意识地隐在黑暗里。

说话的人是追野。

"一部古装戏，大女主。"何慧语往空中吐了个烟圈，"我本以为肯定能拿下《春夜》，这段时间的好戏都推了，结果……现在好不容易有个凑合的，还是拍呗。"

他耸耸肩："看来这部戏钱给得多。"

"臭小子。"何慧语笑骂，"你们拍摄得还顺利吗？"

“外景部分都拍完了，现在在拍内景戏。”

“我听传言说这回的亲密戏还都是借位找替身？”

“嗯……”

“她还真是一如既往地坚持‘原则’。”何慧语说到最后两个字时语带嘲讽，“这个角色被谁拿走我都不觉得可惜，除了她。”

追野又“嗯”了一声：“确实。”

刹那间，乌蔓感觉到一股极为尖锐的愤怒，击碎了她掩饰好的所有情绪。

不同于第一次看到他在营销号微博视频里说那些话产生的不满，那愤怒来得太过急促和真实，像熄火的摩托突然高速行驶，划伤路面，激烈的余韵过后轧下一波钝痛。

这个人在她面前说着只有她这么一个阿姐，背地里却附和别人，觉得她根本配不上这个角色。

她以为追野不是那种两面三刀的人。他应该是厌恶伪装、极度坦诚的，他不受控制，所以他不需要去迎合别人。

这个认知的颠覆才是真正让她感到愤怒和钝痛的地方。

短短的几秒，乌蔓的脑海里电流噼啪作响，远处的追野却还没说完。

他接着说：“只不过你感到可惜的不应该是她拿下了这个角色，而是应该可惜一下自己，因为明年的金影奖影后估计也轮不到你了。”

何慧语揉了揉耳朵：“你在说什么？”

“明年她一定还会拿奖的。”

“有郁家泽在，她当然会。”

追野听到这个名字，语气冷了几分：“和那个人没关系，我指的是只靠她自己。”

“你认真的？”

追野笑了笑，抽了一口烟，闪烁的星火在乌蔓的胸口烧出了一个窟窿。

刚才那些乱七八糟的情绪都顺着那个窟窿漏了出去，消失得一干二净，随着风吹回来的，是难以名状的饱胀。

何慧语酸酸地用调侃的语气说：“她这回真演得这么好？”

“有空可以来探班。”

“你是想骗我给你带好吃的吧？”

“我要 L……”

“知道，Lady M 的抹茶蛋糕嘛，给你带。”

他满意地点头：“多谢何老师。”

何慧语一脸无奈：“谁叫我欠了你呢。”

她拿出手机看了一下时间，随即踱灭烟头，挥手说：“我继续去拍了，后天见。”

追野抽完了最后一口烟，转头进了化妆间。

乌蔓这才从黑暗中慢慢走出来，忍不住想两个人到底是什么关系。

可说到底，这和她又有什么关系呢？

乌蔓这么想着，还是鬼迷心窍地拿起手机，左瞧右瞧，确定没人后低头点进了八组。

她输入关键词搜索：追野、何慧语。

页面跳出一栋高楼——“追野和何慧语是真的吗？”

她点进去一看，热赞回复火药味十足。

“他们不是真的，我就是假的！”

“我来认真回答，就是饭局上认识的，吃过几次饭的关系。楼上你人没了。”

“影帝粉又来洗啦？送她回家的是不是你们家大明星啊？在采访里亲口说喜欢比自己年纪大的是不是你们家大明星啊？”

底下全是骂战，乌蔓皱着眉退出来，又点进另一个标题非常耸人听闻的帖子：“追野和何慧语绝不是炒作？内有实锤！”

主楼的内容如此写道：“追野在某个采访里说过很喜欢听音乐，还有一盘特别宝贝的磁带，昨天何慧语被拍到去了唱片行买磁带，投其所好送给谁一目了然吧？何慧语本人可是完全不爱听音乐的！”

“也太好笑了，这是什么把楼主脑子都敲坏的空气锤？我现在就去唱片行买张碟片，我也是追野女朋友，谢谢。”

“为什么我觉得还挺真的……当明星做出反常举动的时候一般就是出问

题了。”

乌蔓看得一脸茫然，根本没看到什么真正有用的信息。

虽然网络上都在传他们似乎在一起，但追野亲口说他没有谈过恋爱，间接否认了两人正在交往。何慧语也在试戏的时候亲口否认了，说追野不是她的小男友。而且从刚才两人的对话来看，他们也不像情侣。

不过……似乎也不是普通朋友那么简单。

接下来两天剧组休息，乌蔓也没接别的工作，好好给自己放了两天假，抽出时间把想看的电影看了。

某部电影刚看到高潮，手机里弹出一条新的微信好友申请消息。申请人的头像是一只被揉着脸傻乎乎的黄色土狗。

虽然没有备注，但乌蔓立刻就意识到这人是谁了。

她点了通过，故意没打招呼，对方也没说话。

乌蔓虽然仍盯着投影大屏，但心里已经在猜他为什么会突然加自己。

电影接近尾声时，对方一通语音拨了过来，终于打断了她的乱想。

“阿姐，是我。”

“猜到了。有事？”

他那边非常吵，听着像是在酒吧。

“你还记不记得你欠我一个人情？”

“算是吧。”

乌蔓挺意外，她本以为这只是追野随口一说，没想到他是真的要她“还”。

“那现在到了你还我人情的时候了。”追野说话的腔调比平时要软，“我喝酒了没法开车，你一会儿来接我吧。”

“你的助理呢？”

“他家里有事，我放他假了。”

“那你随便找个人去接你都行。”

“所以我找了你啊。”他理直气壮地道，“这个人情你现在不还，下次我提出的要求就更过分了。”

乌蔓沉默了片刻，说：“地址。”

追野发过来一个定位，果然是在一家酒吧。

乌蔓从床上爬起来，不紧不慢地洗个澡，化了个淡妆，戴上黑口罩和鸭舌帽，把自己包裹得快无法呼吸，这才出了门。

她到了酒吧门口给追野拨了通语音：“出来。”

追野没有立刻回话，似乎有人绊住了他，他隔着听筒笑了一下，压住手机在说话：“真的得走了，我等的人来接我了。”

声音很远，像浸在水波底下，传到乌蔓耳朵里痒痒的。

随后他又对准听筒，声音清晰地传过来，浮出水面，泛着波光粼粼的温柔。

他对着她说：“遵命，我的阿姐。”

乌蔓挂掉语音，给追野发去自己的车牌号，隐在离酒吧有段距离的地方等。

过了一会儿，声色犬马的酒吧门口出现了追野的身影。

这家伙口罩都不戴一个，挎着单肩包，穿着黑色的兜帽卫衣，帽子随意地扯上来就算是伪装了。

他在门口插着兜环视一圈，终于发现了乌蔓的车，正准备抬步走过来时，一个女人追了出来，扯住了他的手臂。

那个女人戴着口罩，乌蔓看不清是谁。

两人聊了一阵子，居然一起朝她车子这边走过来。

追野敲了敲车窗，对着乌蔓道：“阿姐，你介不介意再接一个？”

乌蔓的视线移到追野身后的人身上，对上女人露出来的眼睛。

“何慧语？”

“是你？”

两个人异口同声。

何慧语的视线在乌蔓和追野之间游移，难以置信地对追野说：“你说你等了很久的人，是乌蔓？”

追野点头，满嘴跑火车：“阿姐排场很大的，我好不容易请来一回，你快上车，不然下一秒她就发动车子从我们身上碾过去了。”

说完，他麻溜地打开后座车门坐了进去。

何慧语尴尬地站在原地，走也不是，留也不是。

乌蔓抬了抬下巴，干脆地道："上车吧，多你一个不多。"

何慧语一愣，似乎没想到她会这么说，犹豫了一下也拉开后座车门。追野却指了指副驾驶位："何老师，你坐那儿吧。"

何慧语眼睛一瞪："有没有搞错？！"

"如果我们都坐后面，那阿姐不就成司机了？"

"那你坐前面。"

"让你一个人坐后面也不好啊。"

乌蔓无语道："你们别掰扯了，都坐后面吧，别在我车上乱搞就行。"

"乱搞？"追野闻言，一只手撑在车窗上，睨视着车内镜中的乌蔓，"你是不是搞错了什么？"

乌蔓挑眉："孤男寡女从酒吧出来要一起回去，我有搞错什么吗？"

追野有些无奈地看向何慧语："何老师，我的清白又被你毁了。"

"既然如此，我们还分开坐干吗？"何慧语翻着白眼坐进了副驾驶位，"我回家，谢谢。"说完，她报了个地址。

乌蔓状似抱歉地耸了耸肩，在心里偷偷地划掉了床伴这个选项。

不是恋人，也不是床伴。

她打开电台，正好在播她喜欢的歌，她的手指在方向盘上雀跃地跟着打节拍。

三人沉默了一会儿，何慧语清了清嗓子问："你们……关系这么好了？"

追野似乎没听清何慧语的话，特意从副驾驶的后排换到驾驶座的后排，然后直起身，身体往前倾，近到快贴上乌蔓的驾驶椅背，将她从身后拢住。

他这样可以斜着面对面和何慧语说话，但是这个姿势他会离乌蔓很近。

他说话的时候，乌蔓甚至能感受到他的气息。

追野趁机转过脸，不经意地看她一眼，很不正经地道："用某人的话说，同事爱而已。"

乌蔓被他看得不自在，在不惊动何慧语的前提下侧过脸，不着痕迹地瞪了一眼追野。

他接收到她的眼神，嘴角轻轻勾起，鼓起苹果肌移开了目光。

车子在寂静的夜色中前行，路过一家便利店时，何慧语要求停一停。

何慧语下车进去便利店买东西的空当，乌蔓冷着脸朝追野开炮："你真行，让我给你的红颜知己当司机。"

"又从乱搞关系变成红颜知己了？"

"是你花名在外。"乌蔓意有所指。

"哦，你还记着那个营销号微博说的话啊。"追野挑眉，"那推比同类项，阿姐也是酒后接我回家，我就是你的蓝颜知己了？"

"你信不信我现在就让你下车，你和她一起打包？"

他嘟囔："开个玩笑，这么凶……"

"难得的休息日，我被你从家里叫出来，给你当司机。"乌蔓翻着白眼，"你还想我给你好脸色？"

追野想了想，从单肩包里掏出一根蓝色的蜡烛，又凑近她："那这个当作赔罪，给你。"

乌蔓没伸手接，皱起眉："什么东西？"

"今天我们认识的一个人过生日，他没许愿，分了三个愿望给我们。我运气比较好，分到了其中一个。"他把蜡烛塞到乌蔓手心，"就是这个，点燃就可以许愿。"

乌蔓刚想吐槽，何慧语从外头敲敲车窗，亮出刚买的烟："要不要下来抽一支？"

追野看向她："阿姐抽吗？"

乌蔓摇头："我只停三分钟。"

追野朝她做了个"敬礼"的手势，迅速地下车，接过何慧语递过来的烟。

何慧语拿出打火机，用手掌拢着给他点烟，他弯腰凑近，不避讳地就着她的打火机点燃。

乌蔓没什么表情地看着这一幕，关上车窗。

她的手心里还握着那根蓝色蜡烛，索然无味地拉开车抽屉想随便扔进去，车窗被敲了两下。

乌蔓动作一顿，降下车窗，追野嘴上还咬着烟，含混不清地对着她道："阿姐，你想好愿望了没？"

"又干吗？"

"愿望得在十二点前许完。"追野指着手机上的时间，"再不许就过期了。"

乌蔓看他那副执着劲，看来这茬是过不去了。

"嗯，想好了。"她随口敷衍道，"你叫何慧语上来，该走了。"

她关上车窗前，追野一把按住了窗户。

他顺势握住她拿着蓝色蜡烛的那只手，拽着她的手腕贴向他。

追野的身体斜斜地搭在车窗边，他垂下头，唇边的烟碰上烛芯。

他的眼睛却一直上挑地看着她。

车里轮播到了一首《电台情歌》，略微有点嘶哑的女声唱着：

你和我／看着霓虹／穿过了爱情的街道

有种不真实味道……

空旷的路面上一辆车急速驶过，昏黄的车前灯在追野的侧脸上明灭而过，与此同时，他的烟点燃了蜡烛。

"许愿吧，阿姐。"

追野用手指夹着烟，吐出袅袅的烟圈。

见乌蔓有些发怔，他伸出手掌覆上她的眼睑，笑着说："许愿得闭上眼啊。"

乌蔓眼前蓦然一片漆黑，鼻端还能闻到他手上烟草的余味，什么愿望都没有许上。

她的脑海里一片空白。

两日的假期结束，又恢复了正常的拍摄。

乌蔓昨晚分别送完何慧语和追野到家，那根蓝色蜡烛被她带回来放在了床头，她盯着它一晚上都没睡好。

次日，驱车去拍摄地点的路上乌蔓连连犯困，薇薇却神采奕奕地看着八卦消息。

虽然看见乌蔓在休息，但薇薇还是忍不住抱怨说：“姐，又有人在蹭你的热度了。”

乌蔓轻“嗯”了一声以表疑问。

“《闪耀 101》里最近很火的那个选手，各个营销号微博都说她是‘小乌蔓’，脸真大！”薇薇边刷手机边“呸”了一声，“节目组真贱啊，决赛请了咱们去当颁奖嘉宾，估计就是为了炒这一波。”

“是吗？”乌蔓不怎么在意，这些综艺的通告都是赵博语在帮她安排，她自己并不关心。

薇薇安静了一会儿，又发出了一声惊呼：“嘿……”

乌蔓蹙起眉：“薇薇，你今天特别吵。”

“对不起啦，蔓姐。”她吐了吐舌头，不好意思道，“主要是刚刚热搜爆了，追影帝的料！”

乌蔓听到这个名字心头一紧，困意消了大半，假装平静地问：“他又怎么了？”

“他最多的就是花边新闻啦，除了这个还能有什么。”薇薇把手机递过来给她看。

乌蔓心惊肉跳地点开来，看见营销号微博发的偷拍动图——追野和何慧语两个人在便利店门口抽烟。何慧语当时摘下了口罩，脸特别清晰；追野就更不用说了，根本没戴过口罩。

乌蔓接连滑过所有照片，提起的心终于放回了原处。

没有她的。

她全程都谨慎地戴着口罩，没有下车，估计蹲守的狗仔只把她当成了普通的司机。

但她还是没完全放下心，怕有路人拍到她，赶紧上热搜看了一圈，又点进八组查看。

八组首页已经被何慧语和追野的深夜抽烟照刷屏了。

“抽烟夫妇！”

“影帝拍戏那么辛苦，还要挤出时间来见姐姐。所以姐妹们，不要听信男人说太忙就不联系你的鬼话，不找你就是不爱你！”

“我能问一下他们抽的是什么牌子的烟吗？”

各种各样奇怪的话题点，无人在意其实还有她这个司机的存在。

这让乌蔓完全放下心来，她把手机一扔，睡了过去。

薇薇还在一旁碎碎念：“不过这次的对象居然重复了啊，难道他真的和何慧语在谈恋爱？那他的眼光也太差了吧。”

迷迷糊糊中，乌蔓有些可笑地想，如果所谓的追野和大小花都有一腿皆是这种绯闻，那他真是够冤的。

有一种人就像 AI，哪怕脱光了露出白花花的肉都让人觉得冰冷，没有故事。而有一种人，像追野这样，哪怕他直截了当地说我只是个机器人，看客也会忍不住浮想联翩，想象一出“编号 89757”。

连看客都如此，更别说和他面对面的人。

深夜的烟点燃蜡烛的火光再次在脑海里闪过，乌蔓在车内的躺椅上辗转，微微蹙起眉头。

这天的拍摄结束后，乌蔓精疲力竭地返回别墅，想赶紧补个觉。

她一进门，就看到玄关放置着一双擦得锃亮的黑色皮鞋，衣架上挂着一件黑色的西装外套。

大厅里没有人，她走上二楼，在书房找到了郁家泽。

他正坐在电脑屏幕前，察觉到她推门而入，他头也不抬地拍了拍大腿：“到这儿来。”

她乖顺地坐到他腿上，他伸出一只手从她腰间搂上去，将她揽在怀间操作电脑。乌蔓安静地看了一会儿屏幕上的那堆报表，累了一整天的头隐隐作痛。

她无声地打了个哈欠，问：“您吃过饭没有？”

郁家泽用鼻音轻轻“嗯”了一声：“我怕你再给我做顿饲料。”

“我的厨艺也是有进步的。”

他没吱声，继续看着报表，过了半晌才轻描淡写地道："最近有谁过生日吗？"

"嗯？"

"你床头有根蛋糕上的蜡烛。"

乌蔓的心跳快了半拍，她含糊地说："没人过生日，休息的时候突然想吃蛋糕，店家送的。"

"什么牌子？"

"Lady M。"她脱口而出。

她不爱吃甜食，知道的蛋糕牌子甚少，一时间只想得起这个。

"真难得见你吃蛋糕。"郁家泽掐了掐她胳膊上的肉，"不怕发胖了？"

"最近拍戏，压力大嘛……偶尔破一次戒应该没关系。"

郁家泽拉长语调，不满地道："偶尔破一次，就会有第二次。"

"知道了，我下次不吃了。"

乌蔓干巴巴地笑着，不知为何突然紧张起来，总觉得他话里有话。

"好了，总算把这部分搞定了。"

郁家泽关掉报表，揉了揉脖子。乌蔓很识趣地站起来走到他身后，替他按摩肩颈。

他闭着眼睛享受了一会儿，哼唧着道："你的手艺可以去当技师了。"

乌蔓皮笑肉不笑，这个夸奖并不动听。

他重新睁开眼睛，点着鼠标打开了微博，用八卦的语气对她说："你们剧组那位挺不安生，又上热搜了。"

又来？

乌蔓凑近一看，发现还是追野和何慧语的那则消息。

"哦，这个早上就有了。"她语气平静，"他和何慧语不是第一次传了，估计就是真的吧。"

郁家泽笑道："你知道得很清楚啊，好像就在现场一样。"

乌蔓的手指一颤。

"刚刚那下力道重了哦。"郁家泽盯着她看了一眼，"刚夸完你就飘了？"

她垂下眼躲过他的视线："那我轻一点。"

"其实我对他的情史没什么兴趣。"郁家泽点开了抽烟组图中的其中一张照片，"但我对这张图里的车还蛮感兴趣的，你也来看看，是不是很眼熟？"

乌蔓的手完全僵住了。

郁家泽放大的那张照片，在角落里带到了她的车，车的牌照被拍了一半进去。

网友和媒体根本认不出来那是谁的车，但送她这辆车的郁家泽不会认不出来。

乌蔓知道，如果这个时候承认自己在车里，那后果不堪设想。

即便她真的只是个勤勤恳恳的司机，什么都没发生，但这已经触到郁家泽的逆鳞了。

她假装恍然道："我忘了和你说，这车子我借给何慧语了，她的车子拿去修了。"

"哦？"郁家泽很有兴趣地问，"前些日子你俩之间还火药味十足，现在感情这么好了？"

乌蔓顿了一下："她就在我们隔壁棚拍戏，稍微熟了点。"

郁家泽的手指轻叩着桌面，不知道在想什么。

乌蔓捏了捏他的肩膀："对不起嘛，我不应该把你送我的车借给别人开。"

郁家泽笑道："我是那么小气的人吗？送你的东西，你想怎么处理都可以。"

乌蔓悬着的心这才放了下来。

"我先去卸妆了，今天拍戏很累。"

乌蔓走进洗漱间，锁上门，打开微信，从黑名单里拖出了何慧语。

"在？"

消息已发出，但被对方拒收了。

她也被何慧语拉黑了。

乌蔓无奈地给追野发过去一条消息。

“你让何慧语把我从黑名单里拖出来，有要紧事！”

追野没有多问，给她发了个没问题的表情包。那个表情包居然还是他头像的狗子自制的。

过了一会儿，何慧语发来了一个问号。

“郁家泽看到我的车了，我告诉他因为你的车子拿去修了，所以我把车子借给你开了。他可能会找你确认，帮我一下，就当作昨晚的车费了。”

“所以你没跟他报备？”

“你觉得呢？”

“不是，你们三个人到底什么情况？”对方显示正在输入中，紧接着又发来一条，“我帮你打掩护，总得搞清楚吧。”

乌蔓发了一会儿呆，在输入栏里敲下一行字。

“我只是还一次追野的人情才去接的他。”

“你和他真的没什么？”

“没有。你到底帮不帮？”

“帮。”对方显示正在输入中，紧跟着又发来了一条，“但我可不是为了你，我只是不想追野被你牵连。”

乌蔓看着这条消息，总感觉获得了某条很重要的信息。

传言并非毫无依据，何慧语似乎……喜欢追野。

乌蔓卸完妆出来，听到郁家泽在一楼叫她下去吃夜宵。

听到“夜宵”两个字，乌蔓心里便咯噔了一下。

她硬着头皮下了楼，看见那碗“轻食沙拉”，她就知道，郁家泽并没有打消心里的疑惑，他觉得不痛快，所以要拉着她一起不痛快。

“我刚亲自做的，尝尝？”

他夹起一口，作势要喂给乌蔓。

那碗沙拉除了干巴巴的菜叶，剩下的全是郁家泽酷爱的各种辣椒。

蝎子辣椒、朝天椒、魔鬼辣椒、死神辣椒……他把放置在别墅里的存货都翻出来了，搅拌在一起，加上番茄酱。

毫不夸张，真的会吃进医院。

郁家泽“啊”地示意乌蔓张大嘴。

乌蔓深吸了一口气，囫囵吞下那一筷子辣椒。

顷刻间，熊熊大火顺着食道灼烧着她的五脏六腑，当初酒店那盘最辣的菜相比起来只能开开胃，不及这盘“沙拉”的万分之一。

乌蔓真的觉得胃被烧穿了。

郁家泽还嫌喂一口不够，硬塞下了第二口。乌蔓觉得自己的嘴巴变成了一座火焰山，每一次咀嚼，都带出一股滚烫的热风，千万把芭蕉扇都扇不灭。肠胃被这股热风吹着打成世界上最复杂的结。

乌蔓捂住肚子，脚脖子打战，有气无力地喊：“水、水……”

郁家泽满眼心疼地把一杯水递到她唇边。

她已经被辣得魂不附体，抓到那杯水就如同抓到救命稻草，“咕咚”一口喝下，手指猛然一颤，水杯没抓稳，摔得四分五裂。

那是一杯刚烧开的水。

彻底晕过去前，乌蔓模糊地感受到郁家泽将她抱起，附耳轻声道：“你最好没有说谎。”

乌蔓再次醒来是在别墅的床上，阳台门大开着，是个没有日出的早晨。

她的手边挂着点滴，快挂完了，但喉咙里的那种火烧火燎的感觉并未完全消散。

她试探性地出声，就是一阵咳嗽。

门外传来响动，郁家泽端着一碗药进门，难闻的中药味充斥着整个房间。

看见他进屋，乌蔓蜷缩在被子下的手指瑟缩了一下。

他将药放到床头：“怎么跟了我这么久，还是这么不能吃辣？”

那种程度是不能吃辣的程度吗？要不然你给我亲自示范一下？

乌蔓忍不住腹诽，但是她心虚，不敢说什么。

“是急性胃肠炎又不是哑巴，不说话？”

乌蔓哑声道：“我嗓子疼。”

郁家泽轻轻地叹了口气："真拿你没办法，先把药喝了。"

他舀起黑色的药汁，要亲自喂她。

乌蔓不自觉地微微偏过头，身体快于意识，眉头已经皱起来了。

郁家泽看她难受的样子，这才笑出了声："怎么还是那么怕苦？"

"胃肠炎而已，有必要喝中药吗？"

郁家泽不容置疑地点头，半真半假地道："医生说你的胃再不好好调养会出大问题。"

那还不是因为你发神经折腾的吗？

"把药喝完。"郁家泽拿出手帕慢条斯理地擦掉她嘴角的药渍，"不光这碗，医生开的这一个月剂量都得喝。"

闻言，乌蔓的脸皱成了一团。

郁家泽太清楚怎么精准打击她了。

"一个星期行不行？"

"我再让医生开一个月的药？"

乌蔓叹了口气，不再提这茬，余光瞄到郁家泽收回手帕，不是之前他惯用的那块黑底金纹的。

郁家泽料到他一走，药就会被乌蔓偷扔进垃圾桶，安排了薇薇定点拍她喝药的视频发给他。

这下子她逃都逃不掉，还顺带祸害了整个剧组，中药味飘满整个摄影棚。

一想到这件事和追野逃不开干系，乌蔓故意挑在拍亲密戏前喝下一整碗中药，务必也要让追野感受一下这种美妙的滋味。

这天依旧是清场拍摄，这一场是陈南想给邓荔枝画画，在这个过程中却一时情不自禁……

非常令人怦然心动的一场戏。

陈南曾经学过美术，但他总是画不好一张人物肖像。直到这个夜晚，他看到邓荔枝赤着脚从房间里出来，没有开灯，客厅很昏暗，邓荔枝披着暗红的卷发，身上是一条青绿色的丝绸吊带裙，整个人柔软又脆弱，让他联想到刚从水面拂过的柳条。

邓荔枝没有防备地抬眼，和在阳台上支着画架练习的陈南视线相撞。

他觑见她眼底的潮红，她刚哭过。

邓荔枝神色慌乱，她没想到在深更半夜还会被人撞见。陈南刚住进来，总把自己关在房间里，她还没有完全意识到有人已经住进了家里。

她收敛表情，若无其事地道："这么晚了还在练习？怎么不开灯？"

"我在画它。"陈南指了指快垂落进阳台的紫藤萝，"这花在夜里比白天好看。"

"这样眼睛会坏的。"邓荔枝拢了拢肩上的吊带，"我去睡觉了，不打扰你。"

"阿姐。"陈南从背后喊住她，"能不能当一次我的模特？"

邓荔枝诧异又不敢相信："画我？"

陈南点头："你的身体曲线很美。"

她眩晕了一刹那。

就在几十分钟前，她的丈夫在她鼓起勇气的主动引诱下，只是平淡地看了她一眼，随后打起了鼾。那眼神和看案板上的一坨肉没什么不同。

她回过神，自嘲地道："你别开我玩笑了。"

"我从来没有画谁的冲动。"陈南神色认真，"你是第一个。"

邓荔枝沉默了一会儿，小心翼翼地问："那我要怎么做？"

"你坐到这里来就可以了。"

陈南搬了把旧椅子，放到画板前。

"我要不要换件衣服？"

"不用，这样就很好。"

邓荔枝抿紧嘴唇，僵硬地坐下。

"就这么坐着吗，不用摆什么姿势？"

陈南调笑道："你想摆个小树杈也行。"

"太傻了……"

两个人对视着，忽然就笑出声。

安静的夜里只剩下铅笔和画纸摩擦的声音，楼上有人在练口琴，吹着不成调的曲子，少年边画边跟着哼。楼下年久失修的路灯是唯一的光源，瓦数很低，有飞蛾在灯下盘旋，嗡嗡飞过。女人僵硬的肩头舒展开来，身后满树的紫藤萝在悄悄苏醒。

陈南快画完的时候，天空落起了雨。

起先是一滴两滴，夜风吹来凉意，雨越来越密，沙沙作响。画纸的边都湿成了一团。

可谁都没有出声，他依然专注地看着她，她依然垂眸坐着，半边头发被雨温柔地浸湿。

他最后提笔在左下角写了几个字，说："画好了。"

邓荔枝起身揉了揉发麻的腰肢，探过头看向那幅画。笔触并不是那么老到，却叫人一眼难忘。

纯白的画纸上，女人总是耷下去的嘴角微微勾起。她双手托着下巴，跷起脚，安静又雀跃地看着这场春雨。水珠顺着她的锁骨滑落，滑过翠绿色的腰窝，淌成一条春水。

那样放松的少女姿态，是邓荔枝不曾拥有过的。

她哂笑，摇摇头："这哪是我啊。"

陈南笃定地道："这就是我眼中的你。"

邓荔枝听到他无比坚定的语气，不禁怔然。

原来青春已逝的自己在另一个人的眼中，还能再一次盛放。

画纸的左下角，陈南并不漂亮的字迹写着：春夜喜雨。

"好雨知时节，当春乃发生……"乌蔓下意识地脱口而出。

"嗯，当春乃发生。"陈南跟着附和了一句。

乌蔓眼前一晃，追野的脸逼近，雨丝混着他薄软的嘴唇贴上来。紫藤萝被斜风一吹，随风潜入夜，润物细无声。花瓣飘飘洒洒，漫天都是，藏起了这个少年。

追野靠近的时候，不着痕迹地皱了下眉。

乌蔓的嘴角恶劣地扬起了一抹弧度。

这条拍完，他睁大眼睛说：“你故意的？”

“怪我急着拍，忘记吃颗糖去一去苦味。”乌蔓的心情终于好了一点，她佯装愧疚地道，“苦到你了吗？”

追野嘴角一抽，跑到一边狂喝水。

乌蔓弯起眼，心情大好。

这场戏并没有完全拍完，紧接着还有一场。汪城原本犹豫要不要删掉，但上一条他们拍得很顺利，时间还有余裕，他便决定把剧本后面的那一幕也拍了。

休息间隙，追野出去了一趟才回到片场。

接下来的戏是邓荔枝推开陈南，陈南笑着问她：“阿姐，礼尚往来，你要不要也画一下我？”

说完，他自顾自地在椅子上坐下。

“别再开我的玩笑了。”

邓荔枝心里的万般情绪杂糅在一起，瞬间冲到脑子里，她上前两步，把他塞到自己怀里的画板重新推回他怀里。

他却顺势抓住她的手腕，往前一伸。

乌蔓猛一扎子跨坐在追野的腰上，刚抓住他的肩膀，身体还在摇晃着，追野一把捞住她的腰，仰起头，嘴唇追了上去。

这原本该是一个简单、飘忽、轻柔的镜头画面，却在追野的手扣上乌蔓的后颈的瞬间变了味道。

明明只需要拍个特写，他却撬开了她的牙关，渡进了一颗糖。

久违的话梅糖，半甜，微酸。

他卷着那颗糖，推到她嘴里。

乌蔓捏着追野肩膀的五指收紧发白，带起衬衫的褶皱。她的呼吸加快，半张裸露的背脊绷直，远远看着像是深陷下去，肌肤上折断的羽毛扑棱着要飞出这块阴影盆地。

谁都没有想到，在镜头下平静相贴的嘴唇正在暗度陈仓地推拒。

只有录音师戴着耳机，听到了极为细微的丝绸摩擦着衬衫的声响，还有老旧的椅腿发出的嘎吱嘎吱声。

等汪城喊了停，那颗糖已经各自融化一半在对方的嘴里。

追野将乌蔓滑下去的那根肩带提上去，恶劣地轻笑："阿姐忘记吃的糖，我帮你补上，共苦同甘，有始有终。"

乌蔓恶狠狠地瞪了他一眼，身体还有些发软，用气声道："剧本上可没有这些！"

"加一些无伤大雅的小动作而已。"他眨眨眼，"还是你嫌弃我的吻技不好？"

"确实不怎么样。"

追野的笑容僵在脸上。他向后靠去，懒声问："那郁家泽的吻技就比我好吗？"

"这是发生在邓荔枝和陈南之间的，你要比较也应该和徐龙比较。"乌蔓还维持着跨坐在他身上的姿势，居高临下，语气带着刻意的冷淡，"下次不要再犯规了。"

又断断续续地拍了一阵子，乌蔓向汪城请了一天假。

在赵博语的提醒下，她才想起来还有个综艺的通告，就是《闪耀101》的决赛夜现场，平台邀请了她当嘉宾，给最后成团的女选手们加冕。

乌蔓觉得很可笑，自己是演员又不是偶像，去了当花瓶被人笑话吗？

但赵博语非让她去露露脸，说她这阵子拍戏已经消失了很久，热搜上多久没她名字，指数榜下降多少位，这个节目目前大火，流量多少……

乌蔓甩出"我去"两个字，一下就堵住了他的嘴。

造型师给乌蔓做造型时，为了贴合"偶像"这个主题，费了不少心思，既不能穿老气横秋的晚礼服，也不适合艳光四射的小短裙，最后定了一套复古的白色西装，内搭一件露脐的背心，配上阔腿裤，将暗红的长发全束扎起，露出别致的鸟笼耳环。

乌蔓想起自己很久没"营业"了，立刻掏出手机重拾自拍业务，对着试衣镜拍了一下全身的造型。

乌蔓：今晚你们 pick 谁？微博下配了一张自拍图。

不出十几秒，粉丝们嗷嗷待哺地扑了上来。

“老婆我好想你！呜呜呜，我想你想得眼泪都要流干了！”

“姐姐太飒了吧！天晴了雨停了，我又行了！”

“宝贝在剧组要注意身体啊，吃饱穿暖，不要太累哦。”

甚至有粉丝特意做了一张乌蔓穿着练习生制服出道要求大家投一票的海报。

乌蔓心里涌上一阵暖意，于她而言，他人是地狱，也是天堂。

她进入娱乐圈这么多年还没有感到厌倦，还能在那么多恶意和中伤下颤颤巍巍地站立着，是因为有粉丝的爱意和支持包围着她。

虽然这爱意很遥远，也很容易转瞬即逝，她有时候也会很悲哀地想，今天这一批说爱她的人，和昨天、前天那一批，有几个重合的呢？

她时常觉得自己和粉丝一起被困在奔驰的地铁里。她被关在车头驾驶，他们散落在一截截车厢里，不得不隔着紧闭的车窗注视着她。

有些人厌倦了注视，不知道在哪一站下了车。有些人看不到百分百的她，便在幻想中用完美补充完整，一旦发现她不过是个普通人，也就下了车。

不知情的人再度上车，循环往复。

似乎没有人会永远陪在她身边。

而她能做的，只是不断地燃烧自己，发动引擎，不让这辆地铁停下。

乌蔓从后台走到镁光灯前，嘴角扬起无懈可击的笑容。

乌蔓之前因为拍戏太忙没空关注这档节目，为了参加录制还看了两期，了解到这个是从百人里挑出九个人出道的选秀模式，是时下最火的综艺。

而节目里最火的人，就是目前投票排行榜上的第一位，唐映雪。

乌蔓坐在高台上往下看，公演舞台的舞蹈中心位就是她，这一组不是热烈的舞风，歌曲舒缓梦幻，她从月亮灯上一跃而下，像落入凡间的精灵。

坐在乌蔓后面端着一杯中药的薇薇听着满场狂叫唐映雪的名字，忍不住翻了个白眼，说：“蔓姐，她就是蹭你热度的那个。”

乌蔓漫不经心地问："你觉得她和我像吗？"

"哪儿都不像。"薇薇义愤填膺，"不是谁染头红发就能和您像的！"

乌蔓笑着揉了揉她的头。

她支着下巴继续看向舞台，唐映雪脚尖绷起，舒展上臂，在原地大开大合地旋转。能看出她有很深厚的芭蕾功底，和女团舞风格并不是很合衬。

她站在那群艳俗的人当中也是最扎眼的，其他的小姑娘已经很漂亮，但她的漂亮有着本质的不同，就像街边的玻璃弹珠和货真价实的圆润珍珠。

难怪整个观众区都像疯了一样喊唐映雪的名字，无论男女。

乌蔓无所谓地笑着说："她这么受欢迎还要打着我的名号，说不定还让我反向蹭了一波热度。"

薇薇嘀咕道："您的脾气未免太好了。"

演出完毕，上台主持的人还和乌蔓有点渊源，就是那个纪舟。

他开始一个个宣布出道名单。

底下的观众有哭有笑，粉丝们撕心裂肺地喊着他们支持的练习生的名字，到了最后一名时，大屏幕上出现了唐映雪和另一个女孩，她们手拉着手，共同等待命运的降临。

相比另一个眼眶已经红了的女孩，唐映雪显得很坚强，她伸出手直接将对方抱住，在她背后轻拍，丝毫不关心自己的名次。

底下的呼声更大了，似乎在嗑这两个人的组合……

最终，纪舟报出了出道者的名字，毫无疑问是唐映雪，票数断层。

接下来就轮到乌蔓上场了。

她负责宣布这个新女团的名字，再和这些女孩一一拥抱，庆祝她们出道。

乌蔓拿着信封走上台，游刃有余地发表感言："在宣布组合名字之前，我简单地说几句吧。虽然我是演员出身，但我认为演员和偶像有个共通的地方，那就是给观众造梦，演员通过戏剧，偶像通过舞台。我们奉献自己，让观众进入另一个世界。我想，这就是我们存在的意义。"

她拆开信封："那么，恭喜今晚出道的九人女团——Numerous。希望你们能从这个梦开始的舞台收获爱和勇气，继续努力！"

乌蔓张开怀抱，依次和每一个哭红了眼睛的女孩拥抱。

轮到唐映雪时，她似乎百感交集，但只是红着眼眶死死咬着牙不让眼泪落下。

乌蔓拍了拍她的背，温柔地道："你做得很棒。恭喜你。"

唐映雪紧紧地回抱住乌蔓。

"我等这一天等了好久。"她突然扬起嘴角，"终于见到你了。"

乌蔓一愣，疑惑地看向唐映雪。

唐映雪笑了笑："网友一直说我们有点像，我就很想见见你本人。"

乌蔓挑眉："那你看了后感觉如何？"

她不假思索地道："发现你是有那么一点像我。"

说完，她退后一步，一脸感激地看着乌蔓。

乌蔓像是没听清她说了什么一样，脸上笑容未变，款款地和大家挥挥手下了舞台。

走下舞台，摄像机不再追着她，灯光渐暗，乌蔓脸上的笑才渐渐淡去。

有点意思。

闹腾而无聊的一晚终于结束，乌蔓却还不能功成身退，节目组举办了庆功宴，她得去露露脸给个面子再离开。

车子开到了某家火锅店，乌蔓进了二楼包厢，其他人已经吃得热火朝天。

"蔓姐！"

最先和她打招呼的是纪舟，那面不改色心不跳的样子，好像之前他蹭热度掉资源粉丝撕扯的烂摊子都不存在一样。

在这个圈子，大家最擅长的就是把烂到发臭的东西埋起来，再插上一朵塑料花，一片繁荣盛景，你好我好大家好。

纪舟帮她拉开椅子，笑意盈盈地道："感觉好久没看到蔓姐了，已经回京城了吗？"

"嗯，现在在京城拍。"

"呀，那我必须抽时间去探班！"

乌蔓在心里翻白眼，这小子之前就想找借口去广州探班，被她以太远别折腾了为由回绝了，没想到他到现在还贼心不死，不过就是想认识汪城。

她很想直截了当地告诉他，就算他在汪城面前把衣服脱光了，汪城也瞧不上他。

如果追野也在这里，可能就真的这么说出口了吧。

乌蔓蓦然一怔，怎么就忽然想到他了？

“蔓姐？”

“哦，那你可得抓紧。”乌蔓回过神，“快拍完了。”

她起筷捞锅里的菜，四两拨千斤地把这事敷衍过去。筷子在肉片和青菜之间游移，最后心痛地夹起青菜。

刚出道的女团坐在另一桌，此时九个人端着酒杯，到了乌蔓这一桌来敬酒。

敬到了乌蔓这儿，为首的唐映雪很有礼貌地道：“乌蔓老师，感谢您今晚来见证我们出道，以后有麻烦到您的地方，还请多多包涵呀。”

一点也看不出在舞台上两人拥抱时的猖狂模样。

乌蔓回敬她：“后生可畏。”

接着，剩下的八个人一个个都说了类似的话，然后才放过她，走向旁边的纪舟。

乌蔓点开微信发消息让薇薇把车子开过来，这边结束了。

她和节目组的人打了声招呼就准备撤，九个人也敬酒回来了，狭路相逢。

电光石火间，唐映雪在离她很近时高跟鞋一崴，杯子里还剩余的酒泼溅到了乌蔓的白色西装上。

“天哪！对不起对不起！”她神色惊慌地道。

乌蔓忍不住想，唐映雪三番五次地挑衅她，使出的招数还都是这么不入流的，未免也太蠢了。

“没事。”她揉揉眉心，想越过几人直接离开，唐映雪却快一步掏出手帕帮她擦掉污渍。

乌蔓的脚步顿住。

她低头看着唐映雪拿着的那块手帕，黑底金纹。

郁家泽惯用的那一块。

她收回视线，冷冷地扔下一句“不用擦了”，便大步离开了。

乌蔓想起了自己的二十二岁，才和郁家泽在一起一年，已经超过之前所有人跟他在一起日子的总和。

但郁家泽已经渐渐不带她出席宴会，在当时的乌蔓看来，这是一种信号。

因此，在朋友圈刷到他带着别的小明星去聚餐的照片时，乌蔓觉得这大概就是他提出分手的方式。

她把别墅里的东西清空，给郁家泽留了张字条：好聚好散。

接下来的几个月他们都没有再联系，她拍完戏从外地回来，发现自己重新租的公寓被搬空了，只留下一张沙发。

郁家泽正坐在空落落的房间里看书，抽空看了她一眼，说：“你这班飞机晚点了四十五分钟，搬家公司已经把你的东西搬回去了。”

乌蔓的视线落在他拿着的书上。他指节修长，单手就能将整本厚重的古典精装本拿在手心。

她愣愣地放下行李：“您怎么会在这里？”

“我的小乌鸦逃走了。”郁家泽将书摊在一边，语气温柔，“我让她飞了几个月，是时候回来了吧？”

乌蔓局促地垂下眼：“您不是带了新人去饭局吗？”

他踱步到她跟前，扣住她下巴，迫使她抬头看他。

“那个人叫什么名字我都忘了。”郁家泽呢喃，“这世界上可以有很多女人，但我只有一只独一无二的小乌鸦。”

“您的意思是我不是人吗？”

郁家泽怔了一下，而后闷闷地笑起来，胸膛震动地将她压向怀里。

“你总是这么可爱。”他越抱越紧，“是不是不喜欢我还有别人？”

乌蔓没有回答。

她轻轻咬住嘴唇：“没有。我没有资格要求什么。”

“真聪明。”郁家泽抱着她轻晃，像哄孩子一样，“那你诚实地告诉我，你看到那张照片是不是心里不舒服。”

乌蔓把头埋在郁家泽的胸膛上，长久的沉默后，郁家泽听到一声很低的“嗯”。

他弯起眼睛，更大幅度地弯下腰，蹭了蹭她的脑袋。

“我不说结束，我们之间就没有结束，懂吗？”

从那以后，乌蔓再没听闻或者目睹郁家泽和别的女人纠缠。

或许他真的没再找别人，又或许他藏得更隐秘，没让她知道。

总之这么多年来，她没在郁家泽身边发现有别的女人的痕迹，直到唐映雪出现。

但那又怎么样呢？这一天早晚会来的。

也许不用等电影上映，她和郁家泽的关系就会结束。她反倒不用头疼该怎么向郁家泽解释那些真枪实弹的戏。

这样挺好的。

乌蔓从回忆里抽身，拍了拍脸，专注于下一场戏的拍摄。

这场是她和钟岳清的对手戏，在剧本的结尾段落，两个人终于打开天窗说亮话，邓荔枝向徐龙摊牌。

她端着菜走向餐桌，钟岳清吊儿郎当地坐着，正在擦钓竿。

他斜眼望了一眼鱼缸：“这条黑鱼怎么还在？”

乌蔓坐下：“也没别的鱼，光秃秃的不好看，干脆就一直养着了。”

“那我明天去市场给你买几条金鱼吧。”

乌蔓低头笑了笑：“都多久了，你才想起来鱼缸是空的吗？”

钟岳清擦钓竿的动作一顿。

“你不要就算了。”

“是我不想要吗？”

“你怎么回事？更年期提前了？”

“我是人，我有七情六欲，生气就是进入更年期了，想做爱就是如狼似虎？”

“我们刚在一起的时候你不是这样的。”

乌蔓在桌子底下用力摁住自己，颤声问：“那我刚开始是什么样的？”

钟岳清愣了一会儿，支支吾吾地说：“你很乖，很温顺，很可爱……”

乌蔓打断他：“你不要再说了，那根本就不是我。”

两个人四目相对，一阵沉默。

她起身喃喃：“我去喂鱼。”

乌蔓走到鱼缸边，撒饲料的手不稳，倒出了好多。

“荔枝……”

她没有转身，背对着摄像机，只能听见她缓慢的叙述和抖动的肩膀。

“阿龙，其实我很容易嫉妒，我也很没有安全感，我很爱你，但我从来不敢当面跟你说这些，哪怕我们结婚这么多年了。或者说，正是因为结婚这么多年了，再提这些你更会觉得我矫情。而当初我不说，是因为我只能伪装这些表象去吸引你。”

钟岳清惊愕过后，一声叹息：“你很久没说过爱我了。”

“阿龙，我爱过你。”

钟岳清捏着钓竿的手猛地收紧。

乌蔓放下饲料，转过身，平静地看着他：“所以我们就走到这里吧。”

他暴躁地把钓竿掷到一边，钓竿摔成两截，他痛叫道：“我不同意！”

“那你去洗浴会所的时候，有想过我会不同意吗？”

钟岳清整个人肉眼可见地变颓，刚才的气势荡然无存，他好半天才找回自己的声音。

“那只是找找刺激，男人不都是这样？我爱的人是你，你早上醒来时的眼屎，吃饭时打的嗝，夏天的汗臭味，感冒时流的鼻涕，睡着时流的口水，你的这些我都爱。但爱这些的前提，就是消磨我对你的欲望。”

乌蔓笑了一下，接着笑出了眼泪。

“你直接说恶心不就得了吗？那为什么当我爱上你的时候，我觉得这些都是可爱的？徐龙，我还以为你是爱着我的，是我错了。”

她从口袋里掏出一份离婚协议书，皱巴巴的，显然是被揉捏成一团丢掉又捡回来的。

“我已经签好了。”她放到桌上，“到你了。”

乌蔓挺直脊背，转身离去，没有回头。

“卡！”

汪城喊了停，乌蔓却还恍惚地向前走，眼泪大颗大颗地往下掉。

最后她撞在了一个人的怀里。

她没看清是谁，只是觉得这个怀抱的气息让人感觉很安心。她一动不动地窝着，任由眼泪落在对方身上。

“好了，阿姐，你别哭了，我帮你去揍钟岳清一顿。”

钟岳清跟过来叫冤：“蔓蔓你别再哭了，这样搞得我良心不安。”

追野用指腹擦掉她的眼泪，乌蔓回过神，拂掉他的手站直。

“没你的戏，你来做什么？”

她可是还记得这小孩在上次拍摄时的逾矩。

“出戏了就这么凶，刚才还那么软。”追野嘟囔，“当然是来看我的阿姐和她男人分手，这么爽的场面怎么能错过。”

钟岳清开玩笑道：“臭小鬼挖我墙脚，美得你！”

乌蔓低着头擦眼泪，听见追野在她头顶上方说：“你惹我阿姐哭，我可不就得抢过来。”

“你们够了。”她无奈地打断他们吵嘴，重新抬起头，越过追野，看见了站在摄影棚门口的郁家泽。

他手上拎着一个 Lady M 的蛋糕，微笑地注视着棚内。

郁家泽似乎刚来，没有看到她刚才窝在追野的怀里哭，只看到他们三个人凑在一起吵嘴，微笑道：“剧组的氛围真是不错。”

钟岳清脸色一变，有点结巴地说：“郁、郁先生您来啦。”

追野上前一步，一言不发地将乌蔓挡在自己身后，直直地迎上郁家泽。两人身形相当，面对面仿佛泰坦尼克号撞上冰川，那种剑拔弩张的气氛令在场的人都停下动作，忍不住往这边偷瞧。

郁家泽却根本没将追野放在眼里，他的视线掠过追野，停在乌蔓身上。

“小乌鸦，过来。”

“阿姐，别过去。”

两个人先后开口，钟岳清已经快窒息了，他不动声色地往后挪。连他这个被阵风扫到的人都这么有压力，钟岳清不敢想象处于风暴中心的乌蔓是怎么个状况。

然而，乌蔓神色自若，垂着头在追野身后站了半晌，接着越过追野，走向郁家泽，语气平静地道：“您探班来得真是时候，我刚拍完。”

“看出来了，你眼睛都哭红了。”他一边说一边分神看了追野一眼，眼中笑意盈盈，带着一种不动声色的厮杀后胜利的愉悦。

追野插在兜里的手紧握成拳，他凝视着乌蔓拉着郁家泽走到一边的背影，凸起的青筋摧枯拉朽地沿着手臂往上，没进袖中。

郁家泽心情变好，动作也温柔，甚至掏出手帕要替她擦眼泪，乌蔓状似随意地说：“怎么突然换手帕了？”

他的动作丝毫没有停顿，漫不经心地说：“脏了，当然就扔掉了。”

乌蔓“哦”了一声，没有再追问。

郁家泽提起蛋糕盒子：“上次你说爱吃，我这次给你带了。”

“谢谢……”乌蔓接过蛋糕，“一会儿吃，我得先去卸妆。”

郁家泽跟着她来到化妆间，他倚在门边看着镜子里的她。

“前两天你去了《闪耀 101》？”

他像是在没话找话，又像是故意的。

“嗯，还见到了最近很火的唐映雪。”乌蔓正在卸眼妆，闭着眼睛，完全看不出她的情绪。

“那个‘小乌蔓’？”

“看来您也知道她。”

“和你有关的人和事，我都会稍稍注意一下。”

乌蔓卸完了一只眼睛，睁开眼，视线里残留着眼部卸妆液的污渍，因此郁家泽的面目在她眼里是那么模糊。

他早不来晚不来，偏偏选在她和唐映雪碰面后来探班，这是一种报复吗？还是觉得亏欠后的遮遮掩掩？

她笑了笑，说："您对我还是这么上心。"

"你错了。"郁家泽不认同地轻轻摇头，"不是还是，是更甚。"

盒子里的抹茶蛋糕因为温度慢慢塌了下来，但它包装得完好，两个人都没有发现。

《春夜》的拍摄快接近尾声，除了刚开始乌蔓有点难以进入角色，以及亲密戏的尴尬之外，到后面渐入佳境。

然而，偏偏到了最后，汪城感觉乌蔓的状态有一些不对劲。

"这几场都拍得不是很顺，这样下去，我担心最后那场告别的重头戏你拍不出来。"

"导演，我可以做到的。"乌蔓说得十分没有底气。

"那好，你告诉我你觉得问题在哪儿。"

她说不出来。

"你这两天心绪太杂乱了。"汪城摇头，"这种状态放在前面是可以的，毕竟邓荔枝还在徐龙和陈南之间挣扎，但最后告别的时候她已经完全偏向陈南了。你现在的感情远没有达到那个厚度，告别的时候的那种痛就呈现不出来。这是整部电影最精彩的部分，我不允许这个地方有瑕疵。"

"您有好的建议吗？"乌蔓思索了一会儿，坚定地说，"我一定会努力做到。"

"我给你一个星期的时间，你和追野要像邓荔枝和陈南一样住到一起，我需要你摒弃所有的杂念，把自己浸入角色里。一个星期之后再拍这场重头戏，应该就差不多了。"

乌蔓嘴角一抽："住到一起？"

"这期间你把手机交给我，不要去上通告，忘记自己是演员这回事，就做个普通的人。追野也是一样的。"

“他知道这回事吗？”

“当然。”汪城笑道，“是他提出的建议。”

乌蔓有些怀疑这个建议的靠谱性，又转念一想，这个建议确实是追野会提出的。

他说自己是体验派，一回生二回熟，她的亲密戏确实在一次次的……接吻中，变得更加顺利。

就像她依旧看不惯他，嘴上骂着他的时候，只要他的嘴唇靠近，她就会乖乖地闭上嘴巴，情不自禁地凑上去。

汪城见她不表态，说道：“如果你觉得有更好的方式，你也可以跟我提。”

“没关系。”

再早两天，乌蔓可能会拒绝这个建议。

但是想起那块黑底金纹的手帕，乌蔓觉得没有必要犹豫了。

眼下的自己，唯一能仰仗的只有事业。她这么做，也许郁家泽根本懒得去计较。有了新人的时候，谁还会在意旧人呢。

她长长地呼出一口气，发了条退网一个星期的朋友圈，便把手机递给汪城。

汪城为了让他们贴近人物，恨不得让他们直接住进搭好的影棚景，但这显然不现实。

制片主任在二环内的老城区内找了一个胡同，包了个闲置的四合院，她和追野一人一间，既私密又不过分私密。环境老旧，还算贴合剧情，而且院子里有一棵真的紫藤萝。

她从别墅里收拾了一个星期的衣服和化妆品，颇有一种壮士断腕的壮烈。

薇薇在一边担心地道：“如果郁先生来了，发现您不在，问起怎么办啊？”

乌蔓毫不慌张：“就一个星期，他不会来。”

薇薇还是不放心：“真的吗？”

乌蔓掐了掐她的脸：“有更好的人出现了。”

薇薇睁大眼，露出惊骇的表情。

乌蔓平平淡淡地扔下一颗炸弹，云淡风轻地飘走了。

车子开到胡同口就开不进去了，司机下车想帮乌蔓把行李拿进去，却被她拒绝了。

她细瘦的手从后座拎起二十公斤重的箱子，展颜笑道："从现在开始，我就是一个没有人会帮我的平凡少妇。所以这段路，我就自己走了。"

她拖着箱子，轮子滚过水泥路，在安静的小胡同里尤为刺耳。

道路狭窄，两旁停满了银色的自行车，空中有白色的毛团在飞。

啊，是柳絮。

乌蔓拿这个玩意儿最没辙，走了两步就停下来打了个惊天动地的喷嚏，差点把腰打折。

直起腰的时候，她看到了天边的火烧云。

一个人影立在火烧云的黄昏下，插着兜倚在朱漆的大门边。

暮色沉沉，空气被撕裂成一片片柔软的棉绒，漫天乱飞。

乌蔓边打喷嚏边说："快，帮我拿进去，我快被柳絮弄死了。"

追野站着没动，不知道是不是还在因为上次的事情闹别扭。

乌蔓看他没有动，也不再说话，两人之间的氛围有些尴尬。她咬着牙撸起袖子，就在她默不作声地准备扛起箱子跨过门槛时，他一只手从她背后伸过，半环着腰的姿势，绕了个弯把她的行李箱拎过去。

乌蔓盯着他的背影撇了撇嘴，对着空气哼唧了一句"谢谢"。

她走进院子，一阵惊天动地的狗吠便传来。

乌蔓侧过头，见角落里拴着一只土狗，长得和追野的微信头像一模一样。

一人一狗四目相对，它龇牙又开始凶。

"小黄！"

追野放好行李出来，轻喝一声，它就耷拉着耳朵呜咽。

这狗还有两副面孔呢？

"这就是那张便笺上的小黄？"

"嗯，可爱吗？"

乌蔓退开了两步："凶巴巴……我要和它一起生活一个星期吗？"

"有我在，它不会咬你的。"

“呵，喜欢帅哥不喜欢美女，它是母的吧。”

追野遗憾地说：“小黄是公的。”

“哦。”乌蔓耸肩。

“接下来的几天我们就好好相处，以邓荔枝和陈南的身份。”乌蔓正色道，“从现在开始，我就叫你陈南了。”

追野无所谓地道：“好的，阿姐。”

乌蔓这才发现追野叫她的称呼根本不需要改。

是该说他未雨绸缪吗，还是早已将体验派贯彻到底？在这一刻，她毫不怀疑，也许在广州的那一个春夜，那个聚光灯被移走的黑暗角落，他们相对而坐，乌蔓在他眼中就不复存在。

之后他看到的，从来都是邓荔枝。

第四章

跑屋顶上看月亮

乌蔓大致参观了一下她即将栖身一个星期的四合院，家具都像二十世纪的，散发着一股霉味，墙面斑驳，旧海报遮掩了几分惨状。

海报上写着“夜申市”三个大字。

乌蔓忍不住想笑，贴海报的这位住客深刻地演绎了什么叫“身在曹营心在汉”。

不过让她来选的话，京城四合院和申市小洋楼，她觉得都很有风味。

直到她看到四合院的卫生间，乌蔓决定收回之前的话，坚决拥护小洋楼。

为什么卫生间要单独建在外面？也就是说，她得穿过院子才能艰难地洗上澡。

乌蔓脸色发黑地站在卫生间门口，背后传来追野的声音：“阿姐，你在厕所门口思考人生？”

乌蔓被吓了一跳，转过身看到追野肩上挂着一条浴巾，穿着大裤衩和老头背心，不修边幅，但又因为他的身体漂亮，越简单的衣服越不容易成为累赘，就像是越茂盛的植株需要剪掉多余的枝丫。

“你要洗澡？”

他点点头：“你要先洗的话就你先。”

“还是你先吧。”

乌蔓已经很久没有使用过如此原始的卫生间了，需要给自己多一点时间做心理建设。

等洗澡的这段时间，她突然发现自己不知道该干什么。

平日里排满了通告，她不是在拍摄就是在去拍摄的路上。休息时也会习惯性地拿起手机看看热搜，看看关于自己的评论。时间一下子就没有了。

而现在突然不需要拍摄，也没有手机，退回到了一无所有的原始时代。

乌蔓坐在院子里的摇椅上发呆，也许是因为在老城区，附近没有摩天大楼，光污染也没有那么严重，夜空黑得很干净，能看到半个月亮。

“丁零咣当……”

在她抬头看着夜空时，卫生间里传来巨大的声响。

发生什么了？

乌蔓犹豫了一下，还是走到卫生间门口，试探地问：“你不会摔倒了吧？”

里面传来一阵窸窣的穿衣声，须臾，追野拉开门。昏黄的光线泻了出来，盖住他赤裸的上半身，水珠在光下流动，顺着他劲瘦的腰腹淌进匆忙套上的裤子里。

他脸上还泛着雾气，哆嗦着说：“里面有……”

乌蔓顺着他手指的方向看过去，见一只拇指大小的蟑螂嚣张地趴在墙上。

她愣了愣：“你怕蟑螂？”

追野抓住乌蔓的胳膊，他的手臂快赶上她大腿那般粗，此刻他却犹如小鸟一般偎依着她，郑重其事地点头：“我怕！”

“滚出去。”

乌蔓翻了个白眼，从他手中抽回胳膊反手一推，独自杀进卫生间。

追野只听见门“啪”的一声关上，拖鞋“啪”地往墙上一拍，“咔嚓”两声，乌蔓已经拿着一包纸巾出来了。

追野盯着她手中的纸巾后退三尺：“它在里面？”

“已经四分五裂了，要看看吗？”

他头摇得像拨浪鼓。

“据说发现一只蟑螂，家里就有一窝蟑螂了。”乌蔓不怀好意地道，“晚上睡觉小心点，有的蟑螂会飞，说不定就飞到你嘴巴里。”

追野脸色一白。

乌蔓憋笑憋得肚子都快抽筋了，她从刚才开始就很想笑。一向天不怕地不怕的追野竟然受制于一只小蟑螂。

她甚至想象出更小一点的追野对着蟑螂捂着脸大哭的蠢样了。

“那我就去和你一起睡。”追野冷静下来，看出她在故意吓他，同样不怀好意地道，“蟑螂来的时候，还有阿姐帮我拍死。”

“做梦。”

乌蔓语气一滞，又被追野反将一军。

之后追野说什么都不敢再进卫生间，拎了桶水出来要在院子里洗。

乌蔓觉得很荒谬：“这可是在外面……”

“这明明是家里的院子。”追野将手搭在裤腰上，懒声说，“你不进去是想看我洗澡？”

乌蔓端着自己的洗漱用品进了卫生间，“啪”的一声关上了门。

追野还不放过她，笑道：“性感少男露天洗澡秀，十块钱一场，很便宜哦！”

乌蔓在里头大声回道：“你还漏了一个定语，怕蟑螂的性感少男！”

追野熄火了。

乌蔓洗完澡出来的时候，院子里已经没了人，地上一大片水渍，像刚下过雨。

她估摸着追野回房了，走到院子中央时，一朵紫藤落在她脚边。

她抬起头，见追野正坐在屋顶上冲她招手。

“阿姐，上来看月亮。”

乌蔓皱起眉：“疯了吧，大半夜到屋顶上看月亮。”

“也没别的事可做啊。”

“你赶紧下来吧，坐在上面很危险！”

“不会，你上来坐坐就知道了。”

乌蔓没有理会追野心血来潮的邀请，她甩甩头进了房间，既然什么都不能做，不如睡个养生的美容觉。

她吹着头发，在吹风机的嗡嗡声中，听见了悠扬的口琴声。

乌蔓关掉电源，那口琴声一点一点变得清晰。

房间里很暗，她坐在梳妆台前，听着那声音透过窗台朦胧地飘到耳边，像极了《春夜》里他们初吻的那场戏，她坐在阳台上，远远地能听到有人在吹口琴。

这一回，吹口琴的人变成了追野。

在口琴的乐声中乌蔓认真反思，她来这里的目的不就是为了电影和追野培养感情吗？

他要疯，她也只能陪着他疯。如果彼此相安无事，那住一年都没有用。

乌蔓叹了口气，拔掉吹风机的插头，湿着头发来到院子里。

她仰头大喊：“怎么上去啊？”

口琴声停了，追野伸出个脑袋，指了指一旁的梯子："爬梯子上来，当心点。"

乌蔓无奈，抓住梯子慢慢向上爬。追野在上头抓住梯子，不让它摇晃。

她即将爬到顶端时，追野一把握住她的手。他在屋顶吹了半天冷风，掌心带着夜里寒气的凉意，边缘却是炽热的。

乌蔓被拉上屋顶后，也没闲心欣赏所谓的景色，战战兢兢地扒着瓦片坐下。追野看着她的样子，突然就笑起来，说："站如钟坐如松，说的就是你现在这样。"

乌蔓白了他一眼："只有小孩上屋顶就开心得不行。"

"那你这个大人做什么的时候开心呢？"

追野的反问把乌蔓问住了。

如果只是一次普通的采访，问到她人生里最喜悦的时刻是什么时候，经纪团队就会提前对好稿子，然后她冠冕堂皇地对记者说，一定是获得某个奖项的时刻。

然而可笑的是，这个答案在她心里是最不愿回想的时刻。

她想过自己拿奖的手段有可能是不纯粹的。

那些奖项更像是一种枷锁，把她的良心铐住，但又不可或缺，是她所处的地位必须要添加的砖瓦，也是筑起她厚脸皮的水泥。

此时此刻在追野面前，她做不到把这个答案脱口而出。

她佯装出很苦恼的样子说："幸福的时刻太多了，很难选出一个最好的。"

"哦，是吗。"追野没有再追问，话锋一转，"你没听出我刚吹的是什么曲子吗？"

"没有。"

"你再听听。"

"我和你不是一代人，不一定会知道你听的歌。"

"这首你肯定知道的。"

他很笃定地说着，仰躺在屋顶上，再次吹起了口琴。

他从头开始吹，乌蔓恍惚了一下，记忆深处的童谣逐渐苏醒。

“你在吹《小茉莉》？”

他弯起眼睛，侧着头看向她：“我就说你一定知道。”

“你怎么会听这么老的歌？”乌蔓有些怀念地说，“那是我小时候听的歌。”

“那也是我小时候听的。”追野把玩着口琴，眉眼温柔，“有人唱给我听过。”

乌蔓看着他那副样子，挑眉道：“女孩子吧？”

他没有回答，转而唱起了《小茉莉》。

夕阳照着我的小茉莉，小茉莉，
海风吹着她的发，她的发，
我和她在海边奔跑，她说她要寻找小贝壳。

追野的声音澄澈，情感却很浓郁，让她想起春日午后，刚倒过春寒，枝头有新花，风也温柔，适合来一场春困的睡眠。

他唱到一半，示意乌蔓接下去。

她抱着膝盖摇头：“我不会。”

“你不会？”

“嗯。”乌蔓催促他，“你接着唱吧，唱得还可以。”

追野收了声：“不唱了。”

他偏过头：“后面的词忘了。”

难道是她没有夸好听，他就闹别扭了吗？

“那今晚的屋顶怀旧音乐会就到这儿吧。”

乌蔓小心翼翼地准备起身离开，追野半支起身，撑着头叫住她。

“这才哪儿到哪儿啊，下半夜才刚开始。”他玩世不恭地道。

然而，乌蔓毫不留情地拆穿他：“你是不是因为蟑螂不敢睡啊？”

四目相对，一片沉默。

乌蔓道：“好吧，那你想做什么，蹦迪？”

“我才不喜欢蹦迪。”追野跟着乌蔓爬下屋顶，在她转身的刹那拽住她的手腕，“阿姐，我们去夜游吧。”

“夜游是什么……”

他顿了一下，道：“你没有夜游过吗？”

乌蔓很头疼，她快跟不上年轻人的思维了。

“我晚上不是在这个摄影棚就是在那个摄影棚，哪有时间搞那些乱七八糟的。”

他沉默片刻，解释说：“这不是乱七八糟，这是一次夜晚的城市冒险，不规定路线，想去哪儿就去哪儿，在早晨结束。”

听起来挺荒诞的……乌蔓很想敲开他的脑袋看看里面都藏了些什么。

追野有些落寞地垂眼：“算啦，晚安，阿姐好好休息。”

他转身走向自己的房间，乌蔓从背后叫住他：“我没说不去啊。”

追野脚步一顿，回过身时，脸上荡出的笑意胜过满树温柔的紫藤萝。

他雀跃地大步走过来，变戏法似的从口袋里掏出两个口罩，先给她轻柔地箍到耳朵上，再给自己戴上。

“准备好了吗？”他眼睛弯弯地说，“三、二、一，走咯！”

她就这么被他拉着跑出胡同，转过拐角，跌进无边春夜。

乌蔓之所以没有拒绝追野提出的“夜游”，是因为她想到自己是三十五岁的邓荔枝，那么在少年陈南牵着她逃跑的时候，一定会义无反顾地跟着他走。

虽然剧本里最后她没能和他一起走。

追野拉着她到了公交站台，说坐下一班来的车。

“哪怕根本不知道它的路线？”

“对。不然怎么叫夜游？随处游荡，老天指引。”

随处游荡，老天指引。

乌蔓在心里念着这八个字，竟涌出一点似曾相识的期待。

十几分钟后，一辆空荡荡的夜 2 路停在了他们面前。两人跳了上去，乌蔓挑了个单独的靠窗座位，追野拉着手环站在她旁边，像一棵茂盛的树。

她抬头望着他：“你也去坐啊。”

“我是想坐。”他意有所指地瞥了眼她的单人座，“只是你的身边没有座位了。”

乌蔓一怔，片刻后她站了起来，换到了后排双人座的里座。

她故意偏过头看向窗外，车窗上隐约倒映着车内的景象，她的视线跟着车内的那个影子，落座到自己身边。

她赶紧移开视线，投向飞驰的霓虹，眼神失去了焦点。

一路上谁都没有说话，只有引擎的轰鸣声、车门的开关声，还有他的呼吸声。

“在这站下吧。”他忽然说道。

车内报站到了果子市，附近就是西海。

即便已经是深夜，这里仍没有一点睡着的迹象，酒吧密布，远远就能听到带着几分世俗气的卖唱声。

乌蔓下意识地拉上口罩：“不好吧，这儿人太多了。”

“会吗？”追野牵住她的手，“没人会在意陈南和邓荔枝的，除非被徐龙看见，但徐龙不在这个世界。”

乌蔓有点懊恼，自己还是下意识地抽离了。而追野却能全然忘记他是谁。

她不知道该羡慕还是佩服，心里有一点奇怪的酸涩。

追野牵着她随意地晃进了一家酒吧，坐在角落里。

“阿姐喝什么？”

“我不太会喝酒。”

“哦对，你说过你从没喝醉过。”

“那你呢，你什么时候喝醉过？”

“你问的是陈南的话，他没有喝醉过。”追野想了想，道，“但若是我……其实也只有一次。”

乌蔓没插话，静等他的下文。

“以前，一个大哥开吉普车带我进沙漠，然后他教我喝酒。那是我第一次喝酒，喝了一小罐就醉了。”追野支着下巴笑，“那个大哥也喝醉了，边喝边开，车子陷进沙里，差点有去无回。”

“那大哥是谁？酒驾犯法。”

“不认识，我问能不能搭个顺风车让我进沙漠，他就同意了。”

乌蔓无比震惊：“你一个人吗？”

他点点头。

“你能安全活到现在真是命大……我光听就觉得你那时候很好拐卖。”

追野懒散地趴在桌上，视线对准她：“我现在也挺好拐卖的。”

乌蔓一愣，垂下眼拨弄酒单：“谁敢拐卖戛城影帝，会被你的粉丝追着打的。”

服务员注意到角落里只聊天不点酒的两个人，上前催道：“两位客人想好了吗？”

乌蔓往上拉了拉口罩：“我们第一次来，有推荐的酒吗？”

“我个人推荐‘坠落’，第一口就会有一种幻梦般的眩晕感。”

“听上去酒精度数挺高的。”乌蔓摇摇头，指着酒单上的季节特供，“这个‘春分’呢？听着挺柔和。”

“嗯，这个度数不高，很适合女士。”

“那我就要这个吧。”

追野却说：“给我来一杯‘坠落’。”

两杯酒很快端上来，色泽截然不同。“春分”像被剁碎的樱花溶进了水里，在霓虹下泛着波光。“坠落”则是一杯舀出来的深海。

乌蔓警惕地道：“你不会喝醉吧？你喝醉了，我不会管你的。”

追野喝了一口，挑眉道：“服务员没乱说，这个真的还不错。你要不要试试？”

她不假思索地摇头。

“只喝一口没事的。”追野把酒杯推到她面前，“我可不像阿姐，就算你真的醉了，我也会背你回去的。”

乌蔓想起了营销号微博的那些报道，嘴快道：“也是，你业务熟练。”

追野的手一顿，抬眼看着乌蔓的脸。

乌蔓抢过他的酒杯，挡住他的视线抿了一口。

好辣。

一股酒劲直冲头顶，像一朵烟花在她脑中炸开，星火四溅。

“你喝得太猛了……”追野无奈地轻叹，把手边的柠檬水递给她，见她大口把水喝完，才笑着说，“你刚才喝的位置，是我刚喝过的。”

乌蔓喝下去的水差点反流上来。

他们没有在酒吧待很久，摘下口罩总让人没有安全感，喝完一杯乌蔓就提议离开。

两人一前一后地顺着西海走向烟袋斜街，两边的铺子都关了门，越走越寂静。狭长的街道出去就是不算很宽的马路，再顺着往前就是鼓楼。

此时已是深夜，风里还有春末的寒意，追野只套了件薄T恤，打了个喷嚏说：“阿姐，我们去书店里坐一会儿吧，外面好冷。”

“你还看书？”

“我看起来不像吗？”

“不像。”

“我不爱看书。”追野哈哈大笑，“但我还蛮爱读诗的。”

两人随意地找了家二十四小时书店，里面人不多，也不算少，零散地蹲坐在角落，乌蔓和追野散开，分别游荡在书架间。

乌蔓来到艺术区，找了一本关于表演的新书。店里的白炽灯很亮，乌蔓转头，透过书架的缝隙看见追野戴着黑口罩被切割分明的脸，远观好似一幅素描。

他手上拿着一本诗集，不经意间抬头，透过缝隙盯着她。

时间短暂地停滞了一秒。

乌蔓即刻低下头，专心致志地看书。

灯光晃了眼，她没看进去书里的任何一个字。

追野在看书的空当，乌蔓悄悄溜了出去，从口袋里掏出烟盒，里头没剩下几支。

她挑出一支咬在嘴里，迫切地渴望一只打火机，但最终还是忍了下来。

夜寒露重，的确很凉。她套了件翠绿色的圆领毛衣也觉得有点冷，打算扔掉烟回去，瞥见离书店几米远的地方还摆着一个小书摊。

摊主是个老奶奶，佝偻着背，身上穿着一件相当厚的外套，一看就是经常摆夜摊，装备很齐全。

乌蔓搜刮出身上所有的钱，只给自己留下一点必备的，走到书摊前。

"奶奶，一本书多少钱？"

"不贵，几块，都是旧书。"

乌蔓把钱堆到老奶奶面前："我没带手机，就这么多现金，可能不够买您全部的书，但是也可以买大半。书我不要，您早点回家吧。"

老奶奶挥着手说："那怎么行，你给了我钱，我就得给你书。"

"这么多我也拿不回去呀。"乌蔓商量道，"您看这样行不行，我就挑一本，其余的您拿回去吧。"

"好吧……谢谢你呀小姑娘。"

乌蔓听见"小姑娘"这个称呼就乐了。女人嘛，被叫小姑娘还是很开心的。

她扫了一眼那些书，要从中挑出一本，还真不知该如何下手。视线晃了一圈，乌蔓锁定了角落里的一本诗集。

那谁不是说喜欢诗歌吗。

乌蔓不由自主地拿起那本诗集："那就这本吧，谢谢奶奶。"

她拿着书，目送老奶奶装上书推着离开。一转身，追野站在她刚才站的那个位置，远远地看着她们。

乌蔓也没解释，与他擦身而过时，顺手把诗集扔到他怀里。

"阿姐？"

乌蔓头也不回地道："我不喜欢诗，就给喜欢的人吧。"

他们一直在书店待到了清晨，乌蔓把那本关于表演理论的书看了大半，而追野一直在看她给他的那本诗集。

乌蔓看了看亮起的天色："夜游是不是结束了？"

"是的。"追野合上诗集，伸了个懒腰，"回去之前吃个早餐吧，不然空腹睡觉很难受。"

乌蔓没有异议，心里想着，原来这就是所谓的夜游啊。

没有电影里一个晚上会发生的奇妙偶遇，没有惊心动魄的离奇事件，只是喝酒看书，和其他的任何一个夜晚没有不同。

然而，这是她出道这么多年来，最无拘无束、返璞归真的一个夜晚。

他们回到胡同里，有早点铺开了门，"咕噜咕噜"氤氲着热气。追野要了包子和豆浆，和乌蔓分着吃，因为她吃不了太多。

追野吃得很香，看他吃饭会有一种食物很可口的幸福感。这让乌蔓比平常多吃了一个包子。

追野一边吃一边翻看那本诗集，乌蔓不禁感叹："你真的蛮喜欢诗的。"

她还以为他只是说说而已。

追野撕下包子皮，含混不清地说："我快看完了，里面有一首是我之前就很喜欢的。"

"哪一首？"

"我念给你听啊。"

他喝了口豆浆，清了清嗓子。

姐姐，今夜我在德令哈，夜色笼罩
姐姐，我今夜只有戈壁
草原尽头我两手空空
悲痛时握不住一颗泪滴
姐姐，今夜我在德令哈
这是雨水中一座荒凉的城

天边一点一点变亮，胡同口热闹起来，自行车的丁零声从乌蔓耳旁洒过，她却只听见他轻朗的嗓音在念诗。

我把石头还给石头

让胜利的胜利

今夜青稞只属于她自己

一切都在生长

今夜我只有美丽的戈壁，空空

追野念得有些漫不经心，念到最后语气一顿，直视着乌蔓。

姐姐，今夜我不关心人类，我只想你

没有手机的两个人此刻还不知道，他们一时兴起的夜游，在网络上掀起了多大的风浪。

某著名匿名区，凌晨三点四十五分时，有人发布了一个帖子，标题是“买定离手，浪蝶这次采的是哪家小花或者大花”。

随后这个帖子在短短的几十秒内翻页，迅速建起高楼。

主题发帖人：“有路人在酒吧拍到的，男生没戴口罩，追野锤了。女生戴着口罩，看不清。现在进行无奖竞猜！”

“不是吧不是吧，影帝这又开始了啊？”

“何慧语今天在拍戏，有路透，不是她。”

“难道是唐映雪？……这个发型很微妙啊。”

“停停停，你们就没想过一个最有可能的吗？”

“回楼上，我想过，但我觉得最没可能。”

“知道一点她的料的都知道不可能，除非他们都不想在圈里混了。”

“有可能已经掰了啊，这么多年了。”

“前阵子纪舟刚发完和乌蔓的通稿就掉资源这事还不够明显吗，太子爷是认真的，谁能从他手上抢人啊。”

“那么问题来了，既然谁都不可能，难道追野和哪个网红好上了？”

最后整栋楼把娱乐圈的女星拉出来讨论了个遍，都没有结论。

此刻的追野在四合院里呼呼大睡，朴实又无辜。

两人都睡醒时已日薄西山，没有手机想叫外卖都不行，只能饥肠辘辘地爬起来自己做。

乌蔓想起自己做的菜被郁家泽称作饲料，有点畏缩，不太想露一手，追野说如果怕了就不做，那不是永远不会进步吗？

于是两个人全副武装地出了门，在夜幕降临时分潜进了附近的超市。

两人各推了推车，乌蔓脑子里已经想好了要做的菜，所以目标明确地挑选着需要的食材：鸡蛋、西红柿、青菜、茄子……

她很快就选好了需要的食材，转头去找追野，他的推车空空如也，正在一个柜台前拿售货员端着的试吃，刺溜塞进口罩下面，跟小仓鼠偷吃似的。

“……”

乌蔓用自己的小推车轻轻撞了一下他的，刚想问他还买不买，他三两步跨到她跟前，在她还没反应过来时，手撑开她的口罩下摆，将一个芝士条塞进了她的嘴。

乌蔓怒目而视，他却问：“甜吗？”

她未出口的那句责问不知怎么就顺着芝士条吞了回去，讪讪地回了三个字：“还行吧。”

“你这么快就挑好了？”他瞥了一眼她的推车，“我还没想好。”

“你是选择困难吗？”

“因为刚刚没来得及问你喜欢吃什么，不喜欢吃什么，我也不好擅作主张。”

乌蔓微怔，她下意识地就按自己确定的菜谱买的全素食，没考虑过追野的口味。

她恍然间发现，自己在这一点上已经被郁家泽同化了。就像他总逼她吃辣的菜，尽管她吃不了，但他说多吃就会习惯。

所以自己的口味有什么要紧呢？除了助理会询问她，并不会有人真的在乎，而助理和她之间是金钱契约关系。如果没有金钱维系，助理也没必要考虑她的喜好。

久而久之，她也不会考虑别人的喜好。

“阿姐你喜欢吃什么？”

乌蔓回过神：“我的话……不要辣的，喜欢芹菜，其他就还好。”

“行，那我知道买什么了。”

乌蔓推着车走在他后面，小声问：“那你喜欢什么？”

“我？”两个人穿过饮料区的货架，追野扫了一圈，抬手拿起右上层的一瓶橙汁，轻轻扔到乌蔓的推车中，“我喜欢这个。”

乌蔓低头看向那瓶橙汁，黄色的瓶身上印着女人的半身像，穿着一件束腰的紧身黄T恤，扎着马尾，微微侧过身，嘴角朝镜头扬起非常完美的弧度。

那是二十九岁的乌蔓，她两年前就开始代言这个牌子的橙汁。

“你能不能正经回答，我是认真在问。”

她把饮料塞回货架，却又被追野拿下来，他手指不经意地搭在她的画像上摩挲。

“我是真的喜欢喝。”

乌蔓注意到他的小动作，握着推车把手的五指紧了紧，故作平静地道：“你早说，品牌方送了我很多，回头我让助理寄给你。”

两人拎着大包小包的菜回了家，彼此说好各做两道菜。乌蔓做了一道最家常的番茄炒蛋和一道凉拌菜，追野做了木耳炒芹菜和糖醋排骨。

他把吃饭的小桌端到院子里，翻出一台陈旧的收音机支在树下，放进去一盘磁带，老式的萨克斯前奏回荡在四方的小天地中，是那首经典的《The One You Love》（你爱的那个人）。

那台收音机一看就有些年头了，乌蔓端着菜出来，瞥了一眼：“你听歌的方式挺复古的。”

“因为有些歌只能通过磁带听。”

乌蔓不解：“有吗？现在有什么歌是在平台曲库里找不到的？”

“当然……”追野愣了一下，道，“比如有的人只为你录的歌，那是独一无二的。”

“谁还会用磁带录歌？奇怪的仪式感？”

追野脸上的表情一下子暗了下来，没什么精神似的，恹恹地坐下来：“吃饭吧。”

他夹了一筷子她做的番茄炒蛋，乌蔓瞬间精神集中到他咀嚼的表情上。

追野没有明显的表情波动，点评道：“新手的话不错了，可以再加点糖。”

“你这口气很像大厨啊……”

乌蔓夹了一口他做的木耳炒芹菜，虽然是很简单的一道炒菜，但入口明显感觉到炒的火候掌握得很好，芹菜和木耳都很脆。

她顿时心服口服地撇撇嘴。

追野自豪地道：“我的厨艺有十一年呢。”

“你九岁就开始做饭了？”

他用筷子在空中飞舞出一条小龙：“请叫我中华小当家。”

这听上去明显不合常理，谁家会让一个九岁的孩子做饭啊。但追问下去就不合适了，所以乌蔓夸了两句厉害就默默地吃菜。

小黄闻到了饭菜的香味，汪汪叫着从追野的屋子里飞奔出来，乌蔓条件反射地往桌后一躲。

追野笑着擒住小黄的脖子：“放心，它不会咬你。”

乌蔓指着它：“明明又在冲我龇牙。”

“它那是馋的。”

小黄狂叫两声表示否认，当场打追野的脸，又转过头对着乌蔓吠了两声。

乌蔓慢吞吞地后退两步，一脸疑惑：“我这么讨狗嫌吗？”

“可能……”

“可能什么？”

追野摸着小黄的脑袋，它慢慢安静下来，在追野的掌心里撒欢。

“可能它知道你抢走了它最喜欢的东西。”

收音机里的歌放完了，在这短暂的空当，乌蔓听到了自己心脏狂跳的律动。

又来了，又是这种似是而非的暗示。

如果说这是陈南对邓荔枝的撩拨，加入的却是属于乌蔓和追野的印记。邓荔枝不会代言橙汁，陈南也不会养狗。这一切杂糅在一起，让她一时分不清，心跳加快，呼吸过速，失手打翻了颜料，黑白相融，变成了模糊的灰。

因为这一切隐藏在陈南和邓荔枝之下，秘而不宣，纵然有不合理的地方，也都顺势放任了。

她明知故问："我怎么不知道我抢了它喜欢的东西。"

追野抬了抬漂亮的下巴，指向她手里的碗："那块排骨。"

乌蔓的别墅内，阿姨结束了今日的清洁，准备锁门离开，转头就迎上了西装革履的高大男人。

郁家泽一边解领带一边问："她人呢？"

"乌小姐两天前去剧组拍戏就没有回来。"

郁家泽懒洋洋地"嗯"了一声，坐到沙发上："没说去哪儿？"

阿姨摇摇头。

他沉默了一会儿，拿着手机滑来滑去，忽然问了一个风马牛不相及的问题："你们老家那边会捕野雀吗？"

阿姨愣了愣，点头说："当然了，麻雀老偷吃粮食，不捕不行啊。"

"那你知道怎么驯养它吗？"

阿姨莫名其妙："不知道啊，一般捕来就杀掉了。"

"那我教你一招。"郁家泽看着手机上的那张模糊的酒吧偷拍图，双手放在交叠的西装裤腿上，轻轻摩挲着小指上的尾戒，"要驯服一只野雀，一般要把它的羽毛拔光，让它只能栖息在你的脚边，哪里都不能去，但那样其实很无趣。换作我的话，我会特意留给她一点造反的余地，欣赏着她自以为能飞离我的雀跃，最后又重重地跌落下来……"

"那这只小鸟，就很难再离开你了。"

一个星期结束后，制片主任派了车过来，把乌蔓和追野接回了摄影棚。

他们短暂地休息了一会儿，就准备拍摄剧本上的最后一场戏。

汪城还不放心地在开拍前对乌蔓进行心理预热，虽然他只说了短短乌蔓一句话——“你和他一起度过的自由时光到此为止了。”

他把手机交还给乌蔓，她甚至没开机看一眼，把手机揣进兜里就去了化妆间。

最后一场戏开拍。

她换回了两人初见时的那套衣服，胸口别上了陈南送的那枚蝴蝶胸针。

刚进门的陈南一眼就发现了那枚胸针，脸上露出笑容。

“毕业典礼后你就收起来了，我还以为你不喜欢。”

她下意识地抚摸着那枚胸针，像是想从它身上获得力量。

暑期已经来临，阳台上蝉鸣聒噪，陈南的后背上全是黏腻的汗，他毫不避讳地当着邓荔枝的面脱掉上衣，一边问：“徐哥今天还不回家吗？我今晚的飞机就走了，还想和他道个别。”

“我们吵架了，他去朋友家住，暂时不回来。”

“你们吵架了？我怎么不知道？”

她面不改色地撒谎：“因为孩子的事情。”

陈南脱衣服的手顿在半空中：“什么孩子？”

“我觉得我该和他要个孩子，他不想要。”

陈南的衣服掀起一半，露出的背脊在空气中发颤，背部的筋络抻到了极限，似乎下一秒就会尽数断裂，痛得直不起腰。

“你……想要他的孩子？”因为难以置信，陈南的声音听起来轻飘飘的，被风一吹就散了。

她点了点头：“我都三十五岁了，年纪再大点就危险了。”

“这是年纪的问题吗？”他把衣服甩到一边，大声道，“是和谁生的问题！”

“难不成和你吗？”

“不可以吗？”

“阿南，你自己都还是个孩子。”

“我长大了……你再等等我，等我可以养活你！”

邓荔枝没有说话，她弯腰把地上皱巴巴的白T恤捡起来，摊平放在沙发上，然后从房间里拉出一个行李箱。

“东西我都帮你收拾好了，你再检查一遍有没有遗漏的。”

“你就这么希望我走？”

“我的意愿不重要，你总要走的。”

陈南夺过行李箱，把里头的东西一股脑倒了出来。

“那我不走了。”

“你看，你说你不是孩子，却净说些孩子气的话。”

陈南看着邓荔枝平静的神色，一句话戳到他的肺管子，像被扎破了的气球，鼓胀起来的虚张声势瞬间瘪下去。

他颓然地和行李一起蹲到了地上，抱着膝盖埋着头。

就像那个雨夜，他无处可去，不知所措地蹲在屋檐底下，抱着膝头时，有个人蹲下身闯入他的世界。

今时今日，这个人还在，却只是冷冷地站在边上，不再为他弯腰。

少年从爱中习得的第一课，永远都是教人如何残酷的世间法则。

“你明明说你愿意等我的，骗子，骗子！”他猛地抬起头，眼眶通红地盯着她。

“不要相信女人说的话。”她深吸了一口气，“尤其是寂寞的女人。”

他还是倔强地说：“我确实不相信你现在说的话。”

她蹲下身，把凌乱的东西一件件又塞回箱子，每收拾一件就嘱咐一句。

“这是我给你买的保温杯，你以后要记得多喝水。”

“这是护肝片，要少熬夜。”

“这是加湿器，听说北方很干燥。”

……

“你非要这样吗？用长辈的口吻跟我说话？”

邓荔枝的喉咙吞咽了一下。

她直起身，岔开话题：“时间还宽裕，吃完饭再走吧。”

然后她从厨房端出了一条黑鱼，放到了桌上。

陈南意识到了什么，愕然地转过身，视线投向鱼缸。灰蓝色的水里光秃秃一片。

他送给她的那条黑鱼已经不在了，变成了餐盘里的一条死鱼。

这比邓荔枝说一万句话都来得残酷，他呆呆地看着那条死鱼，仿佛死掉的是自己。

少年的眼泪轰然决堤。

乌蔓看着追野崩溃大哭的样子，心里跟着一抽一抽地疼。

她想起自己看剧本的时候不解地问汪城，邓荔枝明明选择了离婚，不是想和陈南在一起吗，为什么偏偏结尾骗了他，要选择分开？

汪城云淡风轻地说，因为邓荔枝不爱徐龙了，所以分开；因为太爱陈南了，所以也要分开。

邓荔枝只是一个普通人，普通人只能用最普通的方法去抵抗世俗。

没有什么故事比这个更悲惨，因为这是我们生活中都在上演的事情。

陈南默不作声地扣上行李箱，拿起沙发上的白T恤粗暴地擦掉脸颊上的眼泪，重新套上。

他看了一眼墙上不怎么灵光的老式钟表，接着视线落到她的胸针上。

“阿姐，我走了。”他的嗓音还带着鼻音，语气却很冷静，“我恨你。”

他拉起拉杆，轮子滚在地面轱辘辘地响，走出大门，轻轻合上。

他走得很安静，就像来时那一天，借着雨声，悄无声息地就来了。

邓荔枝跑到阳台上，探出身子往下看，直到他的背影消失。她就那样静默地站在那儿，好像陈南只是去转角的杂货铺买新的画纸。

乌蔓趴在栏杆上时，不由自主地想起在屋顶上追野问她，人生中最快乐的时刻是什么。

现在再想起这个问题，她脑海里首先冒出来的是那一次和他平淡的夜游。

她很想告诉他，她现在有了可以不假思索就说出口的答案，真实地在心里想到这段回忆就会涌出幸福的答案，而不是可笑地假装自己拥有很多美满的回忆，实则一无所有。

可是她知道她没机会了，当那个背影消失，当那个摄影按键停止，当灯光熄灭，她会将这个答案烂在肚子里，不光是对他，对任何人都不能提起。

他们只是因为一部戏而短暂有了交集的两个人，没必要为了追逐一个短暂的交点大动干戈。交错，呼啸，背道，这是最好的去向。

这一刻，乌蔓完全明白了汪城说的那句“这是我们生活中都在上演的事情”到底是什么意思。

她收回视线，踱步到餐桌边，吃了一口黑鱼。

嗯，味道不赖。

紧接着，餐盘里落下了一滴水珠，一滴又一滴，最后打湿了整条鱼的残骸。

盛夏早已来临，连日暴晒。

可在这个老房子里，这张餐桌的一隅，春夜的细雨又绵绵地落下来了。

剧情到这里就结束了，汪城无声地做了一个“关机”的手势，现场依旧很安静，似乎一切还在继续进行。

无他，乌蔓静坐在桌边，大口地吃着鱼，眼泪扑簌簌地往下掉，表情却很平静，也感知不到周遭的一切。谁都不忍惊扰这份伤心。

直到出去的那个人又回来了，他半蹲在乌蔓脚边，抓起她的手贴在自己脸上，用哄人的语气说：“阿姐，我还在这里呢，我没走。”

乌蔓的视线从黑鱼上缓缓挪至追野仰起的脸庞上。

他冲她扬起微笑，云消雨霁，世界明朗。

乌蔓一撇嘴，下唇微微颤动，邓荔枝隐忍的委屈悉数爆发。

追野直起身，轻轻推着她的头，让她靠在自己的怀里，一下一下地拍着她的背。

“我哪儿也不去。”

这一次乌蔓没有再推开他，直到情绪平静下来，她才擦掉眼泪，从椅子上站起，说了声“谢谢”。

追野摸了摸鼻子：“不客气。”

人群这时才恢复了躁动，大家高喊着“最后一个镜头拍完啦”“杀青啦”，喜气洋洋的。

汪城走过来，给两位主演一人一个大大的拥抱。

他拍着乌蔓的肩膀说：“我很庆幸当时定下了你。”

“我本来挺生气导演的决定的，现在只能说导演不愧是导演。”

有人在汪城背后出声，乌蔓看过去，见何慧语拎着 Lady M 的蛋糕盒子。

她刚结束拍摄，知道今天是《春夜》最后一天拍摄，赶在最后一刻来探个班。

追野耸肩：“我早就跟你说过。”

“给你带蛋糕你还刺激我，行啊，别想吃了。”

“那你给她吧，她也喜欢。”追野指了指乌蔓，他还记得那天郁家泽来，也给她带了这个牌子的蛋糕。

乌蔓摆手：“别了吧，我怕她下毒。”

何慧语不服输地道：“今年还很长，你别以为有一部《春夜》就高枕无忧了，明年影后鹿死谁手还不知道呢。”

“不重要。”乌蔓脸上带着一种轻松的释然，“我只是完成了一个故事。”

起先，她的确带着浓重的功利心争取这个角色，希望靠它拿奖，靠它证明自己，靠它被众人艳羡。

但这一刻，她只有一种曲终人散的落寞和释然，平行世界里的邓荔枝此刻还在吃黑鱼吧，没有人给她一个拥抱，她静静地收拾餐桌，打扫完房间，然后拎起行李，离开生活了八年的老房子，融入茫茫人海。

一想到这里，她又感觉到胸口被堵住的怅然。

何慧语愣了片刻：“你真的……变了一些。”她想了想，不太情愿地补充说，“可爱了那么一点点。”

乌蔓勾起嘴角：“你也是。”

两人对视一眼，双双转过脸笑开了。

过了一会儿，何慧语的一个铁粉刷微博时，发现何慧语关注了乌蔓。不仅如此，何慧语还删掉了很久之前发的一条讽刺乌蔓的微博。

乌蔓回到化妆间卸妆，充完电打开手机，一连串的消息蹦了出来，经纪人的，助理的，制片方的，还有点头之交的，顷刻之间，那种极强的割裂感让她不知所措。

每一声振动都在大张着嘴巴说：欢迎回到现实世界。

自由不是那么容易拥有的，该面对的总要面对。

她做好了心理建设，处理完所有信息，才点开郁家泽的消息。

然而，他仅发了一条消息，一个简短的问号。

乌蔓看着那个冰冷的问号，不禁松了口气，心里隐隐有种尘埃落定的笃定。

她回道："这几天在闭关准备拍摄，今天杀青了。"

回复完，那头没有动静，她对着聊天框发了会儿呆。

某种压在笃定之下的悲哀争先恐后地涌了出来，悄无声息。

剧组的杀青宴定在晚上七点，已经杀青的演员都来了，包括已经返校的丁佳期。

饭桌上还是那套乏善可陈的流程，其他桌的人过来敬酒，吃到最后，大家三三两两地散在包厢角落攀谈。

乌蔓应付了一拨又一拨的人，微笑着和他们合影，到最后脸都快僵了。

她坐回位子上休息，汪城也死里逃生地坐过来，摇着头说："拍戏拍到最后，就数这个最累。"

"我好像还没敬过您呢。"

"咱俩就不必来这套了。"

乌蔓端起酒杯道："我是真心的。一个演员能遇到您这样的导演，是运气，也是福气。"

汪城呵呵笑道："也不能这么说，大家都是互相成就。"

乌蔓一饮而尽，放下酒杯摩挲着杯壁："拍了这么多年戏，我是第一次感觉融入了角色，感觉到她是一个活生生的人，那个人又仿佛就是我。您的指点和引导对我来说有很大的帮助，不像之前，我真的只是在演，每个角色就是一个纸片人，我做不到与角色共情。"

汪城沉吟片刻，说道："你没想过你为什么无法共情吗？"

乌蔓思索了一会儿，不太确定地道：“抛开客观因素不说，主观上是我领悟力不够高吧。”

汪城摇头：“你的领悟力很强，从试戏的时候我就察觉到了这一点。我不知道你属于哪种情况，我只说一下我的理解。一个演员无法共情的原因是在于没有完全接纳自己，与世界有隔阂。一个有隔阂的人对自己都无法共情，怎么可能去体会其他人的情绪呢？”

乌蔓若有所思地听着。

“当一个演员有幸遇上敲开心扉的角色，能够打开自己，就会获得成长，看到一个不一样的世界，进而更上一层楼。不过这样的角色也和买彩票一样，遇上是一种缘分，有些演员可能终其一生都遇不到，也就一辈子都开不了窍。”

“所以您选择我，是预感到了……”

汪城微微点头：“邓荔枝和你有相似之处，只有你在试戏的时候精准地说出了这一点。你最幸运的不是遇到了我，而是遇到了邓荔枝。我可以在入戏的时候给你一些建议，但在出戏方面，只能靠你自己了。”

乌蔓愕然，迟疑地说：“我现在觉得差不多缓过来了。”

汪城失笑：“醉酒的人也很喜欢说自己没醉。”

有人端着酒杯朝汪城走来，他起身离开前拍了拍乌蔓的背：“别的戏无所谓，但按照你现在的状态，出这个戏是需要隔绝期的。”

杀青宴结束，从饭店换到了KTV，导演体力不支中途离场，他一走，其他一些人也陆陆续续地走了，剩下他们几个比较熟的演员。

乌蔓的意识也在催促着她离开，但是她的余光瞄到角落里依旧坐着的追野，整个人就懒懒的不想动，不想思考，只是坐在原位。

她把这归咎于今天比平常喝得多了一点。

钟岳清挑眉道：“就咱们几个的话，玩游戏吧？”

“啊，又来！”一个女演员嚷嚷，心里却蠢蠢欲动。

钟岳清把扑克亮出来：“不玩上次那个游戏了，就国王游戏，行吧？做不到就喝酒。”

“那就来呗。”

他开始发牌，乌蔓看了一眼自己的牌，红桃A。

抽中国王的是刚才嚷嚷的女演员，她不怀好意地说：“方块十和梅花A公主抱十秒！”

“不是吧，刚上来就这么玩！”

众人抱怨，结果一翻牌，她自己是那个方块十，另一个女演员是梅花A。

“方块十”女演员倒是很干脆，平时也有健身，很轻松地就抱起了抽中梅花A的女演员。因为是两位颜值尚可的女孩，画面居然还有点赏心悦目。

抽了好几轮，乌蔓都幸免，甚至这一轮还抽到了国王。

“蔓姐肯定会手下留情的！”

她听着这讨好的话，笑笑说：“行吧，那就黑桃K和红桃K对视十秒吧。”

“这也太小儿科了。”

在大家的起哄声中，追野翻开了牌，他是红桃K。

乌蔓的心微微一颤，目光不动声色地从自己的牌面上滑过，她没有去掀，因为丁佳期把牌面翻了出来。

她顿时庆幸自己刚才顺着那人的话选了个不痛不痒的惩罚。

即便如此，当她目睹丁佳期借此换座位到追野对面，两个人面对面坐着，凝视着对方，丁佳期克制不住地露出笑意……这一刻，乌蔓的脑子混乱起来，想到的是在广州拍外景时，丁佳期从操场穿过人群来到他们面前，两个人也是这样互相看着对方。

她的胸口涌上的是和当时相似的嫉妒。

吃饭时还对汪城说已经缓过来的自己确实天真得有点可笑了，乌蔓自嘲地偏过头，从来没觉得十秒是这么漫长。

结束对视的丁佳期局促地灌了满满一杯酒，脸上泛起的红潮不知是因为对视还是酒精。

乌蔓装作不在意地转回来，追野的视线穿越人群追逐着她。两人不经意地对视上，他从刚才起就没什么波动的表情忽然带上了笑意。

他一定是读出了她脸上来不及敛去的醋意。

接下来的几轮，乌蔓像是开启了金刚防护罩，国王轮不到她，惩罚也轮不到她。倒是丁佳期走了霉运，连连被抽到和人亲密互动，她不愿意，只能一杯接一杯地喝酒。

游戏玩到尾声，乌蔓的手机振动起来，一直没回复的郁家泽发来了视频通话的请求。

她愣了一下，匆忙起身到了外面的露台接通视频。

郁家泽在办公室，听到她那头的动静，他哼了一声，说："还没回去？"

"今晚杀青宴，一会儿就回去了。"

"行吧，那我今晚不过去找你了，你早点睡。"

"好……"

这不会是郁家泽的体贴，他甚至连她消失的那几天做了什么都没有问。

只有当他不在意的时候，他才会这样。

她有一种想问出口的冲动，这时远处传来了脚步声，她的理智回了笼，匆匆和郁家泽道了晚安关掉视频。

脚步声在她来不及躲开时越来越近，当她看清来人是追野和丁佳期后，身体已经快于意识地躲进黑暗里。

丁佳期不光脸上布满潮红，整条细白的胳膊也红透了。她穿着无袖的白色连衣裙，像黑暗里开放的昙花，正处于最惊艳的年纪。

"追野哥，把你叫出来，是因为这些话如果今天我不告诉你，不知道还有没有机会……我不想我的人生里有遗憾。"她反复深呼吸，"进组前其实我就很喜欢你的作品，你的那部《孽子》我看了好多好多遍……你只比我大两岁，为什么就可以这么厉害。这个疑惑直到和你相处的这些日子才想通……因为你就真的可以这么厉害。"

丁佳期顿了一下，又道："在此之前，我从没想过可以得到和你相处的机会。我朋友都和我说，角色是角色，真人是真人，大家都说你很轻浮，我见到你肯定会失望，让我和你玩玩就行了。"

追野安静地站在她对面，认真地聆听着。

在黑暗里的乌蔓就尴尬了，她根本不想偷听别人告白。

丁佳期的声音带着无法自抑的颤抖："结果我比我预想的陷得还要深。你真的很好，很温柔，很真诚，根本不是他们说的那样。你连一个玩玩的资格都不肯施舍给我，对吗？"

说到最后，也许是情绪太激动，也许是因为酒精的作用，她忍不住哭了。

追野递给她一张纸巾："不要把自己的喜欢想得那么卑微。"

丁佳期看着那张纸巾，没有接。

乌蔓想起自己哭时，追野似乎是抱着自己，用指腹擦掉眼泪的，而不是像现在这样，礼貌又疏离地递上一张纸巾。

不远处，丁佳期慢慢地咬住下唇："有些人是富士山，是不可能用爱意私有的。你对我而言就是这种人，不会成为谁的专属，所以我不贪心，只是玩玩也可以的。"

"你不知道吗？富士山就是私有的。"追野忽然来了这么一句。

她忍不住好奇地问："是谁这么牛啊？"

"最早属于德川家康，后来他把它送给了浅间神社。"

角落里的乌蔓忍不住想翻白眼，丁佳期不是在告白吗，追野这突如其来的科普是怎么回事？

丁佳期继续追问："所以爱意是能够私有的，对吗？"

"是，也不是。"追野顿了一下，似乎在思考着怎么说，"如果我是富士山，我就已经被私有了，能决定我去留的只有'德川'。"

她呆了一秒："那么，谁是那个'德川'？"

追野没有回答，她自嘲地喃喃："总之不是我，对吧？"

丁佳期失神地低下头，双手捂住脸，眼泪从指缝里溢出。

追野有些不知所措，丁佳期却突然踮起脚，抓住他的肩膀，想要强吻他。

躲在暗处的乌蔓情不自禁地屏住了呼吸。

追野撇头躲开，他把她摁在原地，无奈地道："你又喝多了。"

见他没有被吻到，乌蔓下意识地松了口气。

"我没有喝多！"

"上次你就得逞了，这次可不行了。"

露台口又走过来一人，是钟岳清，他嘟囔道：“你们一个个都出去了，这么久不回来在干什么？”

追野赶紧招手：“她喝醉了，你把她带回包厢吧。”

角落里的乌蔓感谢天感谢地，这被迫围观的折磨终于到头了。

钟岳清问他：“你不进去？”

追野摆手：“我抽支烟。”

钟岳清点点头。

丁佳期纵然不甘心，也不好意思当着钟岳清的面像刚才那样撒泼，只能跟着他回去。

追野靠着栏杆，不紧不慢地点燃一支烟，视线扫过拐角的阴影。

“阿姐，你要藏到什么时候？”

他什么时候发现的？

乌蔓诧异了片刻，从拐角的黑暗处走出来，若无其事地道：“刚才出来接电话，不是故意偷听的。”

“谁的电话？郁家泽？”

她避而不答：“我要先走了，你们继续玩吧。”

她越过他要走回去，被他抓住手腕。她往回抽了一下，没抽动。

追野咬着烟，含混不清地说：“你刚刚听见丁佳期说的一句话了吗？”

“哪一句？她沦陷了？”

追野莞尔，抓着她手的力道放松了一些。

“原来这是阿姐抓到的重点。”

“人家向你告白，这句不是重点还能是别的？”

“她还说了一句，我没被抽到亲吻，所以不公平。”他单手将她拉向自己，“明明还有一个人也没被抽到。”

“所以呢？”

“既然刚好凑成一对，那就让老天爷做这个国王，惩罚我们吧。”

他弹掉烟灰，制住她胳膊的手转而捧起她的脸，背过月光，劈头吻了下来。

追野抽的是万宝路硬冰爵，唇齿间的薄荷凉气盖过了烟味。

一个冰凉的吻，却烫伤了舌尖。

乌蔓像只受惊的夜莺，轻轻睁大眼，眉目间都是惊慌和愠怒。

她鲜少有这样失态的时候。跟着郁家泽的这些年，大家或多或少知道他们的关系，所有和她合作过的男演员都对她客客气气的，不在拍戏之外的场合逾矩。

而现在这个吻发生在杀青之后，它不属于邓荔枝和陈南。

不远处的包厢里传来了钟岳清的歌声，他又在唱那首《漩涡》。

> 来拥抱着我，
> 形成漩涡，
> 卷起那热吻背后万尺风波，
> 将你，
> 连同人间浸没……

薄薄的隔音墙挡不住靡靡之音，酥软了谁的耳朵。

应该推开他的。

心里的声音在呐喊，每个细胞都在拼命叫嚣：推开他，你疯了吗乌蔓，推开他！

追野紧闭着眼睛，睫毛像月光下的密林，神秘深邃。她张开手掌，覆上他的胸膛，刚要用力，那密林忽然就张开了，露出原石一般的深黑眼珠。

他们曾借着邓荔枝和陈南的外壳肆意亲吻，背着所有人，享受着一种类似于偷情的隐秘快感。因为知道是戏，即便再怎么缱绻，也会有一种无法逾越的心安理得。

但有时候，这种心态其实是自欺欺人。人的感情不是机器，给出去了还可以分毫不差地收回来。

她的手一下子失去力气，软软地拽住他的衣服，扯出凌乱的褶皱。

“阿姐……”

他的呼吸和褶皱一样乱，手指摩挲着她的耳朵，逸出一句呢喃。

声音很轻，却如惊雷。

乌蔓全身的力气回来了，一把将追野推开。

她略带狼狈地说：“戏已经结束了，别再这么叫我。”

追野垂着的另一只手夹着烟，燃到了尾，烫到了手指他却浑然不觉，只是看着她问：“那我该叫你什么？”

“乌蔓老师，乌蔓姐，乌蔓，都可以，随你喜欢。”她偏过头去，“我不再是你的阿姐了。这个吻……就当作陈南和邓荔枝在电影里未完成的告别。”

杀青这天晚上，乌蔓又失眠了。

她睡不着，靠在阳台上咬着苏烟，忽然特别想点燃它，抽一口。

嘴里还弥漫着万宝路硬冰爵的味道，勾起了她压抑了很多年的烟瘾。凌晨四点，乌蔓裹上薄开衫，戴着口罩，出门去买打火机。

她完全可以叫外卖，或者开车去，但她就想走着去，就像那次夜游一样。

这次是她一个人的夜游，地点从家到几公里外的二十四小时便利店。

店里十分冷清，店员趴在柜台上昏昏欲睡。乌蔓戴着口罩在打火机架子前驻足的样子让店员脑中警铃大作，一下子就清醒了。

乌蔓犹豫了很久，久到店员忍不住想报警，她才揣着兜离开了。

冒险失败。

她还是无法鼓起勇气打破自己戒了好几年的习惯，总觉得如果买下了这只打火机，好像封印在骨子里的东西也会跟着一起破土，从肺里跑出来。

清晨她才入睡，足足睡了一整天，最后被手机的振动声吵醒，是赵博语打来的电话。

她迷糊地看了一眼窗外的天色，几近傍晚，随后懒洋洋地接起。

赵博语气急败坏的声音从那头传来：“我的姑奶奶，你总算接电话了！”

“怎么了这是？”

“昨晚你和追野是不是在 KTV 接吻了？”

乌蔓一惊，从床上弹起，胸口一滞。

赵博语见她没有立刻否认，差不多就确定了。

“狗仔拍到了照片，要发的时候被我们拦下了。”赵博语头痛地问，“你们怎么回事？上一次被拍的那个也是你吧？那个我们没拦，看不清脸就算了。”

“上次是拍摄的原因。”

“那这次呢，总不能还是拍摄的原因吧？我是你的经纪人，这种事你不能瞒着我啊！”

乌蔓沉默了好一会儿，说：“只是个意外。”

赵博语松了一口气：“是喝大了吗？”

她含糊地“嗯”了一声。

“郁家泽估计也会看到照片……你还是别撞枪口了，要不这几天先去国外避避风头吧，趁机给自己放个假。”

乌蔓犹豫了半晌，说：“那帮我订张去洛城的机票吧，就我一个人。”

“你要去见她？”

“嗯。”

赵博语的动作很快，不一会儿她的手机就收到了飞往洛城的航班提醒。

除此之外就没有别的动静了。

乌蔓点开微信，看着那个毫无动静的置顶头像，心情慢慢平静下来。

十二个小时后，飞机降落在洛城。

乌蔓拖着行李箱出来，在接机口寻找接机的人。赵博语不放心她一个人，坚持要给她找一个司机。

她拉下墨镜，巡视了一圈，在人群里看到一个年轻的小姑娘拿着……她的一张海报。

乌蔓觉得有点羞耻，匆匆走过去说：“小秦？”

对方热情洋溢地说：“是我是我！哇，姐姐你真的好漂亮啊！”

她将乌蔓迎到车上，又火速离开了。乌蔓以为她去上厕所便没在意，刷了一会儿手机，却迟迟不见人回来。

她这才疑惑地给对方发去消息：“请问你去哪儿了？”

没有回复。

这司机靠不靠谱啊。

乌蔓忍不住有点生气，探头往车窗外看，却见那个姑娘带着一个男人走过来。

男人也架着一副墨镜，穿着一套黑丝绸的衬衣长裤，袖口挽起，露出手腕上的银色手表。

那是去年生日时乌蔓送给他的。

她待在原位，目视郁家泽像变戏法一样出现在她跟前，拉开车门，径直坐到她旁边，双手自然地将她往他怀中一带。

他淡淡地说：“你看起来好像不是很惊喜。”

乌蔓浑身的鸡皮疙瘩瞬间起来了。

“确实没想到。”

“赵博语说你要来洛城，我正好空出来两天，便飞过来陪陪你。”

乌蔓不吭声，郁家泽对着前排的司机道：“你下车。”

那姑娘一愣，稀里糊涂地下了车，郁家泽换到了驾驶位。

他透过车内镜看着乌蔓：“坐到我旁边来。”

乌蔓和他僵持了一会儿，还是换到了副驾驶位。然后，郁家泽不等那姑娘上车，油门一踩，绝尘而去。

车子开出机场，渐渐能看到海岸。郁家泽不动声色地开着车，乌蔓歪着头看向窗外，山脉被层层的余晖笼罩，削出稀薄的光线，让车内染上日暮的衰气。

郁家泽的手指搭着方向盘轻叩，不经意地打破了这份寂静。

他说：“把追野删了，其他的事我可以不计较。”

乌蔓回头看他：“什么？”

“不要让我说第二遍。”

“他只是我的同事，后续还有工作需要，我删了他不太方便。”

“同事？”郁家泽冷笑出声，“你背着我偷偷拍的那些戏，真以为我不知道？”

乌蔓眼皮一跳。

他居然知道。

车内越来越压抑，一种无孔不入的窒息感扼住了她的喉咙。他像野兽匍匐在原野上，她被一览无余还沾沾自喜，而对方只是嘲讽地舔着尖牙，只等时机合适就扑上来一口咬住无知猎物的动脉。

她沉默了一阵子，破罐子破摔地说：“你知道也没关系，我很早就想说了，我是一个演员，无论是接吻、拥抱还是更大尺度的戏，都是工作需要。”

郁家泽轻笑了一声，语带叹息：“翅膀果然硬了。”

乌蔓咬紧嘴唇。

他话锋一转，面无表情地说：“戏内吻不够，戏外也要吻，是吗？我敬业的小乌鸦。”

她的心脏又开始突突地狂跳。

“只是意外……不会有下一次了。”

“所以我让你删，你在抗拒什么？”

“我删了不就代表我心里有鬼吗？”

“现在是我让你删。”

“你可以和别的小偶像暧昧，我和工作上的同事互加微信都不可以？”乌蔓闭上眼，忍了再忍，还是说了出来，“你从来不离身的手帕，我在她那儿看到了。”

车内的气压一下子变得很低，天光渐暗，摇摇欲坠地留下最后一点光线。他们的脸没进了阴影，像彼此都戴上了面具。

然而，郁家泽的语气是愉悦的。

“所以你做这些，是在报复我，是吗？”

她立刻摇了摇头：“你知道的，我不是这种意气用事的人。”

郁家泽一边用力踩下油门，一边打开车窗，冷风呼啸着灌进来，吹迷了乌蔓的眼睛。

她忍不住咳嗽起来，听到他沉声一字一句地道："不是意气用事，那就是认真的了。"

"都说了只是意外。"乌蔓觉得疲倦，"不是报复，更谈不上认真。"

"又口是心非了。"郁家泽敲击着方向盘，"但你不承认的是前面一句，还是后面一句呢？"

乌蔓不再回答，大口地吸着窗外冷风灌进来的空气。

忽然，她怀中一沉，郁家泽腾出手扔过来手机，亮着的屏幕上显示着一张照片。

照片上是一次家族宴会，郁家泽穿着西装，恹恹地坐在角落里。隔着两三个人，和舞台上打扮得截然不同的唐映雪坐在那儿，手臂挽着一个头发半白的老人。

那个老人曾无数次出现在乌蔓的梦中，从童年时模糊的想象，到成年时有了清晰的影子。

"她出道用的艺名，本名是唐棠。"郁家泽有些讥讽地笑道，"唐家一直没露过面的独女，你的妹妹。"

唐家，财力堪比郁家，都是名门望族。

怪不得唐映雪刚出现在《闪耀101》时，镜头就是最多的，当时粉丝圈内还流传着她是"皇族"的说法。怪不得她敢在见自己的第一面时就这么底气十足，原来在她眼里，她是公主，其他人都是洗脚婢。

郁家泽难得耐心地解释："我和她只是吃过这样一顿饭的关系，手帕便是在那个时候被她借走的，我干脆就换了。"

乌蔓愣愣地看着那张照片，一时没回过神来。

"唐家的独女，可不是那种会被人掌控的小明星。"

他的语气淡淡的，却像一把刀，顺着她的耳朵割出巨大的伤口，洛城的风刮过，穿回的却是多年前的老城。

那也是一个黄昏。

七岁的她在舞蹈室练习抬腿，那时候她的韧带已经拉伤过一次，坚持不了一会儿就觉得大腿内侧那根吊着的筋要扯断了似的。

她疼得实在受不了，悄悄把腿放下来休息了一下，却被扭过头的老师逮个正着。

老师皱着眉说："其他小朋友都能受得了，怎么就你偷懒呢？"

她愤愤地抬起头说："我受伤了呀！"

老师头一次被顶撞，愕然之后便是愤怒，气道："这点苦都吃不得，就别学了！我找你家长过来！"

听到要找家长，她瑟缩了一下，但还是梗着脖子不肯低头。

其余小朋友被家长一个个接走，最后只剩下她，妈妈姗姗来迟。

她妈摁着她的头，让她向老师道歉。

她撇了撇嘴："你都不关心我疼不疼吗？"

然后，她听见那个女人残酷的声音："以后你要面对的人，没人会关心你疼不疼，只会关心你做得好不好。所有向你嘘寒问暖的人，都戴着面具。"

"那当大明星有什么好的，我才不要当大明星！"

她用力地朝她嘶吼，一瘸一拐地跑了出去，但很快就被她妈追上。

"你只有成为大明星，才能被你爸爸看见，让他知道你有多优秀，不是他不要你，是你不要他！"

"我现在就不能被他看见吗？"

"因为他在很高的地方……"她妈指着她露背的练功服，手指在那块怪异的胎记上游移，"而你还在尘埃里。"

说着，她猛地抬起她的腿，狠狠往上一拉。

那种被撕裂的感觉，多年过去，到现在依然留有阵痛。

乌蔓扣紧掌心，眼睛向上翻，不断呼吸才慢慢平静下来。

她皮笑肉不笑地道："您别胡说。唐家出身高贵的独女，怎么会是我这种小明星的妹妹。"

郁家泽单手握着方向盘，另一只手抽出来摸乌蔓的头发，带着一丝怜悯。

"我可怜的小乌鸦，明明也是凤凰，却要飞到尘土里滚一身当只乌鸦。"

“您答应过我的，我和唐家的关系，只会是我们两个人知道的秘密。”她厌恶地偏过头，“总之，我和唐家现在没有任何关系。”

“你现在当然和他们没关系了。”他的手依然霸道地追上去，“你待在我的巢里就够了。”

“巢？”这个字仿佛戳中了乌蔓的笑穴，她捂着肚子一直笑一直笑，直到笑出眼泪，“是啊，巢。”

她笑完了，冷声说：“停车。”

郁家泽怎么肯听，车速越来越快，大有就这么开到悬崖坠毁的势头。

“你疯了吗？现在不是飙车的时候！”

车身仿佛要飞起来，乌蔓抓紧安全带，脸色不受控制地发白。

郁家泽却恍若未闻，嘴角挂着无所谓的笑，脚尖又狠踩了一下。

两边的景色飞速倒退，快到变成了一抹流光。

乌蔓不敢在这个时候抢方向盘，顶着风赶紧把车窗关上，试图平息郁家泽的情绪。

“您慢慢开，我们慢慢说……”

“不会出事的。”他说得轻描淡写，但没有再加速。

乌蔓稍稍松了口气，内心涌起一股深深的无力感。

郁家泽也是那样的不受控制和肆意妄为，但那种不可控和追野所带来的感觉完全不一样。

他是一把在空中飞舞的尖刀，一不小心就会刺伤他人。而追野是随时会炸开的烟花，飞溅的星火伤不了人，还能窥见意外的景色。

她走神的瞬间，丁字路口横插出来一辆车，撞向的方向正是乌蔓的那侧。

车速太快，惯性之下即便急刹车也会撞上。

这样下去，也许她会直接被撞死。

恐惧瞬间席卷了乌蔓，她脑海里一片空白。

下一秒，郁家泽双手猛地打了个大转，车子生生扭转了四十五度，以毫厘之差躲过了那辆车。

一切都发生在电光石火之间。

然而，郁家泽那侧没能幸免，猛地撞上公路护栏。

车身剧烈一震，郁家泽的手从方向盘上被弹开，摸索着缠住她的手。

他还是笑着，一副游刃有余的样子，说，别怕。

下一秒，他闭上了眼睛。

郁家泽那边被挤压变了形，他腿部和胸部都受到不同程度的挤压。而因为他最后那一手的转移，她只受了轻伤。

他闭上眼睛的刹那，乌蔓感觉自己的呼吸也快停止了。

那股恐惧和预感自己要被撞上时相当。

她垂眸注视着郁家泽昏迷后依旧死死缠住自己的那双手，慢慢屈起手指，面无表情地呢喃："都是你自作自受。"

可惜，疯子的命就是比平常人硬，车子被撞得稀巴烂，郁家泽却没有大碍，手术后被推进了病房疗养。

乌蔓挂完点滴后就在他边上照顾，直到天亮才离开。

她得抽空去见一个人，这也是她来洛城的目的。

车子把她送到了某家疗养院。她远远地看到记忆里光鲜亮丽的女人容颜不复，颓丧地坐在长椅上晒太阳。

无论是眼前飞过白鸽，还是乌蔓坐到她身边，她都没什么反应。

"妈，我拿到金影奖影后了。"

女人的眼皮微微颤动。

"你当年失之交臂的奖，我替你拿回来了。"乌蔓自嘲地靠在椅子上，"虽然拿得并不算光彩。"

女人低下头，玩自己的手指盖，完全忽视了她的话。

乌蔓丝毫不在意，或者说她更喜欢女人不说话只是这样倾听的样子，因为在女人意识清醒时，她们之间从不会有如此温情的时刻。

"我昨天才知道，唐嘉荣的女儿也进娱乐圈了，她改了名字，我没认出来。原来在高处长大之后，是她那副样子。"乌蔓闭上眼睛，眼睑微颤，"也不过如此。"

“哦，对了，我还遇上了一个很有意思的小孩。”

乌蔓不知道自己此时的表情，嘴角微微勾起，像被风吹化开了。

“可能是受角色影响太深，刚开始我明明是很看不惯他的……他应该也是。不过他是天生的演员，很入戏，所以我想……他受到的情绪影响会比我深得多。”

“况且他太年轻了，还说自己没谈过恋爱。那他怎么可能分得清从心底里喜欢一个人和因为入戏而喜欢一个人是什么感受，对不对？”

她睁开眼睛，转头瞥向女人。

“妈，你以前入戏很深过吗？遇到理不清自己的感受的时候，是不是确实不要再联络比较好？我不知道该问谁。”

乌蔓从口袋里拿出一枚硬币，塞到女人手中。

“你抛抛看，如果落地的那一面是老头，我就删了他。”

女人看着手中的硬币，跟个小孩似的凑近，左看看右看看，最后揣进兜里。

乌蔓哭笑不得：“这就是你给我的建议吗……让我自己决定。”

乌蔓回到医院的时候，郁家泽已经醒了。

她把跑遍洛城的大街小巷才买到的粥放在他的床头，坐下来问：“还难受吗？”

郁家泽冷冷地瞥了她一眼：“本来没什么病，睁眼看到没人在，差点气出病。”

“那您喝点白粥，消消火。”

乌蔓舀起一勺粥，吹凉了递到他嘴边。

郁家泽脸色稍缓，吃了一口说：“去见她了？”

乌蔓“嗯”了一声：“还是老样子。”

接下来是漫长的沉默，病房里只有勺子搅动的声响。

乌蔓喂完了粥，仔细地给郁家泽擦嘴，他忽然张嘴恶狠狠地咬住她的手指。

“嘶——”

她连忙抽回手，大拇指上很快出现一圈咬痕。

“疼吗？”

“明知故问。”

“我被撞的时候，比刚才疼数倍。”郁家泽幽深的目光锁住她，“是我救了你一条命。”

难道不是你自己要开那么快作死吗？

乌蔓抿紧嘴唇，垂下眼，掏出手机扔到他怀里。

她的通讯录里已经没有了追野。

郁家泽却没有去翻她的手机，他捉住她那根被咬的手指，轻轻地吹着，并在指尖吻了一下。

郁家泽的状况稳定之后决定还是转回京城的医院疗养，毕竟在洛城久待对两个人来说都不方便，各自手头都还有工作。

但一回国，郁家就知道郁家泽出车祸的事。

这些年来，乌蔓从未见过郁家泽的父亲，没想到在这种节骨眼上意外撞见。她刚刚从郁家泽的病房退出来，就在走廊上和郁父擦肩而过。

在这之前，郁父的脸只会出现在各大新闻版面。他永远不苟言笑，乌蔓怀疑他是不是患有面瘫。

此刻见到本人后，乌蔓终于知道那不能叫面瘫。

那是一种不把万事万物放在眼里，疏于对世界的反馈，从心底里透出来的毫无波动。他就像一座假山，很巍峨，但毫无人气。

病房门再次被推开，郁家泽以为是乌蔓去而复返，抬起头，看见来人后眼皮一跳。

他皮笑肉不笑地道：“我是小伤，怎么劳烦您跑一趟。”

“在国内飙车不够，还跑去国外飙车？玩物丧志也要有个限度！”

郁父挥退保镖，开口就是一通训斥。

郁家泽揉了揉眉心：“您放心，我不会耽误工作的。”

“刚刚离开的那个，是不是这几年一直在你身边的小明星？”

郁家泽的手一顿："是……"

"这么些年了，还没分开？"

"只是个普通的女人，偶尔才想起来，谈不上分不分。"

郁父锐利的眼神扫过郁家泽波澜不惊的脸，不紧不慢地道："你的忘性还挺大，小时候养只小八哥喜欢得不行，整天关在房间里和它说话，学习都抛到一边。"

郁家泽语气淡漠："那是小时候犯浑不懂事。"

"我看你现在也未必有多懂事，还没你弟弟省心。"郁父冷哼了一声，"上次我说的事，赶紧给我考虑。"

他起身离开，郁家泽倚在床头，看向窗外枝头上的一只小鸟。

在他七岁时，他房间里的鸟笼上也停过这样一只鸟，毛色鲜亮，远比这只可爱。

那是一个叔叔送给他的生日礼物，说这是八哥，会讲话。

他既惊又喜，那是他寂静的童年里唯一的声音。

那只八哥很笨，除了"您好"两个字，其他都不会说，但郁家泽不介意，每当他被他爸鞭笞的时候，只要和它说话，它就会叫一声"您好"，仿佛在说"我知道了，你还有我"。

下一年的期末考，他没有拿到全校第一，圈内人攀比的时候，郁父丢了面子。

他爸觉得是那只鸟影响了他。

他爸让他抱着那只鸟到书房，郁家泽还记得也是这样一个午后，阳光明亮得过了头，世界仿佛被涂上一层白色油漆，黏腻，沉闷，窒息。

郁父一向没什么表情的脸上难得有了愠色，问他："你喜欢这只鸟？"

他不敢点头。

"实话实说。"

"喜欢……"

郁父的手指在椅把手上轻叩，小小的郁家泽注视着那双手忽然停下，抄起桌上的剪刀。

那只大手捏住八哥的脖子皮，先剪掉了它的尾巴，再是它的羽毛，接着是它的翅膀。

每剪一下，他的八哥就会痛叫着“您好”。

您好，您好，您好……

就像平日里安慰他时那样，它只是痛叫，却毫无所觉，那样傻。

幼小的他全身发抖，站在原地流眼泪，却不敢上去抢回八哥。

郁父神色漠然，盯着他说：“孩子，我教你一课——爱得太过的东西容易毁灭，要冷眼对待一切，特别是你心爱的事物。”

他捏着八哥的脖颈冲郁家泽走来，蹲下身，掰开他紧紧攥着的掌心，将那把沾血的剪刀塞了进去：“如果做不到冷眼旁观，那至少也要让这个东西毁在自己手中，不要让它威胁到你，然后毁了你。”

郁家泽拼命地摇着头，他想松开手，却被郁父牢牢包裹着。他越是想退缩，越被父亲钳制。

八岁的他手握着这世界上最沉重的东西，冰凉的刀柄烫进了他的灵魂。

郁父慢条斯理地笑着，加重力道，迫使他握着刀尖往前伸。

郁家泽已经失去了感知，他流着眼泪，失神地和八哥对视。

它看着他的最后一眼，没有杂质，瞳仁比他见过的所有宝石都澄澈。

郁父满意地起身，把八哥的尸体往窗外一掷：“终于安静了。”

窗外的蝉鸣变得清晰起来，像在演奏着一首不知为谁哀悼的葬曲。

郁家泽愣怔地盯着窗外，那只鸟已经飞走了，就和记忆里的那只八哥一样，仿佛从未来过。

他收回视线，拿过床头的手机，拨出了一个电话。

“我接下来要在医院待一阵子，不方便出去，你帮我做两件事。”

“第一件，约一下傅静雅，公司可以给她资源，帮她转正。当然，天底下没有免费的午餐。”

“第二件……”

乌蔓算了算日子，从她删掉追野那天到她回国，已经过了快两个星期，对方毫无动静。

估计他还没发现她把他删了。

乌蔓的视线落到今天的通告表上，晚上要出席某平台举办的盛典，邀请名单上赫然有追野。

这将是他们在电影杀青后的第一次见面。

乌蔓心里浮起一丝紧张，是自作主张把他删掉的心虚，还有身份转换之后的茫然。这让乌蔓在后台化妆时一直走神，化妆师接连叫了她几声，她才回过神。

“蔓姐，这个造型可以吗？”

乌蔓瞧着全盘上去的头发，看了一会儿，说：“是不是有点显老？”

“您要改吗？服装师刚和我确认您的礼服是水蓝色的鱼尾裙，锁骨那里都是亮亮的碎钻，我怕把头发放下来会显得乱，盘上去您的脖子露出来压制一下会好一点。”

乌蔓沉吟了一会儿：“那就这样吧。”

乌蔓换上礼服，戴上水滴状的深蓝色耳坠，耳坠和锁骨上的碎钻相得益彰。她仿若偷溜上岸的人鱼，从耳尖滴落的水珠变成宝石，盛放进凹陷的锁骨中。在一片蓝色里，郁家泽送她的那条红宝石“Y”型项链就显得极为扎眼。

戏拍完了，她也该戴上了，像孙悟空重新戴上金箍。

盛典的形式没那么正式，嘉宾们围着一桌一桌坐开，边吃饭品酒边观看台上的表演。

乌蔓入座后，不动声色地扫了一眼桌上的名牌，追野不在她这一桌。

她有点泄气，又松了口气。

外场的观众早已进场，纷纷举着五颜六色的灯牌，当然不是冲着乌蔓等人来的，而是冲着今晚要上台表演的偶像们。她无聊地观赏了一圈，居然还看到了追野的灯牌。

为什么他也有灯牌？

她偶尔会刷刷微博逛下论坛，像追野这种经常有“偶像失格”的绯闻的演员应该不会是时下女孩子喜欢的类型吧，用粉丝的话来说，太容易踩雷了。虽然演员在恋爱方面不像偶像有那么多要求，但粉丝也不愿意喜欢一只浪蝶。

她环视了一圈，追野的灯牌不仅有，还不少。

乌蔓的视线正游移时，毫无防备地撞上了正从右侧进场的追野。

他身上不再是那套学生校服，而是挺阔的西装，包裹着双腿的西装裤熨得无比平整，与之相反的是上身衬衣大开的领口，沉稳中透着不想被束缚的轻狂。

追野的眼神从她身上快速地滑了过去，没有逗留一秒。

乌蔓也转过视线，将注意力放回台上。表演已经开始，坐在她身边的女歌手上台演唱，之后就去了后台没有回来，她身边的位置空了出来。

不一会儿，她感觉到身边的空位又坐了人，以为是女歌手去而复返，她便没有在意，依然专注地看着舞台。

直到来人忽然举起酒杯，半倾过身，以绕过她面前的姿势去敬坐在她另一边之人的酒。

乌蔓的心跳漏了一拍，因为她发现这个人就是追野。

他没看她，对着那个男演员道："我坐在那桌，看见哥你坐这里，就过来跟你打个招呼。"

他又坐回原位，只是手还撑在乌蔓的座位边缘。

那个男演员有些惊讶，笑道："你转性了这是，这么热情。"

追野抿了一口酒，淡淡地说："我还以为哥想装作不认识我。"

"怎么会，你是大影帝，谁敢怠慢你？"

"是吗……"追野歪了下头，视线从乌蔓身上游移而过，"据我所知就有一个。"

两人把乌蔓夹在中间聊天，让她坐立不安。

追野的每一句话都在影射她。他一定是知道了。

那个男演员继续道："肯定是你把人家得罪了，就你这个臭脾气。"

"她又生气了吗？"

在男演员听来，追野似乎只是在自言自语，带着几分"真拿这个人没办法"

的无可奈何。谁都能听出来他言辞中的暧昧，不禁心下好奇他口中的她是绯闻里的哪一号人物，他居然在大庭广众之下就这么说出来了。

那个男演员丝毫没发现身旁一直正襟危坐的乌蔓慌乱地喝了一口酒，藏在桌布下的手指揪紧了礼服。

注：诗歌为海子的《日记》。

注："爱得太过的东西容易毁灭，要冷眼对待一切。特别是你心爱的事物。"出自肖斯塔科维奇作品。

第五章

让她降落

与此同时，这场盛典正在网络上进行直播，各个论坛都有人开帖实时讨论。

直播镜头一般对准主舞台，偶尔才会切换，给台下的明星们几个镜头。

而追野临时换桌，和男演员喝酒聊天的画面恰好被拍到了。

今晚的热帖由此诞生——“现在追野连男的都不放过了吗？”

“他坐过去是不是因为乌蔓啊，两人不是刚合作拍完戏吗，见到两个都认识的演员，追野过去打招呼很正常吧。”

“和乌蔓没关系，别带我们家美女姐姐了，我这里有视频，姐姐全程没和追野说一句话，两人就是不熟的同事。”

“这也太不熟了……同事都还知道做做表面功夫。”

“这两人一起拍戏个把月，微博到现在都没互相关注。”

“你们忘了金影奖那阵子两人还互相暗讽吗？这两人坐一起不打架就不错了，还打招呼，哼！”

此刻，网友口中两个就差没打起来的人之间的气氛确实有点紧张。

追野在典礼结束前就离场了，走之前只和那个男演员打了招呼。乌蔓是在典礼快结束时返回后台的，就为了错开人流高峰。

她边走着边低头给薇薇发微信，忽然身子一斜，猝不及防地被人拉进试衣间。

乌蔓惊魂未定地站定，追野放开她，慢条斯理地脱掉西装外套。

他把外套扔在一边的衣架上，随意地靠在墙上，抱臂看向她。

“解释一下吧。”他开门见山地说。

乌蔓回过神，讲出她打了很久的腹稿：“我需要一个出戏期，所以才把你删了，希望你理解。”

“你对所有的同事都这样吗？拍完戏，就把人删了？”

“当然不是……”她脱口而出，又愣住。

追野的语气像是高兴，又掺杂了抱怨，总之那股兴师问罪的气焰顿时就消了一半。

他放下手臂，插进裤兜里，目光在她脸上逡巡：“那为什么我是这种特殊待遇？”

在他灼灼的目光之下，乌蔓只能如实回答：“老实讲，《春夜》是我拍戏生涯中最入戏的一部。我觉得都有点影响到我的现实生活，所以我必须彻底地把这部分分开，至少是分开一阵子。”

追野又把手臂抱了回去：“所以在你的定义里，我是需要被剔除的那部分。”

“戏是戏，生活是生活。如果分不开戏和生活，人生会很混乱。你拍的戏还很少，可能还不能很好地体会这一点。”乌蔓摆出一副过来人的姿态，“对你来说，我也是一样的，是需要被剔除的部分。”

追野上前一步，乌蔓不由自主地往后退，贴到了身后的一排衣架上。

他没有停步，她也继续往后退，直到踢到了衣架的支角。

“啪”的一声，衣架倒塌，衣服散落得到处都是。

“有人在用这个试衣间吗？”门外有人听到动静，过来敲了敲门。走廊里的脚步声越来越多，盛典结束了。

乌蔓慌乱地道：“我在用。”

追野睨了她一眼，张口道：“我也……”

乌蔓立刻扑上去捂住他的嘴，被吓出了一身冷汗。

“嗯……”外面的服装师好像愣了两秒，不确定自己是不是听到了奇怪的声音。

乌蔓咳嗽了一声，说：“我一会儿就出去，不会占用很久。”

“哦哦，好的，没事，您慢慢来。”

服装师的脚步声远去，乌蔓松开手，发现自己整个人几乎是投怀送抱的姿态。

追野半抱着她低下头，轻声说：“你就是用这个姿势剔除我？”

她的腰肢细瘦，仿佛一折就断，让他不敢用力，只是虚虚环着。

她盘头发的夹子掉了，卷曲的暗红长发落下来，摆动间搔着他的手指。水滴状的耳坠还在晃动，折射出宝蓝色的光芒，碎钻是倒映着的粼粼波光……原来他手里握着的是一尾人鱼。

人鱼是狡猾的，她的裙摆是鱼尾，从他的手掌上滑过。

她从他小心编好的网里逃了出去。

追野的视线从她晃荡的项链上掠过，这是一条早就和恶魔交易了双腿的人鱼，她脖子上的项链就是物证。

“是你在捣乱！”乌蔓有些恼怒地小声道，她不敢大声说话，怕再引来人。她随意地将头发拢到耳后，回身蹲下去捡衣服，却被追野拎到一边。

他淡淡地道：“我来弄吧。”

他背对着她整理，趁着无须面对他眼神的空当，乌蔓吸了口气，快速囫囵道：“这段时间我们就不必联系了，之后工作方面有需要的话再联络。再见。”

她若无其事地推开试衣间的门，左右看了一眼，低头离开了。

《春夜》拍完后，赵博语又陆续送来了很多剧本，但乌蔓都没看上。

她对赵博语说：“我现在有点理解‘吃饭对美食家来说是一件痛苦的事情’这句话了。”

“艺术要追求，钱也得赚啊。”赵博语无奈地说道，“我真有点后悔给你推荐《春夜》这本子了，感觉给你打开了新世界的大门。”

就这么挑挑拣拣大半个月，乌蔓还是没有敲定新戏，赵博语转而说：“要不还是接档综艺吧，等《春夜》上映的这个空当没点曝光度不行。”

他丢过来一个企划，是某平台计划推出的S级综艺项目《最佳演技》。所有参与的演员一视同仁，最终获胜者将获得“演技之王”的称号。

“拟邀名单我打听了一下，大部分是有名有姓的演员，还有个别为了流量考虑的偶像，你参加的话不算掉咖。”赵博语认真盘算，“最重要的是，他们想邀请四个知名导演来当导师，其中一位是魏景华。”

魏景华，目前国内资历最深的导演，谁见了他都要尊称一声“魏老”。他也是国内最早入围国外各大艺术电影节的导演，虽然没拿过奖，但谁也不能否认他是引路人，敲开了另一个世界的大门，给了国内电影人信心。

总之，国内的电影还没有形成完善的电影工业体系，即便费尽心思，也很难快速地赶上M国电影的水平。谁能奢望一个短腿小子跑过长腿青年呢？

能并肩就不容易了。

正因为如此，追野能在众多劲敌的围攻之下摘得影帝头衔，实在是一项创举。

乌蔓想到在盛典上看到写着他名字的灯牌，突然理解了为什么会有人不顾那么多花边绯闻也愿意支持他喜欢他。

当一个人的实力强大到一定程度时，他便成了一个传奇。

对于传奇，人们总是会格外宽容一些。

“你在听我说话吗？”

赵博语伸出五指在乌蔓眼前晃了晃，她“啊”了一声，说：“我听着呢。”

“魏景华已经沉寂很久了，这次会答应来上节目估计也是不想与社会脱节，这代表着他又要复出拍戏了。我们之前和他没什么接触，他那个人太自傲了，不是好相处的人。如果能上节目加入他的战队，可以趁这个机会好好拉拢一下关系。能不能和他合作是其次，被他指点一下也是很受益的。你不是想磨炼演技吗，这就是个好机会。”

乌蔓听到“磨炼演技”四个字，神情若有所思。

“那就接吧。”

赵博语在她拍摄《春夜》期间没去探过班，因为郁家泽对他推荐剧本一事耿耿于怀，把他发配到底层去带了一些毫无名气的艺人。因此，他对乌蔓演技的评估还止于三流水平，忧心忡忡地道：“那要是第一轮就被淘汰了，不得被骂死。”

听完他的话，乌蔓又不自觉地走神了，想到拿下金影奖影后的那个夜晚，桀骜的青年不屑地看向镜头，那锋利的眼神像是要把人割伤。

“我怕嘲讽吗？”乌蔓的语气既平静又坚定，“而且，我真刀真枪地上，是嘲是夸，谁知道呢？”

总之，她不想再对上那样的眼神了。

《最佳演技》第一期的录制不日开始，乌蔓在后台不意外地见到了何慧语。

两人见面不像往常那样剑拔弩张，乌蔓先打了个招呼：“你的戏也拍完了？”

“还没有，但拍得差不多了，所以还是决定来上这个节目。”何慧语斗志昂扬地道，“这回我绝对要扳回一城！”

乌蔓哄小孩似的：“好好好，你自便。”

第一期节目录制是个人赛，三十二位演员抽签挑选一个段落进行表演。之后由四位导师判定他们的表演水平，中意的就可以挑到自己的队伍，每个队伍的上限是四个人。这也就意味着第一期结束录制时，会有一半的演员直接被淘汰。

第一期就出局的风险还是挺大的。

乌蔓在后台时看到了导师席位上的名牌，魏景华果然来参加了。

除此之外还有三位导演，一位是电影学院导演系的老师，一位是今年金影奖的最佳导演获得者，还有一位是国内电影票房最高纪录保持者。

四位导师各有千秋，兼具学院派、文艺派和商业派，还有大牛。

乌蔓好奇地瞥了一眼左侧单独的一个王位，椅背非常浮夸，上面刻着“大魔王”三个字。

这又是请了谁？

乌蔓觉得自己抽签的运气还算不错，尤其是比较了其他人的之后。

有的人抽到了反串，一个男演员抽到的题目是《洛丽塔》。

这个人就是纪舟。

乌蔓看见他的抽签结果的那一瞬间差点没忍住笑出来，因为抽完签他们是需要做造型的。她已经想象出他扎着两个冲天丸子头、穿着碎花连衣裙那副样子了。

她忍不住打趣他：“你这套造型出来，估计你的粉丝以后见着你就老婆、妹妹、心肝地叫。”

纪舟的脸色从苍白转为潮红，最后他像看破世事一样哀叹：“蔓姐别喊我妹妹就成。”他凑过来偷瞧她手里的字条，“我看看你的……居然是《西西里的美丽传说》！”

纪舟眼睛一亮：“这太适合你了！好期待一会儿蔓姐的造型！”

乌蔓笑眯眯地道：“我也期待你的。”

他笑容一僵，双手一抱，不再搭理她。

同一支口红，有人涂上是白墙上刮了一层红泥子，俗气又厚重；而有些人涂上，则是一口燎原的火，看一眼就容易引火烧身。

造型师替乌蔓涂完唇蜜之后，忽然就生出这样的感慨。

毫无疑问，乌蔓属于后者。

她非常适合这样的浓妆造型，挑起的眉，浓烈的唇，烟熏妆的眼睛，一头暗红卷发散在耳后，身上那股颓丧的冷感压住了妖冶，两种感觉较着劲，硬生生碰撞出矛盾的凄艳，吸引人靠近，又让人觉得靠近她对她来说是一种亵渎。

她要表演的段落是电影里玛莲娜决定成为妓女的那一幕，低调洁净的她摇身一变，从小镇上款款穿过，一低头，无数的男人抢着为她献上火机。

节目组当然不会请来无数个男人，只需要她的独角戏，将玛莲娜这一刻的心境展示出来。

抽签的运气好，上场的运气就遭到了反噬。排序的随机结果，她是第一个上。

就位时分，乌蔓抬起头，从后台看向舞台，大魔王的位置上已经坐了个人。

即便对着她的是个后脑勺，她也一眼就认出了那人。

大魔王……果然舍他其谁呢。除了追野，不会有别人。

但节目组卖了关子，并不让他们知道大魔王在比赛中到底扮演着什么样的角色，所以她并不知道追野在这其中有什么用，只是下意识地心跳乱了。

是要上台的紧张而已，乌蔓自我调解了一下，很快恢复冷静。

灯光暗了下来，她穿着黑丝绒的低胸包臀裙，黑色的细高跟跨上台阶。

在这一刻，她就是玛莲娜，身世浮沉，只能被迫委身做一朵菟丝花。

没有男人不爱慕她，没有男人真的爱她。

乌蔓低眉垂眸，每踏出一步，她的背脊就挺直一分，直到坐下来，眼皮微抬，看向镜头。

那是一双极为澄澈的眼睛，流言、色欲、嫉妒、占有……这些东西都不能使这双眼睛蒙尘。与她对视就是一种冒犯。

可下一秒，她的眉目里染上了哀戚，她再度垂下眼睛，从珍珠手包里掏出一支烟。

细长的两根手指夹起烟，放在唇边。

她不再是上帝身边的使女，她被迫落入凡尘，带着俗世的风情，又裹挟着无可奈何的悲哀。

现场的观众无论是男性还是女性，都从心底里涌起想为她点烟的冲动。

而且居然真的有人这么做了。

那个人从王位上站起来，信步走下神坛，从口袋里掏出打火机，“吧嗒”一声，点燃了她唇边的烟。

她戒了那么多年的烟，被追野一个动作轻而易举地破掉了。

极度的震惊和愕然之后，是啼笑皆非。

居然是在这样的一个情境下，她坚持了那么多年，甚至之前还顽强抵抗过的习惯被他一个拇指摁压粉碎。

她抬起头望向他，他已经转身回到了王位上，没有回头，也没有留恋。

主持人赶紧上台道：“大魔王，你这么快就使用了你的技能吗？”

乌蔓这才知道大魔王的作用是什么——有一次主动选择和选手对戏的机会。

节目组设置的抽签段落乍看是独角戏，其实都是有对戏的余地的。

如果追野选择了主动对戏，说明对方带他入了戏，而得到这个大魔王青睐的人，将会是本期的“演技之星”，不会被淘汰。

乌蔓作为第一个出场的人，就让大魔王失守了。

节目组所期待的悬念效果都落了空。

主持人带着几分怨念道：“都不考虑一下的吗？”

追野把玩着那只打火机，俯视着舞台，理所当然地说：“对着这样的玛莲娜，谁能不臣服于她？”

乌蔓还咬着那支被他点燃的烟，熟悉又陌生的味道灌进鼻腔。听见追野的话，她要去取烟的手一顿，最终放任那支烟流落在唇边，咬着它含糊地道："那就谢谢大魔王了。"

接下来是导演们的选择时间，想要拉乌蔓入队的就点亮桌上的星星灯。

她悄悄地深呼吸，感到有些紧张。

自己到底是什么水平，四位导师的按键能回答个七八分。

一盏，亮了，接着两盏、三盏……

乌蔓像坐上了过山车，随着按键的起落飙上了顶点，又被重重地抛下来。

——还有一盏没有亮起，那盏灯属于魏景华。

经过一段时间的造势后，《最佳演技》第一期终于播出，实时播放量超出了播出平台的预期。

这天晚上乌蔓正好没通告，闲在家里点开第一期看了起来。虽然录制时她是第一个出场，但是播出时的顺序全部打乱了，为了留着大魔王的悬念，她大概可以猜到剪辑把自己放在了后面。

至于播出的版本，第一个出场的演员变成了何慧语。

她抽到的片段是《低俗小说》中女主角和约翰在舞池中跳的那段经典的扭腰舞，节目组当初挑选这段的用意也是留出了约翰的角色，以便让追野加入。

何慧语的造型飒到观众们腿软，戴了个眉毛以上的平刘海假发套，穿着宽大又收腰的白衬衫，黑色的喇叭裤，完全仿照了电影中女主角的造型。

她完全将舞台当作了舞池，肆意地扭动四肢，摇头晃脑，好像头顶的射灯都化成了酒，醉意撩人。

此时弹幕像疯了一样迅速飘过。

"还有比姐姐更美的吗？无！"

"我永远爱姐姐！"

"开场即巅峰，节目组杀人啦！"

"大魔王这都不下场？他还是男人吗？"

"大魔王别让我看不起你！"

“这两个人不是在一起了吗？追野是不是在避嫌？”

“前面的弹幕，造谣要负法律责任的，他们从没说过在一起！”

“魏景华怎么不亮灯啊，没眼光！”

引发下一轮话题爆点的是女装纪舟，他反串成《洛丽塔》中的小女孩，需要表演趴在花园草地上看书时与男主角初遇的片段。节目组给追野预留的角色则是那位在客厅里看呆了的房客。

“太刺激了吧，追野赶紧下场啊！”

“节目组冲啊！”

“纪舟绝了……”

“哥哥比我还漂亮……”

“哥哥太敬业了，呜呜呜……”

“哈哈哈哈，我宣布纪舟超过何慧语，成为我心中的最佳造型了！”

选手的表演片段陆续播出，观众一直没等到大魔王离开他的王位，也没有看到魏景华亮灯。

匿名论坛里关于他俩谁先沉不住气的话题都开启了下注帖。

报：结果来了！

主楼：“追野先下场了，我的五毛钱输了，呜呜，影帝果然为美色所误。”

“怎么会这样，他居然为了何慧语的死对头乌蔓下场，‘追悔组合’就这么结束了吗？”

“仅从截图来看，这么美的花瓶值得为她浪费，我若是追野，我也会忍不住为她点烟的……”

“追野在乌蔓身上动用特权到底是出于私心还是公正评判呢？”

“我觉得是私心……乌蔓的演技虽然有进步，但在所有选手里绝对不是最出挑的，而且我朋友去现场了，她跟我说其实乌蔓是第一个上场的，但追野立刻就把名额用掉了。如果他不是出于私心的话，起码要多看几个演员的表演吧？”

“戳中某些人的心了吧，你家连看图说话的资本也没有。戏都杀青了也没见传出什么亲密的互动，嘻嘻，影帝就是看不上你家乌蔓。”

“好了，不要再吵了，看看最新的采访物料吧，基本等于锤了。追野肯定不是出于私心，如果是出于私心，就给何慧语了。”

乌蔓随意地刷着那个帖子，结果评论的走向又变成了她和何慧语粉丝的撕扯。紧接着，她就刷到了楼里甩出的一个链接。

她点开链接，是何慧语的单人采访。

看时间应该是前几天采访的，只不过选在《最佳演技》播出当天趁着这波热度发布。

其中有一个问题是：“最近你的微博散发着甜蜜的气息，是恋爱了吗？”

何慧语大方承认：“对。但对方是谁，我不能说。”

她似乎想忍住笑，但甜蜜就像跷跷板，压下这端，另一端就会翘起来，终究是没忍住，嘴角浅浅地上扬。

网友们众说纷纭，都在猜测这个不可言说的“谁”到底是不是追野。

“追悔”粉们为了力证那个人就是追野，挖出了他参加《最佳演技》的一段小视频采访。

记者问他：“之前你说你不爱参加综艺，那为什么会上这个节目呢？是为了锤炼演技吗？”

“不是。”追野直言，“其实我最近接不到戏，只能接点综艺。”

记者擦汗：“您在和我们开玩笑吧？您可是正当红的影帝啊！”

追野笑了笑，仿佛真的只是个笑话。

乌蔓心头却是一跳。

那个记者却以为追野在开玩笑，继续追问：“那还有其他原因吗？”

“下面这个原因我说了，恐怕不能播。”

记者一脸诚恳：“我们会把关的，不行就剪掉。”

“因为参加的演员里有我在意的人。”

“追悔”粉们疯狂道：“参加的演员里和他传过绯闻的不就何慧语吗？这还不是在谈恋爱，我把我前男友的头拧下来！”

乌蔓握着手机发呆，任凭屏幕暗了下去，好半天才消化了这个信息。

何慧语谈恋爱了，对象是……追野？！

粉丝之间有一本塌房观察手册非常流行，如果自己喜欢的偶像有以下几点中标，那么很大概率就是在偷偷谈恋爱，九成九是自家房子塌了。

1. 社交网络更新得很慢，但相比之前的，甜言蜜语变多了。

2. 更新的内容从给粉丝的“你们”变成了单指的“你”。

3. 分享的歌曲通常意有所指。

4. 理想型变得很具体。

5. ……

乌蔓并没有关注何慧语，两人只加了微信好友，但她很少刷朋友圈，从第一期录制完到现在，两人并没有交集，她也就不清楚对方的近况。

她点开何慧语的微博一看，还真是每条都能对上。

上一次更新是三天前，何慧语在微博分享了一句歌词：良景美辰未细赏，我已为你着凉。

再上一次是《最佳演技》首期录制当天，何慧语发了张自拍照，一个爱心的小表情，配文：“你喜欢吗？”

乌蔓又点开何慧语的朋友圈，因为是三天可见，只能看到一张照片。

那张照片的内容比起微博就更明显了。

“现在的小男生都喜欢什么啊？（此条已屏蔽某人）”

他们的共同好友纷纷冒泡。

“又谈上了？”

“是那位吗？姐，你太牛了！”

“把自己当作礼物送给他呗！”

乌蔓把何慧语在社交网络上的动态默默地偷窥了一遍，基本可以确认她把追野追到手了。

此时她有点后悔自己把追野删了，也不知道他有没有发什么秀恩爱的动态。

总觉得他不屑做这种俗气的举动，但爱会改变一个人，任何人在爱面前都容易变得俗不可耐，更何况是第一次谈恋爱的小男孩。

她悄悄翻了一下追野的微博，还是和之前一样毫无动静，除了系统发送的生日祝福外什么都没有。

若他是富士山，那么山顶的积雪也会为喜欢的人融化吧。现在没有，不代表未来的几天、几周、几个月不会有所改变。他的太阳已经到来，积雪融化只是时间问题。

乌蔓走到阳台上，拿出打火机点燃苏烟，朝空中吐出一个烟圈。

自从录制《最佳演技》时烟瘾被勾起之后，她就放弃了坚持，偷偷背着郁家泽重新抽起了烟。反正他得在医院里待上一阵子，还得处理一摊子事，暂时没空来管她。

大不了到时候再戒。

就像当时有点沉溺于《春夜》中的自己，如今不也狠心戒断了，虽然还做不到百分百的抽离，看到这个消息还是会有种说不出的烦躁。

但这无疑是件好事，这是追野出戏的信号，间接证明了她的那些猜测是对的。

他将自己代入了陈南，那些若有似无的暧昧都是戏内对邓荔枝的感情的延伸。

而乌蔓这样自私、冷硬、不近人情的一个人，是不会有人来馈赠爱的。

她仰着头，对着夜空又吐出一个长长的、寂寥的烟圈。

《最佳演技》第二期录制，赛制相比第一期有了变化。

组内的演员两两搭档，互相 PK，决胜出一组。

这次的难度在于，配戏的剧本不能用现成的，而需要自己构思。演员还得承担编剧的工作，但会有一个母题，母题由四位导演分别给出。

乌蔓最后挑的导师是金影奖的最佳导演，叫方正。他和汪城是电影学院的同班同学，不过比起汪城，他算是大器晚成的类型，近两年才闯出些名堂，虽然天赋不及汪城，但也是一个很有个人风格的导演。

她在金影奖的颁奖典礼上听过他的获奖发言，是一个对电影有追求的人。

因此，她选择了他。

对于魏景华没有选择自己这件事，她固然感到遗憾，但不服输的劲头被激发出来了。既然你不认可我，那我就努力做到让你后悔没选择我的程度。

可惜出师不利，她在抽签挑选搭档时就抽到了低配牌——纪舟。

纪舟也进了方正的阵营，他是参加这个节目的演员里少数几个流量之一，节目组请他完全是出于热度考虑。

老实说，这类流量最多能出演偶像剧，这也是之前纪舟总想通过乌蔓认识汪城而被她厌恶的原因。

这回抽到他，乌蔓的好运气算是彻底到头了。

然而，比这个更棘手的是方正给出的母题：恨晚。

这要人怎么编呢？

乌蔓和纪舟都很头大，待在排练室里半天都没讨论出一个合适的方向。

他们钻研了一下方正的个人履历，纪舟提议说："他给出这个题目肯定是因为他的个人经历让他有这种情结，不如我们就以一个青年导演为主角，讲述他年轻的时候怀才不遇，遇上喜欢的女人却最终错过的故事？"

乌蔓沉吟了一会儿，皱着眉头说："这样未免有投机取巧的嫌疑，而且暗示意味这么强，如果这个人物诠释得不好，很难保证不被方正排斥。"

"你说得也有道理。"

"而且我认为另一组可能也是这么想的，因为这是最符合逻辑的思路。"

纪舟叹了口气："那怎么编呢，我从小就不擅长写作文。"

乌蔓忽然福至心灵："那你擅长什么？"

"唱歌跳舞啊，乐器我也在行，吉他和钢琴我都很熟。"

"那我们就从这方面切入吧，也可以展示你的优势。"

纪舟有点感动，眼睛亮亮地看着她说："蔓姐，你太为我考虑了吧。"

还不是因为你的演技实在太差，我只能从其他方面替你找补，免得你拖我后腿。乌蔓微笑着在心里吐槽。

纪舟是指望不上了，乌蔓只能自己扛起编剧的任务。

作为演员，这么多年来看了不计其数的剧本，编剧的基本功她还是有的。有时候剧本不太行，她也会提出建议，与导演、编剧商量着改。

只不过这次要全部自己操刀，从虚空处平地起高楼，与只是改动室内装潢是两码事。

乌蔓把书架上一度落灰的《故事》拿下来连夜啃了一遍，发现还是不好消化，只得让赵博语帮她报了电影学院文学系的编剧进修班。

赵博语被她这阵势吓了一跳，无奈地道："只是个综艺节目，没必要浪费这么多时间吧。"

乌蔓很坚决地道："多学一点总没错。哪怕这期我被淘汰了，这个课程我还是会坚持上完的。"

之后，她便戴上口罩和帽子，偷偷摸摸地溜进了大学校园上课，以一个很不合时宜的年龄和身份。

而在那个最适宜的年纪，她单枪匹马地闯进娱乐圈打拼。

她不是没体验过大学的生活，只不过是在戏里。在偌大的教室里上公共课，和朋友们一起去食堂吃饭，晚上通宵唱歌，迎着日出回宿舍，一觉睡到自然醒。

当时她还只是女主角和朋友一起去唱歌的那个"朋友"。

然后，镜头一关，她就被打回原形。

饭是剧组提供的盒饭，坐在简陋的大棚里顶着烈日吃，怕镜头里不好看，她也不敢吃多，只吃了一点蔬菜，饿得头晕眼花。

她也不敢多喝水，怕上镜水肿，怕上厕所耽误大家。睡觉更是不可能睡饱的，经常熬通宵连轴转地拍，在镜头前困得不行也不敢打哈欠，怕被导演责骂。

怕这个怕那个，兴致勃勃地等着正片播出一看，她只有一个虚焦的镜头。

演戏的初心就在这样日复一日的失望中被践踏，随着那个虚焦的镜头一同隐去。

……

乌蔓听到背后有人在喊自己的名字，从回忆里抽身，转过头一看，一个年轻的女孩子站在不远处。

“你是乌蔓吗？”

乌蔓没有立刻回答，但这短暂的犹豫给了对方确认的信心。

女孩情难自禁，支吾了半天才笨拙又大声地说：“我真的好喜欢你！”

乌蔓愣怔了一瞬，比了个“嘘声”的手势，又悄悄向她比了一个“加油”的手势。

而这一幕被路过的人偷录下来，放到了网上，莫名其妙就上了热搜。

底下网友热议。

“她去电影学院干吗？”

“我朋友说去上课。”

“她终于知道应该上上表演课了吗？”

“好像不是……据说是编剧进修班。”

“乌蔓要转行当编剧？她脑子坏掉了？”

“丁点事都上热搜，还有这片段一看就是摆拍啊，乌蔓团队要点脸吧，找个群演立什么暖心姐姐人设呢？”

乌蔓也看到了那条热搜，对那些骂她的网友一笑置之，满脑子都是怎么把故事写出来。

可她不在意，不代表别人不在意。

当时叫住乌蔓的女孩子很快就在微博上进行了实名转发。

“我是电影学院录音系 17 级的杨梦，目前在稻草人的后期公司实习，说我是群演的造谣者不出来道歉吗？我今天只是很偶然地在学校碰到了乌蔓，完全不知道她为什么会来，当时非常激动，下意识地就叫住了她，叫完我也很后悔，没想到还会惹出这么大的麻烦。在这里，我向乌蔓小姐道歉。私人行程她完全可以扭头走开的，但她还是回应了我。为什么温柔的人总是会遭到恶意揣测呢？”

网友点进杨梦的微博，发现她从四年前就开始发乌蔓相关的内容，乌蔓的每条微博她都进行了点赞、转发和评论，是一个货真价实的铁粉。

乌蔓团队摆拍的谣言不攻自破。

很多人忍不住同情乌蔓被泼脏水，但更多的人就当是一场闹剧吃着瓜滑过去了。

赵博语悬着的心悠悠落地，嘴里还不免对着乌蔓唠叨。

“你说你非要上什么进修班，上就上吧，还第一天就被人认出来了，被人认出来就算了，你还非得跟人打招呼，平白给自己找事！”

“仅凭背影就能认出我的人，一定是很喜欢我的人。我为了维持自己的大牌形象就应该让我的粉丝伤心吗？”

“那倒不是。”

乌蔓不以为意：“在这件事上我没错，我觉得没什么好反思的。你有空操心这些，不如来帮我看一下这个剧本写得行不行。”

赵博语根本没对乌蔓的故事抱有多大期待，硬着头皮接过她写的大纲。

她给故事起了个名字，叫《余震》。

故事发生在一次大地震后，一个女人新婚不久，在地震中失去了丈夫。万念俱灰之际，她遇到了前来进行公益演奏的年轻音乐家。

音乐家少时成名，长大了却灵气渐消，已经没什么人请他演出。

各自带着创伤的两人在地震后最混乱的时期相遇，治愈了彼此。

还未来得及表明心意，女人就发现她的丈夫还活着，之前确认死亡的尸体被误认了。

赵博语很吃惊，他在第一遍粗粗扫过之后，又仔细地阅读了一遍。

这个女主角是和邓荔枝有点相像的角色，同样要经历内心的撕扯，在丈夫和情人的夹缝中拷问内心。

乌蔓的确从《春夜》中汲取了灵感，创造了这个角色。

没有剧烈的冲突，只有在生活与意外的双重夹击之下人对于情感的选择。本以为是至暗时刻的救赎，却还是人生里的相见恨晚。

赵博语放下剧本，一脸严肃地说：“我觉得你转型当幕后也挺有潜力的。”

“真的吗？”

“不错，我觉得这个故事很有意思。”

乌蔓又把大纲发送给纪舟，纪舟看完后发了一个形状像大拇指点赞的草莓表情包。

于是，故事就这么定了下来，由乌蔓完善剧本后，两人就开始正式排练。排练期间节目组一直跟拍，这部分将作为正片花絮播出。

这一次又是惯常的排练，试戏片段是钢琴家教女人弹钢琴，两人之间需要呈现的是一种呼之欲出的暧昧，但又彼此克制的压抑。

这场戏已经是他们第四次排练了，纪舟一直掌握不好感情的度，所以只能一遍遍地来。

纪舟再次走到钢琴边坐下，乌蔓走过去，坐到他身旁。

两人准备就绪时，排练室的大门被人推开了。追野插着兜走进来，站到角落里，和他们站成对角线。

这是节目的赛制安排，在排练期间，大魔王会随机地出现在各个排练室，并进行打分。

他的打分会成为导师最后选择时参考的一个指标。

乌蔓和纪舟在房间里排练了很久，但一直没有被大魔王追野光顾过，没想到他会在此时出现。

追野面不改色地道："你们继续，就当我不存在。"

纪舟很紧张，他悄悄抬高视线，钢琴后面就是落地镜，能照出对面追野的身型，正一动不动地抱着双臂看他们表演。

乌蔓其实不比纪舟来得轻松，她努力忽略背后的视线，假装镇定地提醒纪舟："不要分心。"

纪舟稳住心神，深吸了一口气，说："放心吧，这次我一定不会掉链子。"

他是典型的压力越大越容易超常发挥的类型，多年的舞台经验造就了他的这种心态。在追野的逼视之下，纪舟感觉自己进入了状态，修长的手指开始在琴键上翻飞。而乌蔓笨拙又固执地跟着他手指的节奏，在琴键上胡乱地移动。

两个人的手指就像失序的交通，不期然地撞上，又瞬间弹开。

然而，下一刻，纪舟又不动声色地按过来，盖住乌蔓的手背。

他耳垂泛红，按照剧本上的台词悄声说：“我弹错了。”压着她的手却不挪走，反手扣住，两只手牵在一起。乌蔓愣了愣，犹豫过后，反手把手指抽了出来。

排练片段到此结束。

见追野没有做任何评价，只是沉默地站在那里，纪舟有些惴惴不安地问：“我刚刚演得又不行吗？”

乌蔓拍了拍他的肩膀：“挺好的，到时候上台的时候记住这种感觉。”

“那他的脸怎么有点……黑？”纪舟朝追野所在的方向努了努嘴。

追野的表情仿佛刚才观赏的不是文艺爱情片，而是惊悚片，脸上的表情震惊中带着一丝无语。

沉默了片刻，他对着纪舟道：“你刚才的表演问题挺大的。”

纪舟垮下肩，碎碎念：“所以他是对我的表演很无语，表情才那么难看吗？”

乌蔓安慰他：“刚刚你演得还行。”

“你们对自己表演的要求这么低？”

纪舟被追野这话激得一愣，连忙摇头：“有什么问题，哥你直说！”

明明他比追野还大两岁，哥却叫得无比顺口。

追野朝他们走过来，对着纪舟道：“让一让。”

纪舟连忙诚惶诚恐地让出位置。

“我不会说什么大道理，就演给你看吧。”

他明明不懂乐理，但仅凭观察了一遍纪舟弹奏的手部姿势，竟然就能完美复刻。

只不过到了真正弹奏起来的时候就原形毕露了，弹得那叫一个难听。

但追野脸上展现出来的自信只会让人觉得是自己的耳朵出问题了，绝不是他弹得不好。

乌蔓坐在他身边，重复着之前的动作，跟着他胡乱跳动的手指一起乱弹。

两个人的手指很快就撞到了一起。

追野的手指像被烫到一样弹开了，他低垂着眼眸，让人猜不透在想什么。

片刻后，他挺了挺背，双手似乎又不经意地撞到了她的。

“又弹错了……”他懊恼地道，手却没有挪开，顺势侵入她的指节之间。

他的手指像爬行动物，带着一层黏腻的薄汗，深入潮湿的腹地，最终盖上她手背。

乌蔓有些慌张地想抽出手，此时，她已经分不清是角色的慌乱，还是出自她自身。那股和纪舟完全区分开来的蛊惑让她无法招架。

她的手指被牢牢反钉在钢琴和他的手之间，在琴键上摁出低沉的回响。

一旁的纪舟喃喃道：“不愧是影帝啊……蔓姐都接不住戏了。”

追野就着扣手的姿势看向纪舟，眼神却扫过乌蔓，说：“看明白了吗？这才是拼命压抑又忍不住靠近的喜欢。”

《最佳演技》第二期播出，节目的热度又创了新高。

这一期，演员们第一次挑战编写剧本并排演短片，他们编出的故事一个比一个烂。网友们的关注重点早就不在演技上，实时弹幕疯狂地吐槽着。

“第一个演的什么玩意啊，题目是‘生活’，所以展示了两个人吃喝拉撒睡？救命！”

“笑死了，第一组平淡得要死，第二组上来就吵架，但吵架的内容真的好无聊啊，我爸妈平常吵架都比这台词精彩。”

“这两组里面非得选一组的话，那还是第二组吧，第一组我看得睡着了。”

“魏景华的题目来了！”

“他给的题目好大众啊，我还以为会是更晦涩的主题。”

“‘梦想’这个题目应该能编得很热血吧，我搓手期待了。”

“就这？”

“反转都能猜到，开始被人看不起，最后赢了呗。”

“你们是不是对演员们要求太高了啊，这毕竟是看演技的节目。”

“既然节目组给了这么一个赛制，那剧本就是要考察的部分啊，这算什么要求高。”

其他七组表演完，众人失望不已，最后轮到了乌蔓和纪舟的《余震》，观众纷纷在弹幕里撒气。

“一个花瓶，一个流量，两个草包演技不行，还能指望剧本吗，大家散了吧。”

“我已经当《欢乐喜剧人》在看了，这组怎么能不看，一定很搞笑，哈哈哈！”

然而，随着剧情的展开，屏幕上密密麻麻的弹幕变得越来越少。

刚才还吐槽的人一个个陷进去了，不知不觉忘记了发弹幕。

故事在女人的丈夫死而复生后戛然而止。

最后一个镜头，是乌蔓的一段独白。

“后来我才知道，1980 年发生过一次大地震。因为地形的构造，它会产生余震起伏。板块从 1980 年开始挪动，到如今碰撞出余震，明明该更早来的，居然花了人间数十年。它来得那样迟，同你一般。”

节目里播完了表演片段，到了打分的环节，弹幕却还在讨论刚才的剧情。

“这个故事绝了……”

“当时她去上编剧进修班不是还上了热搜吗，看来就是为了写这个故事。”

“这个故事真的是乌蔓写的？找了枪手吧？”

“和枪手比起来水平还差点呢，感觉就是她写的。”

“什么人写什么样的剧本，这里面的人三观歪到姥姥家了！”

……

弹幕不一会儿就从夸赞变成了争吵，一片混乱。

乌蔓和纪舟的《余震》片段也因此上了热搜高位，纯靠骂出来的。

节目组趁热打铁，本来预定明天才播出的他们的排练花絮选在今晚迅速放出。而其中追野给纪舟示范的那个片段毫不意外被剪进去了。

网友观看之后，嗷嗷直叫。

“我流鼻血了，这两人的互动怎么会有这么强的张力！”

“刚才我还觉得纪舟演得不错，和追野一比，完全就是东施效颦。戛城影帝不愧是戛城影帝。”

“本路人现在好期待看到《春夜》，他俩的粉丝有吗，我要提前加入！”

“无，两个人在现实里分别有对象，所以随便喜欢就好，千万别投入真情实感。”

节目组为了庆祝上一期热度达到新高，在下一期的录制结束后叫了个火锅夜宵犒劳众人。

虽然清一色都是菌汤养生锅外加蔬菜，没有几盘肉，但录制了整晚的大家饥肠辘辘，抢一盘菜比刚才录制时抢一个晋级名额还激烈。

乌蔓来得迟一些，只剩下追野和何慧语旁边的一个空位。大家似乎都隐隐知道了他们在谈恋爱的消息，谁都不愿意做电灯泡。

要不是这部分算花絮，是工作的一部分，乌蔓肯定掉头就走了。

而如今她只能尴尬地坐下来。

好在追野和何慧语还算正常人，没有当着众人的面秀恩爱的臭毛病，两人都是各吃各的。

开吃了一阵子，必不可少的喝酒环节又开始了。

不知道是不是因为有男友在侧，何慧语非常放心，一杯接一杯地喝。乌蔓之前在酒局上同她喝过，她不是酒量很好的人，很快就醉倒了。

这次也不例外，一杯白酒进肚，她的双颊像打翻了腮红，说话都开始大舌头。

追野扶起瘫软的何慧语，无奈地对大家说：“她醉了，我先送她回去。”

众人纷纷起哄，他做了个“抱歉”的手势，然后扶着何慧语出去了。

其间，他说“再见”时，一个眼神都没给乌蔓。

他完全做到了她理想中的同事。

乌蔓目送着两人出了门，灌了一口白酒，辛辣的味道直冲喉咙。

她摇摇晃晃地起身说：“这酒太猛了，我出去吹会儿风。”

纪舟担忧地看过来：“蔓姐你没事吧？要不要我陪你？”

“没事，你吃吧。”

乌蔓摆手拒绝，摸着口袋里的烟出去了。

吹风只是个借口，她只是忽然烟瘾犯了。

乌蔓刚走进录影棚外的巷子，就看见了黑暗里有一点星火。有人已经先一步在里头抽烟。

她脚步一顿，正要往外退，黑暗里追野的声音传来："阿姐？"

她诧异地停下脚步，侧身回头，追野走出来一些，烟头的火光隐隐照亮他半张脸，像夜行的鬼魅，专收治心神不宁的过路人。

"都说了别这么叫我了。"她疑惑地问，"你不是送她走了吗？"

"是送她走了。"

"那你怎么没跟着去？"

"送她到门口就行了啊。"追野皱眉，"有人来接，我为什么要跟过去？"

"有你这么当男朋友的吗，让别的人接你女朋友回家。"

追野低头，对着她吐出一个烟圈："你以为我是她男朋友？"

"不是吗？"

"是不是你以为我交了女朋友，才不拒绝和我聊天？"追野露出一丝无奈，"阿姐，你真的很知道怎么折磨我。"

最后那三个字像一把小锯齿，齿轮很钝，划在乌蔓的心上绵软地发痒。

"何慧语的男朋友是她师弟，在《孽子》里有戏份。你去酒吧接我那次，我们就是在一起给他过生日。"他盯着她，"那根蓝色蜡烛，你还留着吗？"

追野没有和别人交往的消息让乌蔓头脑昏沉，"留着"二字差点就脱口而出。理智很快回笼，她不自觉地咬住下唇，撒了谎："扔了。"

追野沉默下来，烟越抽越短。火光渐灭，他的脸就跟着隐到黑暗里，像鬼魅失了魂焰，对一切都失去了兴致。

他没再说一个字，踩灭了烟头上的最后一点猩红，一只手插兜，另一只手背着乌蔓挥了挥，头也不回地离开了。

那个背影即将走出巷子时，划在心口的那个齿轮骤然变得锋利，痛得乌蔓很想张口叫住他。

就在乌蔓忍不住想出声时，她的手机响了，是郁家泽发来的语音通话。

她踌躇了一秒，转手接起。而那个背影顿了一下，消失在拐角。

乌蔓收回视线，听到郁家泽冰冷的声音传来，夏夜暖风吹过亦有点凉。

“你知不知道今天是什么日子？”

“当然记得，您出院的日子。”

“那你人呢？”

“我以为您要回老宅。”

“知道揣测我的心思，怎么就讲不到点子上？”郁家泽的声音忽而软下来，“我现在最想见的，是我的小乌鸦。”

乌蔓和节目组的人匆匆告别，驱车赶到医院。

她走到病房外，发现门虚掩着，里面传来一个女孩子的说话声。

“家泽哥哥，伯父让我接你回去。”

“我明天会过去。”

“那你今晚要去哪儿？”

“唐小姐，这和你没有关系。”

“现在没有，很快就有了！”

“那你到时候再来问。”

女孩子没再说话，接着门从里面打开，唐映雪跑了出来，和乌蔓迎面撞上。

她这副样子是乌蔓很陌生的，穿着和女团打歌服截然不同的小礼裙，头上戴着蕾丝贝雷帽，网纱盖住光洁的额头，像出逃的公主。

她眼里闪过一丝敌意，冷冷地和乌蔓对视，接着一言不发地离去。

从那个眼神里，乌蔓品出了唐映雪对郁家泽的占有欲。就像那次火锅聚会，唐映雪故意将手帕露出来给她看，绝不是无意。

他们之间的关系并不像郁家泽说的，只是吃过一顿饭那么简单。

乌蔓收回视线，敲了敲门走进病房，郁家泽头也不抬地说：“你来得太晚了。”

“来得早就没有好戏看了。”

“哎呀哎呀，是吃醋了吗？”

郁家泽的腿脚已经痊愈，悠然地从床上下来，倾身俯到乌蔓的脸上，装模作样地看她。

乌蔓别过脸：“您不回去真的没事吗？”

他缓缓直起身，语气莫测：“你很想我回去？”

“我是担心您父亲生您的气。”

他冷冷地道：“老头子还管不着我睡哪儿。”

乌蔓自知失言，她不该主动在郁家泽面前提起郁父。

郁家泽很少主动提起父亲，如果提起，也是对于他控制自己的不耐烦和不满。似乎维系他们关系的只剩下利益和服从，根本没有情分。

有时候乌蔓听着他的抱怨也会不耐烦，他明明那么讨厌那种做派，偏偏还用到了她身上。

人怎么就不知不觉地活成了自己最讨厌的那个样子呢？

乌蔓开着车和郁家泽一起回到别墅，他忽然说：“我饿了。”

她拿起手机：“那我现在叫外卖？”

“你做给我吃。”

“你确定？”

郁家泽把她赶去厨房，自己则靠在门框上说：“有我把关。”

你连酱油和醋都分不清，还把关呢。乌蔓一边在心里吐槽，一边硬着头皮说：“要是不好吃，您可别怪我。”

乌蔓把厨房里阿姨留下的剩饭拿出来，准备做蛋炒饭。

她手上的动作很机械，因为心里盘算着要不要问他半封杀了追野的事，但她又怕自己这一问出口，反而让郁家泽更加厌烦，帮了倒忙。

思来想去，还是不问比较稳妥。

乌蔓正出神，没注意到郁家泽忽然走到她身后，从后面伸手抱住她的腰，下巴搁在她头顶上。

“这好像是我第一次看着你做饭。”

她手上的动作不停，问道："怎么了？"

"看着挺适合当老婆。"

乌蔓手里的铲子一打滑，差点炸了整个厨房。

郁家泽还抱着她没撒手，低低地笑着，胸膛微微颤动："这就把你吓到了？"

乌蔓一时之间不知道怎么回应，她盯着眼前的炒蛋说："好像炒焦了。"

"你好像一直很回避这方面的问题，从来没想过结婚吗？"

"是您曾经对我说，不要天真的。"乌蔓语气平淡，"我对婚姻从来不抱有幻想，这样挺好的。"

郁家泽抱着她的手紧了紧："以前我觉得你的这份乖让我很舒服，但现在你这话听起来很刺耳。"

"难道您希望我像十八岁的少女一样缠着您让我嫁进豪门当个阔太吗？"乌蔓自嘲道，"那样更刺耳。"

"爱哭的孩子才有糖吃。"

何必要什么东西都求着别人给呢，她会自己挣到糖。

但这话绝对不是郁家泽爱听的，她只好说："您给我的已经够多了。"

郁家泽松开手，反身靠在料理台上："你可以考虑不结婚，但我不能不考虑了。"

乌蔓似乎感觉地面晃了一下，像是地震了一样，她整个人差点没有站稳。

炒锅里冒着热气，迷了乌蔓的眼睛，她眨了两下，说："您要考虑结婚了吗？"

"如果我说是呢，你会怎么办？"

"您依然是我的老板。"

"还有呢？"

"没有了。"

郁家泽无声地笑了一下："跟你开玩笑呢，没想到你的回答还真是和预想中一样无趣。"

"我记得您从刚开始就说我是根木头来着。"

两个人似乎都在调笑，气氛却有点沉闷，油烟飘散在他们之间，乌蔓开口说：“您出去吧，油烟味道大。”

郁家泽脚步也没抬一下：“我说要把关，就要把关到底。”

他就这么站在料理台边，看着蛋炒饭出锅。

卖相实在不怎么样，但郁家泽还是伸手接过了饭，端到了桌上，两人面对面坐下。

郁家泽吃了一口，说：“真的很难吃。”

“要是很勉强就别吃了。”

“我偏要勉强。”他又舀了一勺，直直地盯着她，“不要忘了之前你任性搬出去的时候我对你说过的话。”

——我不说结束，我们之间就没有结束。

这天夜里，乌蔓躺在郁家泽怀里做了个梦。

她梦到了自己的二十岁和二十一岁交界的那一天。

在那一天之前，她已经有一个月没接到戏，因为她得罪了业界的一个知名出品人。

那个老男人在聚会上对她动手动脚，年轻气盛的她直接抄起酒杯，当头给他来了一次红酒浴。

结果就是她好不容易争取到的角色丢了。

赵博语急得上火，当时他们还在一家很小的娱乐公司，没有任何能力反击。

她靠着之前赚的钱勉强撑着，一边不死心地四处跑剧组，看看有没有漏网的机会。每晚焦虑得睡不着觉，躺在床上就盯着手机，盼望有制片人的电话打进来告诉她一个奇迹。

奇迹并没有来，惊奇却很乐意光顾。

在迈入二十一岁最初的那些日子，乌蔓就非常清楚地意识到生活是多么糟糕。

那一晚，她沉寂已久的手机铃响起来，乌蔓看着那个连备注都没有的电话号码，任手机响了许久。

在对方不死心地打了十通电话之后，她叹了口气，接起电话。

“又要多少？”

“我打来就不能是关心你的吗？”

“那你只会打十秒，而不是十通。”

电话那头沉默了一会儿，缓缓道：“你上次和我说的那部电视剧什么时候播出？”

乌蔓看着天花板，有气无力地说：“别等了，没有我了。”

“什么意思？”

“我把出品人得罪了。”

她视死如归地说出来，等待着意料之中的痛骂。

然而，电话那头的人只是轻轻地叹了口气。

“他想睡你是不是？得罪就得罪吧，我希望你能成为大明星，但并不希望你糟践自己。机会以后还会有的。”

乌蔓捏着手机的指头发紧，喉头酸得发疼。

明知道她肯定是为了要钱才会对自己好言好语，但乌蔓连日来受的委屈还是因为这一句话喷涌而出。

黑暗又逼仄的出租屋里，她用手挡住眼睛，用力地咬着牙，泪水还是浸湿了袖子。

“说吧，你要多少。”乌蔓沉默许久，平复了语气才问。

“五十万，有吗？”

乌蔓还湿着的瞳孔猛地一缩：“你又开始赌了？！”

电话那头一片沉默。

乌蔓声音冰冷，压抑着沸腾的怒气：“我只是答应给你生活费，没有答应要填你这方面的窟窿。”

她还天真地以为，刚才对方的劝慰是出于那仅剩的一点母爱。

确切地说，有母爱存在过吗？

她的出生从一开始就充满了意外。她不是被祝福着来到这个世界的孩子。

小的时候，乌蔓常在半梦半醒间看到她妈妈游魂似的站在自己床头，意难平的眼神像一把刀子，小小的她假装翻了个身，蜷缩成一团，把那个眼神挡在背后。

有一次，她妈妈真的失控了，拿了一把刀，乌蔓半夜起来上厕所撞见了，当即惊慌失措地夺门而出。

她无处可去，在冷清又漆黑的街头游荡，天气太冷了，她最后进了一家黑网吧，在烟雾缭绕的角落里坐了一宿。

她还记得那晚她上网看了一部电影——《这个杀手不太冷》，看到里面那个小女孩问杀手，这个世界总是如此艰难吗，还是只有童年会这样。

杀手回答她，总是如此。

电影里女孩有没有哭她已经不记得了，因为当时她垂下了头，哭得泣不成声。

她没那么幸运，不像小女孩那样拥有保护她的杀手，但她还是学着电影里的小女孩买了盆绿植，放在床头，晚上盯着它入睡，会觉得自己好像也被保护着。

也就是从那个时候起，她常常睡不好，总是会半夜惊醒，冷汗涔涔地看向床头。

有时候她妈妈情绪失控或者出去赌博输了回来的夜晚，她便会乖乖地溜出门，在网吧里过夜。

陪伴她的，是一部又一部电影。

她就像卖火柴的小女孩，电影就是她的火柴。在那一百二十分钟里，她能短暂地游荡在异境，是那么快乐。

逐渐地，她不再排斥母亲逼她做大明星这件事。

如果她也能成为电影里的人，为别人构建美梦，那么存在于世界上某个角落的无助失眠的孩子，是不是就能够得到一点慰藉？

这成了她想拍电影的初衷，那么天真，所以落到现在饭都吃不饱的田地。

电话那头的人急促地说道：“这次你得帮我，放高利贷的人已经堵上门了！”

“我没钱。”

她是真的没钱，最近连一日三餐都尽量压缩成一顿。

“蔓蔓，你一次都没去找过唐嘉荣吗？”

“没有……”

事实上，她撒谎了。

在刚来到京城那阵子，她就冲动地想去见一见那位二十年都未曾谋面的父亲。

她好不容易从灰扑扑的小城飞出来，总该见见这个传说中如在云端、高不可攀的人。

她拜托赵博语帮自己弄到了某场慈善晚宴的通行证，她只当自己想寻条捷径，因为参加这种晚宴的很多姑娘怀揣着差不多的心思。

慈善宴会从来不是真的搞慈善，而是心照不宣的资源置换。

但当时的她根本不懂。

去参加晚宴前，她把借来的那件晚礼服认真地熨了不下十遍，一边熨一边嘴上念念有词地排演见到他的场景。

她想，如果唐嘉荣认出她来，她一定要很潇洒地对他说：“我只是来见一见你，祝你身体健康。”

她收紧小腹，小心翼翼地穿上那件露背的小礼服，再把头发扎成髻，露出背上的那块胎记。

在那场晚宴上，她背上的那块胎记确实很引人注目。不光是胎记，还有她的脸、她的腰、她的腿，二十岁的她，每一处都透着诱惑又不自知的惊艳。她是一颗剔透的原石，就算是最不识货的人，无须辨认也知道她是上帝亲吻过的珍品。

只是这颗原石太尖锐了，浑身都是天然风化后残留的嶙峋。无数想将她拥入怀中的人都被刺伤，她根本没将他们放在眼里。

直到唐嘉荣出场，她的眼睛才亮了起来，却又仿佛近乡情怯，不敢上前，只在离他几米远的地方徘徊。

不一会儿，唐嘉荣的秘书朝她走过来。

乌蔓的心脏开始狂跳，舌头打结，排演了无数遍的那句话她突然就忘了。

秘书走到她面前，温和地笑了笑，往她的手心里塞了一张房卡。

“你很幸运，今天想要吸引唐先生的人很多，他独独看中了你。”

她远远地和唐嘉荣对上视线，他两鬓已有白发，笑意暧昧地举起酒杯。

乌蔓捏紧房卡，脚步不稳地走到卫生间，一晚上喝的酒泛上来，她吐了。

卫生间里冷气开得很足，吹得她背上全是竖起的汗毛，乌蔓环抱住自己，而后狠狠地抽了自己一个耳光，抽出五个指印。

“你就是个傻子！”

过了一会儿，冲水的声音响起，她从隔间里走出来，面色肃然。

有什么东西跟着那张房卡被冲进了下水道，再不见天日。

电话那头“喂喂”了好几声，乌蔓回过神，听见她妈还在试探地说：“要是实在没有办法，就去找他吧。”

乌蔓冷冷地盯着天花板，语气很决绝：“是你说的，我在尘埃里，他在云端，我们不是一路人，就不必再扯到一起了。”

说完，她一把掐了电话，一头埋进被子里。

死寂的夜里，被子微微地在发抖，谁会发现呢。

之后，她拒接了她妈妈的所有来电，直到生日前一晚，她接到了医院的紧急电话。

那个女人被追债的人打伤，进了医院，需要立即做手术。

接到电话时，她和赵博语正在赶场子去往下一个影视基地碰运气，她打开车窗，风倒灌进来，明明已经走到绝路，她却感觉到前所未有的自由，有一种想就这么跟着风逃走的虚假的自由。

赵博语嘀咕道：“开啥窗啊，暖气都跑出去了。”

他关上车窗，所有的重力瞬间回到她身上。

她深陷在座椅里，穷途末路。

“赵哥，你能再帮我弄一张宴会的邀请函吗？什么宴会都行。”

正在开车的赵博语一惊：“你想通了？”

“我们这样下去是不可能得到机会的。”

赵博语松了口气：“你早这么想就好了，既然要找，就去试试那个最牛的。”

“谁？”

“郁家泽，几乎垄断了电影产业的郁家的太子爷。”

赵博语打听到第二日郁家泽会去参加一场邮轮宴会，费尽力气让乌蔓混了进去，还斥巨资为她借了一件黑色的抹胸小礼裙。他含泪对她说：“我这个月的生活费都没了，就赌这一次，你可得给我争气。”

乌蔓把头发放了下来，隐隐约约地露出后背上的胎记，进了顶层的包厢后就拘谨地坐到角落里。

确切地说，她是被挤过去的。郁家泽还没有来，但他即将临幸的座位旁已经挤满了虎狼，颇有粉丝为了偶像连夜排队抢座那个阵仗。

大约晚上十点，郁家泽终于在几个人的簇拥下走了进来。

乌蔓坐在门边，他经过她面前时，熨得挺阔的衣角轻轻扫过她的脸。她下意识地抬起头看去，只觑见男人的下巴。

他们之间的关系似乎从一开始就因为这个相遇的姿势带着一种冥冥之中的注定。

她愣了一下，转过身观察坐到主座的郁家泽，这才看清他的全貌。

他和她迄今见过的男人有相似的地方，就是身上那股让她觉得恶心的金贵。

但他身上又有完全不同的特质，那股金贵下隐藏着索然和撕裂。应付那些人时，他眼下藏着一架爆破机，手指总是轻轻叩着椅子把手，似乎这样才能压下那股欲望。

乌蔓犹豫了一下，在其他人都围上去打了招呼之后，她依旧没能走上前去搭话。

直到郁家泽准备离开。

他再次经过她面前，衣摆扫过来，这一回，她抓住了。

郁家泽毫不意外地垂下眼。

她再次仰望着他，硬邦邦地憋出两个字：“您好。”

“等了一晚上，就说这个？”他兴致寥寥，“你是木头吗？”

“把‘您’字拆开，你凌驾于心上。这就是您。”

“小姑娘挺土啊，不过土得挺可爱。”他蹲下身，面对面直视她，“你叫什么名字？”

“乌蔓，从藤蔓里飞出来的乌鸦。”

“乌鸦多不吉利，怎么不叫喜鹊？”

乌蔓腹诽，合着都得是鸟？

他一把揽过她的腰，将她从沙发里抱起来，对着其他人说：“她就降落在我这儿了。”

她就这样被他单手揽着一路抱到了套房。

乌蔓惴惴不安地盘算着，就听到郁家泽困倦的声音从头顶上方传来：“睡吧，生日快乐。”

她不奇怪他会知道自己的生日，在她被带走的时候，就会有人把她的基本资料发给他。

她奇怪的是，他们之间并不该有这些让人鼻酸的温情时刻。

“谢谢。”

她缩在他怀里闭上眼睛，在心里默念着后半句。

你是今天第一个，也是唯一一个祝福我的人。

这些年来，生日对她而言从来不是一个值得庆祝的日子，因为她始终对自己来到这个世界抱有怀疑。

就像苔藓上的细菌，就这么卑微地滋生了。谁会欢迎它的到来？它来到这个世界是它自己的意愿吗？

如果有可能，谁不想变为人人赖以生存的氧气，而不是梅雨天发潮滋生的霉块。

后来她成名了，有很多人记得她的生日，并祝她生日快乐，还为她举办盛大的生日会。这是乌蔓觉得当明星为数不多的好处之一。

她不是为了被抹杀才来到这个世界的，有很多人乐意迎接她的到来。

而第一个这么做的人是郁家泽。

在《最佳演技》的热度达到顶点时，乌蔓选择了退出录制。

赵博语非常不理解，她因为自编自演的《余震》打了个漂亮的翻身仗，一跃成为参赛的人气前三演员之一，再这样下去，喜欢她的人会越来越多。

乌蔓只是轻描淡写地说自己准备接戏了。

赵博语疑惑："上次我给你的剧本吗？"

她点头。

"你不是都看不上？"

"后来静下心仔细看了一遍，有个还可以。"

赵博语不满："既然可接可不接，还不如先把综艺录完，这个收益大啊。"

他说得完全没错，但乌蔓有不得不离开的理由。

她实在不知道该用什么样的姿态再和追野一起继续录制一期又一期的综艺。

她删了他的本意就是想在拍完戏之后拉开和他的距离，好好地分离角色和自身，不想在这莫名的感情旋涡里挣扎。

尤其是知道了他并没有和何慧语在一起，她松了口气的同时，也无法继续参与节目的录制。

于是，她选择接下了另一部情感戏，也是一场姐弟恋中姐姐的角色。

以毒攻毒，说不定她就移情到了这个角色上，对追野也不会再有什么感觉了。

她退出节目还有一个原因，那就是她知道追野已经被郁家泽半封杀，若是她继续和追野一起录制那档综艺，对他并不是一件好事。

乌蔓新接的戏有一个好处，那就是在西北的无人区拍摄。除了在酒店时有网络，进了拍摄基地手机几乎没有信号，等于与世隔绝，她有大把的时间和自己相处。

这部戏的男主演梁子安是中国万州人，是时下小女生们最喜欢的那种长相，皮肤快赶上她那样白，桃花眼，讲话也带着万州人特有的那种软儒，所以看起来没有攻击性，很容易让人生出亲近之感。

但很有意思的是，他的脾气很暴躁，不知道和哪个东北朋友混久了，张口闭口“干哈呢”。

东北话和闽南语这两种最洗脑的语言混在一起讲，乌蔓不得不承认他是个神人。

由于拍摄地在无人区，又没有夜生活，手机也没有信号，大家只能凑在一起玩玩桌游。

狼人杀、大富翁、谁是卧底等游戏都玩腻了之后，梁子安提议去沙漠里玩玩。

乌蔓在这之前已经很少让自己去想追野，但这句话很难不让人想起他。

在她认识的人里，只有追野这个疯小子会莽撞地跟着喝了酒的车夫跑进荒漠，差点有去无回。

当时在西海的酒吧里，追野喝得双颊微红，趴在桌上抬起头，眼睛水亮，很向往地道：“夜晚的沙漠安静得很漂亮。”

梁子安问了一圈，大家都兴奋地表示想去，只有乌蔓发着呆坐在一边，他不知该不该上前询问。

有人小声说，她那么娇贵，肯定对沙漠没兴趣，还是算了吧。

梁子安有点遗憾，他是对乌蔓有点好感的，被关在鸡不生蛋鸟不拉屎的蛮荒之地，天天对着一个大美人演感情戏，不动心才怪。

不过这也有前提条件，对戏的女演员得基本符合他的审美，有些女演员他即便按着亲上半天也不会有感觉。

经纪人在帮他接情感戏的时候都会问问他好不好这一口，如果拍摄时间长，比如大制作的古装剧，他对女主角没有感觉，但对方又是平台认可的人，必须用，那拍起来就非常痛苦。他只能退而求其次，祈祷制片人挑一个他喜欢的女二号。

虽然这部戏的拍摄条件很艰苦，他却拍得神清气爽。无他，乌蔓正是他最喜欢的那种类型。

不过他早就对乌蔓的男朋友有所耳闻，没头脑发热想要和她发生点什么，他得罪不起。当然，估计她也看不上他。

但是多制造点相处机会过过眼瘾，总没有问题吧？

平常的桌游她几乎不参加，他特意找了个进沙漠的机会，就是希望她能一起去。

梁子安犹豫了片刻，不抱希望地凑上去问："你去吗？"

出乎他意料的是，她居然点了点头。

乌蔓像是在自言自语："好啊，我想去看看夜晚的沙漠。"

西北很神奇，晚上九点太阳还挂在天边，天色稠得像多放了一勺粉的甜橙汁，浓得化不开。

带他们进沙漠的车夫抽着大烟指了指天边："这种天到了晚上，最适合看星星。"

车夫果然没有诓他们，最后一点橙汁漏进云层后，天空这张方桌被盖上了纱布，深蓝色的，星子是纱布上的亮片，看上去质量不太好，随时会断线掉下来，那他们就捡了大便宜。

皮卡载着他们爬上了一个小山包，那里的视野更加开阔。

大家一一从车上下来，铺上带来的桌布和零食，虽然都是些热量不高的沙拉和干果。最重要的是有酒。

梁子安一直注意着乌蔓，他以为她只是照拂面子，实际还是不感兴趣的，却没想到她一脚踩上皮卡，攀到车顶，竟认认真真地欣赏起风景来。

月色下的沙漠，坐在皮卡车顶的女人，修长的两指间夹着烟，交叠翘起的细瘦脚踝，框在他仰望的眼里，像一幅油画。

梁子安静静地看了一会儿，仰起头叫她："蔓姐，这样危不危险啊？"

乌蔓闻言，呆了一下，忽然忍不住笑起来。

好像几个月前，她就是梁子安，仰头对着屋顶上背光的人影说，你坐那里危险。

现在换她坐在了这个位置，很大无畏地摇头说："高处的风景很不一样。"

"还是别坐那儿了吧，下来喝酒啊！"

他的话让乌蔓生出几分意兴阑珊。

她仰头吐出一口烟，跳下车顶："走吧。"

此时已近深秋，天气渐凉，沙漠的夜也泛着冷意。

梁子安见乌蔓只穿了一件薄薄的短衫，忙不迭脱下自己的外套递给她。他的举动很有分寸，没有借机碰她的胳膊。

乌蔓没有接，笑着说："谢谢你，但我不冷。"

"那你冷了就跟我说，别客气哈。"

他又飙出了那口东北话，想突显自己的豪气。乌蔓忍俊不禁，她并非感受不到梁子安对她的好感，但他的示好没有让她感到不自在。

她仔细分析了一下，大概是因为这部戏并不像《春夜》，没有那么细腻的剧本，没有那样会点拨演员的导演，没有那样……

乌蔓停止了思考，下意识地抠起了指甲盖。

他们走到桌布边，有人用手比画着夜空说："那是不是北斗七星啊？"

"你是不是只认识北斗七星？那是大熊座！"

"你俩都闭嘴吧，那分明是天马流星座！"

"有这个星座吗？"

大家插科打诨，嘻嘻哈哈笑作一团。

回去的路上，车子经过一个基站，手机终于有了点信号，乌蔓把刚才在沙漠里拍的照片发给了郁家泽，这些天极少联络他，算是给他一个报备。

她也把那张照片发到了微博上，安抚一下一直渴求她发动态的粉丝们。随后她收到了郁家泽的回复。

"这么多天没见面了，你就给我发这个？"

"不觉得很浪漫吗？"

“那你拍照的时候有想起我吗？”

乌蔓愣住了。

郁家泽又回道：“如果是这样的话，那还算浪漫。”

乌蔓草草地说：“没信号咯，不聊了。”

但其实还有信号。

她只是不知道怎么回复，她并没有在那个时刻想起郁家泽，反而想起的是别人。她不想阿谀奉承地骗他。

在手机信号消失前她又刷了会儿微博，漫不经心地滑来滑去，点开热搜时发现追野又挂在上面。

这小孩怎么这么能折腾。

乌蔓点进去一看，词条是：追野发微博。

什么人啊，发条微博都能冲上热搜第一。

营销号微博发的都是一模一样的通稿：“追野终于发第一条微博了！疑似向何慧语告白。好浪漫一男的哦，要么不发微博，要么仅发一条关于你的。这是来自他的官宣吗？”

“追悔”粉们沸腾了，虽然何慧语承认自己在谈恋爱，但一直没有公布恋爱对象是谁，很多记者追问是不是追野，她说不是，可大家根本不信，美其名曰是在保护恋情。

这些粉丝自动地做阅读理解，何慧语之所以承认恋情却不说出对方的名字，是因为年龄相差大的姐弟恋总是会让人没有安全感。

一部分粉丝则直接脱粉了，甚至回踩追野，觉得就是因为他没有担当，还想游戏人间，才不让何慧语公布两人的恋情。

而今天他发的这条微博，让诸多已经脱粉的粉丝立刻满血复活了。

追野没有发文字，就拍了一张照片，是一本诗集中的一页。

那一页刚好是海子的《日记》。

他对焦在诗的最后两行——

今夜我只有美丽的戈壁，空空

姐姐，今夜我不关心人类，我只想你

“追悔”粉丝们兴致勃勃地挖糖，认为他发微博的时间刚好是何慧语的生日，这就是在对她表白。

除了乌蔓，没有人知道，那本诗集是她送给他的。

诗集露出的一角还细心地包了书皮，是小学生会买的那种，深蓝色的格子纸。

她前脚发了沙漠的图片，他后脚发了有史以来唯一的一条动态，如果说是巧合，那她对感情未免也太迟钝了一些。

乌蔓连日来的平静被这么一条简短的微博击碎，干涸的冷冬沙漠就这么淅淅沥沥地下起了春雨。

确实没人知道那本诗集和乌蔓有关。

不过，有人注意到了追野微妙的发博时间，是紧跟在乌蔓冒泡后的。

这些人就是全网最底层的一拨人——乌蔓和追野的粉丝。

他们人数很少，也不像追野和何慧语的粉丝那样还给自己起了个正儿八经的名字，毕竟他们只是抱着玩玩的心态，像拉郎配一样把两个人凑在一起。他们之所以会嗑这两个人，是因为两人拍《春夜》的时候流出的一张路透动图。

拍摄的休息间隙，乌蔓坐在折叠椅上小憩，左手拿着的剧本落到地上。追野经过她的座位，脚步一顿，半蹲下身把地上的剧本捡了起来。

然后，他就着半蹲的姿势掏出手机，对着沉睡的乌蔓拍照。

有粉丝把动图放大了十倍，截出追野扬起的嘴角，激动万分地道：“嗑死我了，他是不是在笑？”

“这个举动太暧昧了吧，我男朋友也会在我睡觉的时候专门拍我的丑照。我说丑得要死，他还笑得很开心，说明明很可爱……”

“我举报楼上了，双重狗粮！”

于是，全网第一代粉丝就这么“入股”了。本以为这是一支“绩优股”，他们在最低点时进入，怎么着也该一路飘红吧。

万万没想到，电影拍完，两人微博都没互关，除了在综艺节目《最佳演技》发了两次糖，就再没有互动了。

一个去了大西北拍戏杳无音信，一个还和大花疑似恋爱闹得沸沸扬扬，这支股就此跌停。

实在没有粮，他们总不能饿死吧，于是开始了花式挖粮的日子。

追野发的那条微博，他们就心酸地从“追悔”粉丝吃剩下的渣子里舔了一点点来吃。

牵强地说一个前脚发沙漠，另一个后脚发关于戈壁的诗歌，还都是很久没发后选在同一天发。

这如果不是故意就是天意，那他们也是天作之合！

“你们捡垃圾的样子真让人心疼。”

这条微博底下，热评第一居然是个“追悔”粉丝的回复，差点让人鼻子气歪。

——你们别得意，《春夜》宣传期马上就要来了！

事实上，这个“马上”还有很久，至少要等乌蔓把西北的戏拍完。

从那次追野发微博之后，乌蔓就养成了收工回酒店，一定要蹭着酒店网速比奶奶走路还慢的网络刷微博的习惯。

她就算自己一个人刷的时候也很不诚实，借着刷遍所有人的微博，将追野包含在其中，好像这样就能说服自己，只是顺便关注一下他。

可是自从那天之后，追野再也没有发过一条微博。

这一天，乌蔓拍了个大夜，回到酒店已经是清晨，她躺在床上困得眼皮都睁不开，手指还是习惯性地点开微博看了一圈。

结果这一看，她睡意全无，从床上惊坐起来。

热搜第一已经爆了：追野被粉丝泼硫酸。

她不敢点进去看，不停地在心里祈祷希望是无良营销号微博用爆炸性标题博眼球，事实并不是那么回事……

她手指发颤地点进热搜，几张图片跳了出来。

图片背景是《最佳演技》的决赛现场，比赛结束后大家都在合照，很多人拉着追野不放，想和他合影。

那个粉丝就是在这个时候混进去的。

拍到的图片都是事情发生后，现场一团乱，当时所有人都没有预料到会有这种事情发生。

毕竟散场之后还留下来的人多少是有点人脉的，或是业界的人，谁都不会想到有疯狂的粉丝还潜伏着。

营销号微博发的内容都语焉不详，只说追野被紧急送入医院进行治疗。

到底泼到哪儿了，有多严重，只字未提。

追野的微博广场已经哭声一遍，祈祷他能平安。如果他受伤严重，会危及生命；若不算很严重，泼到了脸上，那他的演艺生涯也完了。

一个毁容的演员，还能接到什么角色？

一个毁容的演员，还会有粉丝爱他吗？

他原本是站在神坛上的天之骄子，是光靠那张脸就能蛊惑人心的魔王。

从万众喝彩到一夜之间被施予怜悯、同情，最后被遗忘，不闻不问，没有什么比这更能摧毁一个传奇。

乌蔓不明白为什么有人会这么憎恨他，不惜用这么恶毒的手段去毁掉他。警方给出的通报是对方似乎有精神上的疾病，已经抓起来，会严肃处理。

她心急如焚地给何慧语拨语音电话，但无人接听。在反复地拨打过程中，她翻江倒海的大脑逐渐清醒下来。

这其实不关她的事，不是吗？

她何必这么紧张。

他们现在只是普通的同事，她慌得像只热锅上的蚂蚁很不正常。

当务之急是赶紧睡一觉，休息好迎接晚上的拍摄，这是一个不近人情的人该选择的最理智的做法。

乌蔓把手机扔到一边，砸进床里，强迫自己闭上眼。

一片黑暗里，追野当初从背后抱住自己转身，挡住那盆热水的画面是那么清晰。

他在挡住之前，根本无法预料那盆里有什么。

也就是说，如果当初那个盆里是硫酸，他也就这么替自己挡住了。

她虽然不近人情，但没有冷血至此，就算礼尚往来，她也应该关心一下他。

她怎么能装作无事发生天下太平呢？

乌蔓辗转反侧了半天，身体已经疲惫至极，神经却绷得很紧，像被鞭子抽坏的陀螺，明明很想停下，却在不停地旋转。

她还是缓缓地睁开了眼睛，窗帘没有拉严实，西北上午十点才亮的天现在只透着灰蓝的微光，给了乌蔓一种一切为时尚早，她还赶得及的错觉。

她异想天开地打起算盘，立刻从这里飞到京城，亲眼看看究竟。

乌蔓打开订票网站的时候还有些恍惚，她是魔怔了吗？这种不顾一切地去做某件事完全不是她的行事风格。

只是求个心安罢了，不然她连觉都睡不好。

乌蔓毅然决然地从床上爬起来，套上大衣，戴上帽子和口罩，只带上身份证就静悄悄地离开了酒店。

当乌蔓在两个半小时后降落京城，恐怕薇薇还以为她的老板依旧在房间里补眠。

一落地京城，乌蔓发现上飞机前她问何慧语关于追野住院的消息已经被回复。

她按照上面的地址，叫了车迅速赶过去。

车子离医院越近，她越是紧张，两只手冰凉，手心浮出一层虚汗。她局促地双手交叉，不停地摩挲着手指，又松开，如此反复，直到车停下。

乌蔓长长地吸了一口气，往住院部走去。

她来得刚刚好，正好在探视的时间范围内。何慧语和她的男朋友正在追野的病房里，看到乌蔓发消息给她说自己到了，何慧语差点以为眼花了。

她一脸诧异地下楼，果然在住院部大厅看到了乌蔓的身影。

“嘿，这儿。”

何慧语轻轻招了招手，乌蔓抬步走到她身边，两人不动声色地乘坐电梯上到顶楼的单人病房。

电梯里只有她们两个人，何慧语看着她，意味深长地说：“你特意为他赶过来的？”

“当然不是，我刚好有事要回来处理，顺便过来看看。”乌蔓故作淡定地说道，“他怎么样？”

何慧语撇嘴说：“本来可以没事的，当时有个摄影师刚好站在他旁边收拾机器，他为了推开那个人，才被泼到了。”

乌蔓呆住了，不敢相信自己的耳朵。

追野居然又是为了救人让自己落入险境，乌蔓简直想脱口骂他，但又语塞，真的不知道该用什么词去形容他。

这个人并不会因为身边站着的人从乌蔓变成了别人就冷眼旁观，温柔对大多数人而言只是一种伪装出来的假面，对追野来说却是一种融于肌血的特质。

正因为知道了这一点，乌蔓才骂不出口，她心里更多的是震动。

至少她绝对不会为了一个陌生人搭上自己的前途，甚至生命。

她一路沉默地来到病房门口，有人从病房里出来，房门短暂开关的间隙，她模糊地看到病床上躺着一个包满了纱布的人影。

乌蔓心头一跳，抠紧了手心，指甲嵌进肉里，刺得太阳穴突突直跳。

出来的人是何慧语的男朋友，那根蓝色蜡烛最原始的主人。

他好奇地看了乌蔓一眼，何慧语拉了他一把，然后抬了抬下巴说：“现在里面没人了，你进去吧。”

乌蔓推门而入，没有走近，只是站在门口远远地望着。

苍白的病床上，追野赤着上身，背上缠了好几圈纱布，手上还输着液，整个人趴在床上，没什么生气。

唯一值得庆幸的是，他的头部没有包裹着纱布，这意味着没有伤到脸。

乌蔓脱力地靠在门边，困意瞬间涌上来。支撑着她的那根钢筋软化成了一条薄线，身体摇摇欲坠。

她就维持着这个姿势安静地看了他一会儿，直到追野闷闷地问："谁在那里？"

乌蔓没吱声，挪到了病床边。

她摸上他的后脑勺，食指插进蓬软的发丝，动作轻柔得像在抚摸一只蝉的羽翼。

"疼不疼？"

"阿姐？"

追野的背弹动了一下，他吃力地将头从右侧扭到左侧，好让自己能看到她。

他的眼睛犹如蒙尘的夜明珠，在真切地见到乌蔓的那一瞬间，闪动着绝世的流光。

"你怎么会来……你特意从西北来看我的吗？"

乌蔓的指尖顿了一下，她又重复着之前说过的谎言："没有，有事来京，顺便过来看看。"

他轻笑："骗人。"

"伤成这样，还笑得出来？"

"我没事啊。得亏上次帮阿姐挡了一下，肌肉还有记忆。"追野说得轻描淡写，"躲得比较快，才被泼到一点点背。"

"你也学会骗人了是吗？"

"什么？"

"何慧语都跟我说了。"

追野愣了两秒，嘀咕道："好吧，我是对我的身手太自信了一点。"

乌蔓忍不住提高嗓门："你知道如果被泼到脸，或者更严重的话，你会怎么样吗？"

他有点生气地道："我当然知道。可你难道要我看着另一个人因为我被泼硫酸吗？"

乌蔓语塞，末了，缓和了语气说："我只是希望你能多考虑一下自己。"

追野闻言一愣，低声道："对不起，阿姐，我刚刚跟你说话有点冲了。"

他偏过头，视线落向远处，“反正我的命也是抢来的，多活一秒是一秒，无所谓。”

“什么意思？”

“觉不觉得刚刚那句话很酷？”追野哈哈一笑，“我干不了演员的话，当编剧也不错。”

“最近还是接不到戏？”

追野“嗯”了一声：“就当养伤呗。”

乌蔓本想提议追野去签家公司，他到现在都还是自由人，连保镖也没有，才会容易出这种事故。可眼下国内的经纪公司有哪家能和郁家对抗？

“或许你向郁家泽低个头……”

追野的声音闷闷的：“凭什么？”

“凭你现在的处境。”

“就算从此不演戏，我也不会向他低头。”追野看着乌蔓，“我很喜欢演戏不假，但我喜欢的不只有演戏。”

乌蔓胸口鼓胀，耳旁响起了小鸟扑棱棱飞向天空的振翅声。

她掩饰性地看了一眼手机，说：“我得走了。”

“这么快？”

其实距离坐飞机回去赶晚上的拍摄还有一段时间，她只是无法再让自己和追野在同一个屋檐下久待。

她得保持理智和清醒。

“好好养病，之后一定记得请保镖，名气大了，什么妖魔鬼怪都会贴上来。”乌蔓从包里拿出一包话梅糖，放到了追野的枕边，“之前在组里的时候看你还挺爱吃的……吃完药觉得苦的时候就吃一颗。”

追野愣愣地看着那包糖，扎着针管的手忽然往床沿扒拉，努力够到了她的衣摆。

“你知道我很讨厌医院的，一包糖安慰不了我。”

“你别得寸进尺。”

他轻轻晃了晃她的衣摆：“再满足病人的一个心愿吧。”

乌蔓白了他一眼，把衣摆抽回来，扭头就往病房门口走。

走到门口，她又泄气地回头，问：“什么心愿？”

追野黯淡下去的眼睛又亮起来。

“把我的微信加回来！”他笑弯了眼睛，“我出院了发照片给你，证明我有听你的话。”

乌蔓从病房出来，何慧语他们正坐在走廊里，看到她，何慧语问道：“这就要走了？要不要一起吃个饭？”

她摇头，谨记着刚才撒的谎：“不了，都说了还有点事要处理。”

“真的假的……”何慧语狐疑的眼神扫过来。

“你们出入医院的时候记得防着点狗仔。”乌蔓离开前叮嘱道，“免得把医院的地址泄露出去。”

“放心，现在狗仔估计蹲不过来呢。”何慧语边滑着手机边说，“就刚刚，微博上唐映雪又出事了。”

“她出事？她怎么了？”

“又在舞台上晕倒了，现在送医院去了。”何慧语一副看戏的表情，“上次吃饭遇到她们团的经纪人，说她好像有什么慢性病，让他的工作多了好多麻烦。”

乌蔓面上没什么表情，像是在听陌生人的八卦：“你啊，少打听点是非吧，没几个准的。”

何慧语立刻想到在金影奖颁奖典礼上她听信乌蔓和郁家泽分手又被打脸的事情，有些尴尬，对她道：“哪壶不开提哪壶，你赶紧走！”

回到西北后，乌蔓最终还是心软，通过了追野的微信好友申请。

在接下来的时间里，她偶尔会收到追野发过来的伤口的照片，一直发到他出院那天。

虽然乌蔓一次都没有回复，每次都是阅后立刻把聊天记录删了。

在西北拍摄的日子快接近尾声时，乌蔓迎来了一年中最期待的日子——她的生日。

通常如果没有拍摄任务，赵博语会帮她筹办生日会，美其名曰帮她庆生，其实是回馈粉丝的一项活动，对艺人来说，生日会通常是一项工作。

乌蔓却是实打实地从心里感到雀跃，其他的日子她都可以忍受冷清，唯独这一天，她会希望热热闹闹的，满堂喝彩，金纸漫天。

说她虚荣也好，这算是她对自己的一个小小补偿。

所以每一年，她都很期待有一场生日会。如果不幸赶上在拍戏，那她就会有一点点沮丧，因为只能在组里简单地庆祝一下就过去了。

这一年也恰巧赶上了拍摄，执行制片在下戏后给她推来了蛋糕。拍摄条件艰苦，不像大城市有精致的甜品店，蛋糕是那种亮白色的植物奶油，点缀着色素浓郁的奶油花，还插了一颗萎缩的小樱桃。

执行制片不太好意思地挠挠头："对不住啊，蔓姐，这附近太荒凉了，又不通快递，您多担待。"

乌蔓双手接过蛋糕，说："辛苦你，谢谢。"

执行制片那张被西北阳光晒得通红的脸更红了。

虽然他并不认为乌蔓会真的感谢他，都是做做面子功夫罢了，但并不是每个艺人都懂得对他们这些没有话语权的"影视民工"给予面子上的尊重。他走南闯北混过不知道多少剧组，大大小小演员的生日也操办过不少，很多艺人都是让助理帮忙接蛋糕说感谢，一转眼，他送的蛋糕就会流落到某个垃圾桶里。

只有少数几个艺人会当面向他道谢，更别说像乌蔓这样的一线大花。

他已经感到很知足了。

却没有想到，乌蔓切了一大块蛋糕，坐到一边认真地吃了起来。

一般来说，女演员根本不可能碰甜点，要么也是极为挑嘴，怎么都不会看上这种廉价的奶油蛋糕。

乌蔓吃得很快，嘴角都因此沾上了一点点奶油，她却浑然未觉。

执行制片也没有出声提醒她，在他看来，那点奶油无伤大雅，反而像天使嘴边的饭粒，总是高高在上的人因此都变得生动起来。

乌蔓吃完了蛋糕，心想着得回酒店多运动两个小时才行。当然，她回酒店的第一件事就是趁着有网，赶紧一一回复微信上的诸多祝福。

郁家泽直接给她打了通视频电话过来，揉着眉心说："刚下戏？"

她这边的信号太差了，只能看到郁家泽抬手就停住的画面，跟要抠眼珠似的，吓了她一跳。

乌蔓皱起眉，一脸疑惑："什么？刚下？"

"戏"字也没听见。

郁家泽眉头一跳，决定长话短说："要什么礼物？"

乌蔓这回听清了："和我说一句'生日快乐'就行。"

"我问的是礼物。"

"这就是我要的礼物。"

"怎么每年问你都是这个答案。"郁家泽皱起眉，"生日……"

"快乐"两个字没说完，又卡住了。

郁家泽的耐心告罄，直接掐了通话，在微信里回了一句："破信号。"

乌蔓只能安抚他："对不起啦。"

郁家泽没有再回，她还是没等到一句完整的、来自他的生日快乐。

处理完微信消息，还有微博上的祝福，其中有一条居然来自唐映雪。

出道决赛夜之后她就关注了乌蔓，但乌蔓没有回关她。

因为是流量偶像，她的评论被大量粉丝顶上了热一，乌蔓想看不到都难。

唐映雪：乌蔓老师，祝您永葆青春～

后面四个字阴阳怪气。

对于阴阳怪气的言论，乌蔓通常采取一种方法，那就是视而不见。

她回复了所有人，唯独把热一晾在那里，反正尴尬的不是她。

等把所有人的消息回复完，大半个小时过去了。但无论微博还是微信，她都没有收到来自追野的祝福。

那些微信她一条也没有回，小孩大概是心灰意冷了吧，又或者他根本没在意今天是她的生日。

乌蔓索然地摁灭了手机，这么多人的生日祝福都好似此刻戈壁上的冷风，从心口呼啦啦地刮过去，却什么都没有留下。

一番折腾后，时针即将走向十二点，她的生日也快过去了。

乌蔓卸完妆换上运动套装，来到二楼的健身房把蛋糕的热量消耗掉。

虽然这家酒店已经是这里条件最好的，但只能算矮子里面拔高个，没有私人健身房，二楼的这个公用健身房面积也不算很大，但好在这个时间点里面已经空无一人。

她戴上耳机，一边用平板电脑看一些评分高的电影一边跑步。

这是她的“充电时间”，既能管理身材，又能增加阅片量，最大限度地利用碎片时间。

她看得专注，完全没发现健身房又来了一个人。

那人也没有来打扰她，挑了离她两个空位的跑步机。

乌蔓不经意间转过头时，被吓了一跳，脚下差点踉跄打滑。

那人并没有穿运动套装，而是一套黑色西装，与跑步机格格不入。

“你怎么会在这儿？身体好透了没就乱跑？”

她关掉跑步机，喘着气停下来问他。

追野不慌不忙地也跟着停下脚步，手搭在跑步机上看向她：“好没好透，阿姐不是最清楚吗？”

乌蔓扭头说：“我给你设置免打扰了，没看。”

追野撇嘴：“又在骗人。”

“爱信不信。”她摸了下鼻子，“所以你到底……为什么会突然出现在这儿？”

他气定神闲地说：“我接了一个汽车代言，来西北拍广告。”

“汽车……不错，是好产品。恭喜你。”

看见追野的那一刻，她差点心脏骤停，以为他是特地来见她的。

原来只是工作。

期待退潮，她松了一口气之余，失望的情绪也被搁浅在港口。

追野不动声色地观察着她的反应：“我接下这个代言不是因为汽车有

多么高端。”似乎觉得领带勒得太紧，他不是很熟练地扯松，随口道，“只是因为制片方告诉我要来西北拍广告，我就接了。”

潮水再一次袭来，裹挟着那些失望的情绪，又一点一点从港口退去。

下一刻，汹涌的海水拍打着乌蔓，让她的心跳比刚才在跑步机上还要剧烈。

为了掩盖这份不知所措，乌蔓重新打开机器，心不在焉地开始跑步：“看来你真的很喜欢西北，十几岁的时候就进了沙漠，到现在还念念不忘。”

追野依旧看着她：“我确实是个念旧的人。”

乌蔓扯开话题：“你现在难道可以运动了吗？”

“可以了。”

“那你穿这身也不合适吧。”

追野把外套脱下来搭在一边，卷起袖子，刚刚锻炼过的胳膊泛着血管分明的青筋。

他边卷袖子边说：“这不刚拍完，一看快十二点了，问了你在哪儿就直接过来了，顾不上换。”

“别说得好像是特意来找我一样。”

“阿姐，今天可是你的生日。”他终于卷好了袖子，双手插进裤兜，直直地立在明亮的灯光下，“我人都来西北了，怎么能不来当面祝贺你？”

乌蔓抿了抿嘴：“那谢谢你了。”

“我还给你准备了生日礼物。”

乌蔓本来想说不用，话到嘴边却变成了：“是什么？”

他插在裤兜里的手动了动，掏出一只打火机。

就这？

乌蔓看到他说的礼物，从一开始抑制不住的欣喜转为失望。她忍不住同他送给丁佳期的礼物比较，明显那一份要更用心。

而这只打火机就好像是他在路边看到小卖部有卖的，忽然想起有个人过生日，就买来充当礼物。

这样还不如不送。

但乌蔓没法说什么，毕竟人家愿意送已经是情分，哪还有她挑剔的道理。

她下了跑步机，伸手去接。追野却将手一扬，让她扑了个空。

他笑着说："我只是想抽支烟了，干吗，你以为这是送给你的礼物吗？"

乌蔓确定他是故意的……这小子蔫儿坏。

她转过身："随便。"

他一把抓住她的手腕："怎么这么容易生气？"

她抽回手："我没有生气。"

追野把打火机塞回兜里："礼物需要你跟我去拿。"

"去哪儿？"

"你跟我来就知道了，现在告诉你不就没有惊喜了？"

乌蔓一脸为难："搞得这么神秘……"

像是看出她的不情愿，他放软语气，带着点撒娇意味地说："我人都到这儿了，你不和我去拿吗？也太狠心了吧……"

乌蔓犹豫半晌："那你在这儿等我一下，我去换件衣服。"

她是真的非常好奇追野口中必须要跟着他去拿的礼物是什么了。

乌蔓拿上平板电脑，一脸淡定地走向电梯。

到了她房间那一层，电梯门打开，露出乌蔓要笑不笑的脸，咬着嘴唇还有点翘起的嘴角，踮着忍不住快小跑起来的脚。

她轻快得犹如一只小鸟。

身上刚出了汗，乌蔓还是决定简单地冲个澡。刚收拾完，她就听见门外响起敲门声。

她以为是追野等不及，问到了房间号来找她，打开门一看，门外站着的人是梁子安。

他有些腼腆地说："这么晚会不会打扰你啊？"

她压下心中的意外："没事，怎么了？"

"我那边刚下戏，今天一直是分开拍，还没来得及和你说一句生日快乐。"

乌蔓冲他笑道："谢谢你。"

他打量了她一番："你是准备外出吗？"问出口他才发觉失言，又补充道，"这么晚出去要注意安全。"

她刚要点头，不远处电梯“叮”地响了一下，追野从电梯里出来，和两人撞了个正着。

梁子安一下就认出了追野，小声惊呼：“他居然也在这儿！”

乌蔓顿时生出了一丝慌张。

在梁子安惊诧的目光中，追野越走越近。

梁子安：“……”

追野比梁子安高出半个头，他在梁子安身旁站定，气势逼人。

“我说你怎么一直不下去……”追野戏谑地瞥了乌蔓一眼，语气古怪，“原来是被别的弟弟绊住了。”

“别胡说八道……”

乌蔓被这场面搞得有些头疼，梁子安的视线控制不住地在追野和她身上来回转悠，一脸吃到大瓜难以置信又带着几分疑惑的表情。

追野不置可否，丝毫没有接收到乌蔓让他闭嘴的眼神，抬了抬下巴：“那现在可以跟我走了吗？”

梁子安倒吸了一口凉气。

乌蔓连忙摆出公事公办的架势介绍道：“这是我在电影《春夜》中合作的演员追野，来这儿拍广告，偶然碰上的。这位是这部戏的男主演梁子安。”

梁子安恍然地伸出手说：“你好你好，一直想找机会和你认识呢！”

追野胳膊都没抬一下，用鼻音“嗯”了一声，道：“你好。”

梁子安讪讪地缩回手。

乌蔓赶紧打圆场：“我和他去拿我的生日礼物，你先回去吧。”

“哦哦，好，那我先回房了。”梁子安摆了摆手，尴尬又不失礼貌地转身离开了。

追野垂下眼：“你又入戏了吗？”

乌蔓一头雾水：“你在说什么？”

“你向他解释的时候很紧张。”

“那是因为我怕他误会。”

“所以啊，我问你，你又入戏了吗？”

乌蔓这才明白过来他的意思。

他以为她对梁子安有好感，才会这么慌里慌张地解释。

“当然不是，我只是不想被歪曲事实，传出去不好。”

“对无所谓的人，事实被歪曲也没什么。只要在乎的人清楚不就够了吗？”

“我总算知道你为什么有那么多绯闻了。”

追野一愣，表情忽然严肃起来：“那些绯闻都是假的，我以为你早就清楚了。”

“我知道啊，你不是说你没谈过恋爱吗。”乌蔓哭笑不得，“我的意思是你这种无所谓的态度招致了这些绯闻。”

“我心里坦荡，没必要遮遮掩掩。”追野压低声音道，“但对于你，我心里不坦荡，我就是想让梁子安误解。”

乌蔓心里一滞，立刻转移话题：“礼物呢？再磨蹭下去，我的生日就过去了。”

两人戴上口罩，追野领着乌蔓一路出了酒店，来到一辆房车前。

乌蔓这次拍戏也带了房车，像这种拍摄条件不好的剧组，她就会调房车过来，平时在房车上休息。眼前的这一辆是追野的房车，比她的房车小很多，里头的布置也截然不同。

她几乎没布置过房车，都是自带的配置，多出来的都是按摩仪和护肤品，还有几本书。

而他的房车就像他的秘密基地。乌蔓从驾驶座的位置粗粗往后扫了一眼，入目一片五彩斑斓，有口琴、捕梦网，还有她叫不出名字的手办。

他像只仓鼠，把自己喜欢的东西都囤在这里，这样那些东西就可以一直跟着他。

这种狭窄的空间让乌蔓很有安全感，充满了烟火气。她缩在座位的软垫上，连那软垫都是一只小柴犬吐舌头的形状。

两个人都没有说话，车子寂静地行驶在无人的山间公路上，一路上没有一盏灯，只有车前灯明晃晃地射出一束光，像床头的夜灯，看着就令人心生倦意。

乌蔓慢慢地耷拉下眼皮，毫无防备地睡着了。

追野一直用余光注意着她，见她头一歪，发出轻浅又悠长的呼吸声，便抽出一只手拿起一边的小毯子给她盖上。接着他又打开手机摄像头，调出小猪头的滤镜，对着沉睡的乌蔓偷拍了一张，这才心满意足地把手放回方向盘上专心开车。

乌蔓被叫醒时，惊诧地发现自己居然睡得很沉。

这些年她因为拍戏养成了随时随地睡觉的习惯，但从来都睡得很浅，无论是车里还是片场，或者后台，耳朵里都能听到嗡嗡的脚步声和说话声。

也许是这一晚太安静，她什么声响都没听到，所以睡得格外沉。追野把她叫起来的时候，脚边已经落了两个烟蒂。

乌蔓下车，看到了一家面店，店门已经关了。

她惊讶地问："你要请我吃面？"

"不是请，是我亲自做。"追野从口袋里掏出钥匙，拉起卷帘门，打开灯，示意乌蔓进来。

"你怎么有钥匙？别跟我说这是你开的面馆。"

"当然不是，我拜托制片人把场地包下来了。"

制片人有点冤大头。

"可是都这么晚了，我再吃就要胖了。"

"不用吃完，吃一口意思一下就行。我妈曾说过生日一定得吃长寿面，才会平平安安。"他真挚地说，"我希望你平安。"

乌蔓摸了摸鼻子，局促地道："好吧，那我就吃一口。"

追野进了厨房，她坐下来环顾四周。

面馆的布置并不富丽堂皇，墙角还有泛黄的油渍，天花板上吊着的灯瓦数很小，因此一切看上去都那么昏暗。厨房里的起锅声打破了这份幽静，不消半刻，就有面香飘过来。

乌蔓吸了吸鼻子，眼里闪过一丝震惊。

这个味道她已经有十多年没有闻到过了。

她按捺不住，起身走进厨房，一眼就看到追野专心煮面的背影。

明明几个小时前，他还穿着这一身西装拍高端汽车的品牌广告，现在却系着一件染着油烟的围裙在厨房里煮面。

没有什么比这个画面更打动人，乌蔓倚在门口，没有出声，忽然体会到于无声处听惊雷是什么感觉，雨是润的，风是细腻的，把整个身体都吹得软化了。

追野端着煮好的面一转身，骤然和乌蔓面对面，看见了她失神的表情。

“怎么不去坐着？”

“闻到了味道。”乌蔓探头看了看他端着的碗，面条果然是她熟悉的那种米面，只有她老家的人才习惯用这个做面条。

她出来闯荡这些年，吃的面条全是宽面或者扁面，不太吃得惯。

她不是没有尝试过让阿姨学做家乡的面给她吃，但那面讲究汤头和火候，多一分则糊，少一分则生，阿姨总是做不好。她便说算了，不吃也不会怎么样。

人生总是充满了各种各样的将就，从小孩变成索然无味的大人，就是从无理取闹非要这个到学会将就那个也行的过程，明白不会再有人无条件地惯着自己。

其实她算是一个例外，连小时候都没有享受过无理取闹的权利。将就仿佛变成了她的一种本能。即便她现在已经有了任性的资本，她也从来不擅自享用这份权利。

她根本没奢望过有一个人能看穿她的某种渴望，即便只是关于最简单的口腹之欲。

“你尝尝看？我也不知道做得算不算地道，但应该挺不错。”

追野的语气很淡然，乌蔓却从他的表情里读出了几丝紧张。

两人走到桌边落座，乌蔓挑了一筷子面条，细嚼慢咽。

然后，她放下了筷子。

追野面色僵硬：“说一口还真一口啊？”

乌蔓摇头：“是这个味道让我……有点恍惚，我得缓缓。”

“不好吃吗？”

“太像了，太像了。”乌蔓连着说了两声，“虽然知道你的厨艺很好，但是你怎么连这个都会做呢？”

这句夸奖显然让追野很受用，他支着下巴，声音轻快：“我去过你的家乡，向当地的师傅学过。”

“你什么时候去的？”乌蔓埋下头吃起面条，含混不清地问。

“嗯……好像是十七岁那会儿吧。”

“你可真会挑地方。”她自嘲地吹了一口面，“那儿可没什么好玩的。”

“我觉得很有意思。”他看着她的眼睛，又像透过她的眼睛看到了更久远的一些东西，“那儿是阿姐出生、长大的地方，也许我走过的那条街你小时候也走过，感觉很神奇。”

“我想到我会走路的时候，你连腿都还没有，也挺神奇的。”

追野被她的话气笑了，靠回椅子上：“我现在不光能走路，还能像抱小孩一样抱着你走。”

乌蔓知道他生气了，不再回嘴，笑了笑，继续低头吃面，追野突然伸了个勺子过来跟她抢。

“你干吗？”

乌蔓护住面条，追野趁机捞了一勺：“看你吃得这么香，搞得我也有点饿。”

“那你再去煮一碗。”

“你没听说过吃饭要抢才香吗？”他反而越挨越近，额头轻轻撞上她的，以一种过分亲昵的姿势抵在一起。

但这个姿势转瞬即逝，他又捞了一勺，便很快后退。一切都只是争抢时偶然的相碰。

乌蔓戳着面条的筷子乱了节奏，她怕追野再这么来一次，便把面推向他：“算啦，剩下的给你。”

追野忙推回来：“我跟阿姐闹着玩的，这面是煮给你吃的。”

“不吃了。”她摸着脸叹了口气，“再吃下去，明天起来肯定得水肿。”

“会肿得像头小猪吗？”

乌蔓想回嘴，忽然打了个饱嗝。

她尴尬地捂住嘴，追野没憋住笑，肩膀微微地耸动着。

她懊恼的声音从指缝里漏出来：“有什么好笑的，你吃饭从来不打嗝吗？”

“我是高兴。”追野弯着眼睛，“这说明你吃得很满足啊，身为厨师的我与有荣焉。”

乌蔓别扭地咳嗽两声，低低地说：“谢谢，这是我今天收到的最好的生日礼物。”

“啊？可是我的礼物还没送呢。”

追野的话令乌蔓再度震惊了。

接二连三的惊喜，只会让人觉得这一切都很不真实。她惶惑地想明天拍戏是不是会出现什么问题，不然老天塞给她的幸福也太多了。

他起身去房车上拿了个袋子回来，递给她：“这才是。”

乌蔓抽出来一看，是一本植物图鉴，里面夹着一张书签，那书签很别致，是由种子组成的。

她轻轻拨弄着书签边缘，好奇地问：“这是什么的种子？”

“稗子。”

乌蔓心里嘀咕，他怎么会有那么多稀奇古怪的东西？

她将书签拿在手里把玩了几下，转而又想他为什么会送自己一本看上去有点枯燥的书，难道是用如法炮制的方法送相似的礼物给她？

她偷偷看了一下印刷日期，并不是自己的出生年月，心头的一颗小石子咕噜咕噜地就滚远了。

如果别人送给她的东西和送给其他人的是一样的，就算再别致，她也不稀罕。

“我只在小学的时候收到过类似的礼物，我的班主任送给我的，《十万个为什么》。”乌蔓笑了起来，“没想到我三十二岁了，还能再一次收到。”

“我和你的班主任肯定不是一个意思。”

她趁机问：“那你是什么意思？”

追野却端起面进了厨房，声音远远地飘过来：“电影有彩蛋，礼物也有。这是我留给阿姐自己去发现的彩蛋。”

第六章

坠入这如梦似幻的春夜

追野在第二天拍完广告之后就离开了西北，乌蔓则继续留在西北拍摄。有时候她会怀疑那一晚她回到房间就睡着了，后来发生的一切只是一场梦。

但梁子安有时候欲言又止的探究神色又让她确切地感知到，追野确实来过，他们一起度过了一个隐秘的夜晚。

杀青这一天，梁子安喝多了，借着酒意把乌蔓叫出来，憋红了脸道：“既然追野可以的话，你不妨也考虑一下我？”

乌蔓没想到他会把话挑得这么明，既惊讶又觉得可笑：“你醉了。”

“我是喝醉了才有胆子说这话。”他大着舌头说，“你和追野肯定也不是认真的吧？”

他显然以为那晚追野出现在她房间门口，送生日礼物什么的都是借口，两个人肯定春宵一度了。

没承想她竟是会偷尝荤腥的小野猫。他如何不心痒痒呢，那些小心翼翼地试探也就没必要了。

乌蔓愣了一瞬，怒极反笑：“你都要喝醉酒才敢在我面前叫嚣，那在郁家泽面前，你怎么办？”

他疑惑地说：“你不是会帮忙隐瞒吗？”

乌蔓听他这么说，明白两个人的思维根本不在同一个层面上，骂他也是脏了自己的嘴。她索性故意道：“我会帮忙隐瞒，但不代表能瞒得住。若是被他发现了，你想过后果吗？”

她很了解梁子安这种人，自负又窝囊，想要一直大红大紫，又管不住下半身。她泼一盆冷水，他就醒了。不是所有人都像那个固执的青年，不知天高地厚，深信自己能摘星一样，三番五次地接近她，哪怕已经接不到戏了。

须臾，梁子安拍了拍自己的脸说：“对不起，蔓姐，我喝多了，刚才那些话你别往心里去呀。”他还特意释放出万州腔的那股软糯。

乌蔓根本不吃这套，冷着脸说：“那些屁话我就当没听到，有些事情也希望你当没看到。”

《春夜》的粗剪经过几个月的后期制作已经出来一版，汪城通知她一定要去试映会，乌蔓便没在西北逗留，杀青第二日就回了京城。

一到家，乌蔓就看到了郁家泽放在桌上的生日礼物——一把崭新的车钥匙。

她内心没什么波动，给郁家泽回了“谢谢”二字，想了想，又补了一句：“有点浪费。”

她睡了一觉起来，郁家泽已经回复了微信消息：“新车不允许再借给任何人。”

得，原来是借着送礼物的名义再次提醒她上次的事。在她以为他已经不介意的时候，他又借着糖衣射来一枚炮弹。

她干巴巴地回了个“好”，郁家泽一个电话就打了过来。

“回来了？”

“嗯。刚回家，补了个觉。”

“据说《春夜》的粗剪出来了。”

乌蔓一愣：“嗯……您也要去？”

“当然，我可是出品人。”郁家泽理所当然地说，“那天我去接你。”

“好……”

她挂掉电话，不免想起追野。他肯定也在应邀之列，光是想想两个人坐在一起的场景，她就觉得头痛。

试映会当天，郁家泽果然如他所说的，亲自开车来别墅接她。

乌蔓一路都心神不宁，生怕他们一会儿见了面，追野会把自己去医院看望他或者他中途来西北给她过生日的事情漏出去。

郁家泽握着方向盘，不时看她两眼，冷不丁地问道：“你好像很紧张？”

乌蔓点头说：“当然，太好奇自己的表演最后呈现出来会是什么样子。”

撒谎的最高境界就是半真半假，她说的当然也是实话，说一半藏一半，就很难让人一眼看穿。

郁家泽冷哼一声：“你对这部电影还真是上心。”

车子停在一家私人影院，路上堵车，他们晚了半个小时才到。

其余人都已经到了，全部入座，只空出来她和郁家泽的位置，这让乌蔓尴尬不已。然而这还不是最尴尬的。

她的位置旁边，正好坐着追野。

这样一来，等于她被追野和郁家泽夹在中间。

安排位置的人真是个人才。

郁家泽很自然地朝贴着乌蔓名字的座位走去，准备坐下，这样就能隔开她和追野。

追野瞥了郁家泽一眼，把自己的包甩过去占座：“你不识字吗？这上面贴着的是乌蔓。”

郁家泽脚步一顿，脸色在光线晦暗的影厅里也笼上了一层阴影。

众人的目光都不自觉地投向这三个人。一个戛城影帝，一个一线大花，还有个圈内大佬，这三个人的互动可比电影精彩多了。

郁家泽不动声色地环视了一圈：“我有说我要坐吗？”他的视线停在追野身上，“别人的位置，的确不该坐，我不像某些不守规矩的人。”

他脚步一挪，坐回他的位置，招招手：“小乌鸦，过来。”

追野也把包拿开，拍了拍那个座位，说：“阿姐，过来坐。”

两个人的余光又在空中对撞，乌蔓坐在中间，感觉一面是烈火，一面是寒冰，一边将她烫伤，一边又将她冻结，她恨不得缩小成一粒原子。

乌蔓尴尬地清了清嗓子，郁家泽立刻皱着眉抓住她的手：“你的手怎么这么冰，感冒了？”

她刚要摇头说没事，追野就把他的大衣盖到她的包臀裙和过膝靴之间裸露的那一片肌肤上。

气氛在他把衣服盖上来的那一瞬间凝结了。

他们坐在第一排，身后无数的人假装看大屏幕，实则偷看着他们。

苍天啊，电影赶快开始吧！

乌蔓抽回手，赶紧把大衣还回去，拧开座位上的矿泉水喝了一口：“只是嗓子有点干……”

就在她如坐针毡时，汪城终于出来说话了。

乌蔓看见他如同看见弥勒佛，眼睛都亮了一个度。

汪城拿着话筒，客套地与众人寒暄了一番，才进入主题：“其实这次试映会有一些特别之处，我给大家准备了一个特别的小道具——情绪手环。大家都是我的亲朋好友，还有业界的同道中人，很多时候都太给我面子了，有些缺点啊什么的都不便说出来，每次试映都和和气气的，我也烦了。所以这次就搞了这么个小东西，还麻烦大家观影的时候戴上，有小程序可以自动记录你们的感受，这样我就能大概知道哪里有问题了，谢谢大家配合啊。”

他一边说，一边示意工作人员把手环分发下去。

乌蔓观摩着到手的物件，一条黑色的硅胶带，中心有类似电子手表的小块显示屏。

后排有人举手提问：“汪导，这要怎么记录啊？”

“将手环戴在手上，它会实时监测你们的心率，还能感知到焦虑、平静、悲伤、开心、愤怒等一些基本情绪。手环会根据不同的情绪亮起不同颜色的灯，我就能比较直观地看到你们的情绪变化。”

他这么一解释，原本就很焦虑的乌蔓感觉更焦虑了。

这压根不是什么试映会，是让她即刻去世的鬼门关吧……

“大家打开微信扫一下手环背后的二维码，绑定后可以实时查看具体的心率数值。”

郁家泽没管自己的，随手拿过她的手环，用他的手机扫了一下。

他瞥了她一眼，似笑非笑地道：“戴上吧。”

乌蔓更加紧张了，深吸一口气，硬着头皮把手环戴到手腕上。

郁家泽“啧”了一声，说：“一百三十九……”他伸手捏住她的后脖颈揉了揉，“放轻松。”

乌蔓干笑着，余光看到追野一直在看他们，心率又往上飙了一点。

见大家都戴好了，灯光暗下来，试映正式开始。

大屏幕上首先出现的是乌蔓。

她穿着灰扑扑的连衣裙，正在厨房里切番茄，一旁的锅里咕噜咕噜地煮着鱼汤，逼仄的空间里全是散不开的油烟，她咳嗽两声，走到窗边拉开扣条，一阵带着水汽的微风扑进房间。

这是一个潮湿的傍晚，窗外的枝头正落下一场新雨，有些急促。

她猛然间想起阳台上还有未收的衬衫，匆忙在围裙上擦了两下手，走到阳台收衣服，镜头却没有跟着她，依旧定格在被打湿的毛玻璃上。

天边的光线越来越暗，一个湿漉漉的春夜降临了。

乌蔓看着片头用湿粉涂抹出来的“春夜”二字，躁动的心情慢慢平静下来。

她感觉此时看的并不是一部电影，而是平行世界中关于另一个自己的回忆录。

这种沉浸的情绪一直持续到大屏幕上她和追野在阳台的那段戏出来。

因为黑暗的放映厅中，突然有一抹红点在一闪一闪，让乌蔓觉得非常刺眼。

她定睛一看，是郁家泽的情绪手环在闪烁。这表明佩戴人现在的情绪已经到了暴躁的阈值。

与之相反的则是追野的情绪手环，大亮绿灯。

乌蔓的手环则在两方的夹击之下亮起了橙色的灯，焦虑的。

他们三个人在第一排，像一组同时工作的红绿灯，让后排的人既混乱又兴奋，伸着脖子往这儿瞧。

郁家泽手环上的红灯亮得快爆炸了，他脸上却很平静，甚至带有一丝笑意。

他故意用追野可以听见的音量对着乌蔓说：“这里你被吻的反应有点做作，还是我吻你的时候可爱，缩成一团在我怀里发抖。”

追野手环上的绿灯瞬间变成了红灯。

乌蔓含糊地应了一声，就听见追野也对着她说：“汪导居然没用我把话梅糖渡到你嘴里的那条，好可惜。”

他的声音也没有收着，足够让郁家泽听见。

两个红点在一片黑暗中较着劲，像是守护着珍宝的两道红外线，决不允许除了自己以外的人靠近。

可乌蔓并不是不会说话的珍宝，她也是有情绪的人。

他们这样针锋相对，探讨着彼此和自己接吻时的感受，把她当作什么了？

幼稚又可笑。

乌蔓的手环亮灯也变成了红色，她直视着大屏幕，道：“我看电影的时候不喜欢和人交流。”

两边的人似乎都被她的反应震慑到了，情不自禁地收了声。

电影继续往下进行，乌蔓忽然感觉左边有一只手在黑暗中伸了过来。

那是追野的手。

乌蔓的身体蓦地一僵。

他依然抬头看着大屏幕，神色坦然，手指却悄悄地钻进她的手心，在其中比画。

他画得很慢，犹如小蚂蚁在她的手心乱爬，最终画出了一个单词“sorry”。

乌蔓的心脏陡然间摇晃起来，像一架刚被人玩过的秋千，他的手指已经离开，她却还嘎吱嘎吱地晃荡着。

而这一切，就在郁家泽的眼皮底下悄然进行。

短短几秒，乌蔓像坐了一次惊心动魄的过山车。

坐在另一边的郁家泽用指尖拨弄了几下手机，忽然出声：“你的心跳突然变得很快。”他瞥了一眼大屏幕，上面是钟岳清和朋友在钓鱼的片段，电影里他正在打电话说今天加班不能回去，而那天是他们的结婚纪念日。

郁家泽端详着钟岳清那张脸，微微拢起眉，似乎在疑惑为什么她会对着这张脸心跳加快。

乌蔓有苦难言。

而她忽然想起来，接着这场戏的是她和追野在沙发上的那段戏。

于是下一刻，郁家泽的眼里闪过一丝了然，拢起的眉一挑，手指搭着椅把手，随着她和追野的喘息声一下一下地轻叩。

影院的音效真是太好了，好得让乌蔓直想钻到椅子底下。

然而，郁家泽没有在这个点上发作，他的手环甚至没变色。

“演出来的和真刀真枪还是区别很大。”他懒洋洋地说，“这个手环还蛮有趣的，结束后拿回去吧，晚上在床上也试一下。”

他贴着她的耳朵用气声说：“这回我看你还口是心非吗。”

乌蔓的耳垂瞬间红了，羞耻中夹杂着恼怒。她咬紧嘴唇，余光摸索着去看追野。

郁家泽这回压低了音量，她不确定追野是否听到了。

他似乎没听到，双眼一眨不眨地盯着屏幕上还在纠缠的乌蔓和自己，手环变成了明亮的黄色。

一场两个小时的电影，如同用双脚走完两亿光年的漫长酷刑。乌蔓在电影和现实之间来回切换，又在左边和右边之间被来回拉扯。

终于等到最后的字幕出完，乌蔓瘫软在椅子上，浑身是汗。

汪城又出来说了几句话，问了一下大家的建议。分别前，他特意过来拍了拍乌蔓和追野的背，说道："再过不久片子后期制作完了就可以送审了，宣传期很快就要来了，你们也加把油。辛苦了。"

乌蔓连连摇头："应该的，汪导。"

追野笑道："不辛苦啊，我巴不得明天就是宣传期。"他背上包，走之前对着乌蔓招了下手，说，"阿姐，平安夜见。"

乌蔓一愣，回想了一下，记起来确实有一个杂志的开年双人封面拍摄，是为了给《春夜》早就定下的企划预热。她和追野需要一起飞到C国北市取景，意为春夜来临前最寒冷的夜晚。

那两天好像正好是平安夜和圣诞节。

追野刚离开，郁家泽就从卫生间回来了，模糊地听到了"平安夜"三个字。

他揽住她的腰，随口问道："平安夜怎么了？"

"哦……是《春夜》的宣传拍摄。"

"推迟吧。"郁家泽漫不经心地道，"节日必须空出来给我。"

乌蔓沉默了下，还是忍不住说："是早就定好的拍摄。"

"看完今天的电影，我没让你取消后面的宣传计划已经很不错了。"他搂在腰间的手指逐渐收紧，"所以，不要再挑战我的耐性。"

乌蔓只能退让。

她让赵博语和杂志方沟通，对方的行程都定好了，不能因为她这边临时变化就更改，只能他们先过去，把追野单人的部分拍了，等过两天她到的时候再拍双人。

乌蔓想到追野临走前眼睛亮闪闪地说"平安夜见"，心里说不出的憋闷。

平安夜这天，京城不仅没下雪，天空还有霾。

乌蔓穿上郁家泽送来的一件礼服裙，缎面的米白色丝绸，背后的十字细带用珍珠穿成，落在腰窝处，如同鲛人掉下的眼泪。

随着礼服一同到来的还有一张邀请函，依旧是他亲手写的，上面有时间和地址。

乌蔓以为郁家泽大概又预订了一家高级的西餐厅，到了邀请函上的地方一看，竟是一家刺青店。

是找错了吗？

乌蔓再三和邀请函上的地址比对，踌躇地敲了敲门。

没有人来开门，她只好推门而入。

店内很昏暗，唯一的光源来自排列着的小小蜡烛，照亮了黑色的墙壁，诡异又丰满的刺青图案在烛火中跳动，像是一块块被剥落的皮肤。

室内始终充斥着一股不安的寂静，乌蔓站在原地环顾四周，突然，孩童版的圣诞歌从内间的帘子后头传来，吓得她浑身一抖。

乌蔓笑自己太胆小，故作镇定地问：“是您在里面吗？”

“你迟到了三分钟。”

皮鞋踩着木质地板的声音越来越近，郁家泽掀开帘子走出来，乌蔓不由得睁大眼睛。

他全身的装扮和以往都不一样，虽然依旧是黑色的真丝衬衫和长裤，但戴上了一副平光的金丝眼镜，手上是一副薄薄的橡胶手套。

郁家泽张开五指，充满兴味地问：“是不是还挺像刺青师的？”

乌蔓哑然：“您这是……要玩 Cosplay ？”

郁家泽轻哂：“那多没意思。”

他转身从柜台里抽出一摞刺青的样式图，摊到乌蔓跟前：“选选吧，看喜欢哪一个。”

“您要给我刺青吗？”

乌蔓觉得难以置信，内心不停地祈祷这只是郁家泽的玩笑。

“不喜欢吗？”

“当然……演员不能有刺青，会影响拍摄的。我之前就跟您提过最好不要刺青，您不是也同意了吗？”

“你最近是越来越不听话了，我的话也左耳进右耳出。”郁家泽笑容阴沉，“还需要我再重复一遍？你是演员，还是我的女人？”

乌蔓咬紧牙关，忍住了还嘴的冲动。

她一寸寸地低下头，毫无灵魂地翻阅那些图案，试图拖延时间。

郁家泽冷不丁地说：“看来这些图案你都不喜欢，那我帮你挑一个吧。”

他戴着橡胶手套的手指摸上她的脸，乌蔓暴露在外的背刹那间遍布寒意。

“就刻个我的名字吧。”他的手指点过她光裸的背，“刻在这儿？”他的手指顺着两根带子滑到她腰际，“这儿？”他的手指慢慢下移，撩开裙子，掐了一把她大腿内侧，“还是这儿？”

昏暗的光线也无法遮挡乌蔓苍白的面色，她一把抓住他的手，用几乎哀求的语气道：“我明天就要飞北市拍杂志封面，如果非要刺青，能不能先让我完成这项工作？”

“这好好的节日，你跟我提什么工作呢，扫兴。”郁家泽的语气捉摸不定，“我最近新学的刺青，第一个作品想献给我的小乌鸦，你不要吗？”

他避重就轻，却让乌蔓瞬间什么都明白了。

他就是故意要让她在追野面前露出他的标记。这是一招极其狠毒，让对方看一眼就会缴械投降的攻心计。

这样他才会舒坦，远比直接禁止她去见追野来得痛快。

乌蔓不动声色地朝着门边后退，冷静地说：“是很有纪念意义……”

她知道郁家泽铁了心，便生出了逃跑的念头，躲不过十五，但至少能先躲掉初一吧。

郁家泽却看穿了她的心思，亦步亦趋地跟着她，接着伸长手绕过她的腰锁上了门。

咔嗒，声音极轻，落在乌蔓的耳朵里却犹如宣判的重槌。

整个房间变为了名副其实的牢笼。

恶魔微笑着，用黑色的羽翼将她紧紧裹住。

乌蔓被郁家泽抱到了内室的躺椅上。

他的眼神从她的头发一点点往下移，直到她的脚尖，像是国王在巡视他的疆土。

郁家泽的手在她后背的胎记上流连："其实我最想文在这儿。"他露出遗憾的表情，"但是这个形状太美了，多一分就是破坏，还是算了。"

美？乌蔓想笑，这是她这辈子见过的最丑的胎记。

但她没有选择祛除。

如果去掉了，就显得她在为自己感到卑微。可她凭什么卑微呢？

因此，她从来都是大大方方地展示那块丑陋的胎记，却没想到这块胎记成了她最鲜明的标志。

他们都说她和她的胎记一样，带着一种随时会被折断的脆弱和颓丧，弯曲的部分却又藕断丝连，残存着一线生机。

郁家泽的手陷进了她脊椎尾端和腰背上那段凹槽："还是文在这儿吧。"

他决定把他的名字文在她的腰窝上。

"虽然我没学几天，不过我觉得刺青就是新手的艺术，越痛越深刻。"

乌蔓仰躺着，双眼紧闭，睫毛不住地颤抖。

郁家泽凑近问："很紧张？"

她有气无力地"嗯"了一声。

他欣赏着她的恐惧，笑着说："别紧张，我给你听点动静。"

郁家泽哼着歌，随手打开喜马拉雅的一个电台，主播正在读诗。

他转身去另一个房间给文身器消毒。

主播的声音很醇厚，他读诗的节奏恰到好处，让乌蔓不再那么紧绷。

巴巴地活着，每天打饭，煮水，按时吃药
阳光好的时候就把自己放进去，像放一块陈皮
茶叶轮换着喝：菊花，茉莉，玫瑰，柠檬

这些美好的事物仿佛把我往春天的路上带
所以我一次次按住内心的雪
它们过于洁白过于接近春天
在干净的院子里读你的诗歌
这人间情事恍惚如突然飞过的麻雀儿
而光阴皎洁
我不适宜肝肠寸断……

乌蔓乱糟糟的思绪在听到他的下一句念词时忽然凝滞了。

当然不是因为被他的声音迷住了，而是……

如果给你寄一本书，我不会寄给你诗歌
我要给你一本关于植物，关于庄稼的
告诉你稻子和稗子的区别
告诉你一棵稗子提心吊胆的——
春天

乌蔓猛然想起前阵子追野送给她的那本植物图鉴，那张由稗子制成的书签，还有他那句“这是我留给阿姐自己去发现的彩蛋”，她当时百思不得其解。

她早该想到的，他那么喜欢诗歌……

耳边又传来主持人的声音。

他说，这首诗的名字，叫《我爱你》。

郁家泽拿着消了毒的文身器出来时，躺椅上已经空无一人。

他瞥向大门，此时正敞开着，合页还在冷风中轻微地摇晃，足见逃跑的那个人用了多大的力气才推开的这扇门。

乌蔓提着高跟鞋，赤着脚上了一辆出租车。

“去机场。”

她此刻庆幸自己为了怕明天忘记带护照，就索性将它一直塞在包里，现在便能立刻直飞北市。

她没有惊动任何人，悄悄把自己的航班改签到了今晚最近的一班。

行李这些都可以不要，只要能暂时逃离郁家泽就好。

司机一直在偷偷观察她，不知道是认出了她，还是被她大冬天只穿了一件露背的小礼裙惊到了。她没法拿大衣，因为大衣被郁家泽挂在了里间。

但她现在一点都不冷，也许是因为一路狂奔的热量，也许是因为车内的暖气，又也许是因为体内涌动的反抗的快感，她只感觉到浑身充斥着一股天不怕地不怕的热血。

乌蔓觉得自己一定是疯了，竟生出了和郁家泽抗衡的胆量。

说不清缘由，那一瞬间选择逃跑是本能的驱使，没有经过任何理性的思考。

当她听到那首诗时，就有个声音在脑海中震响——你真的要让送你这首诗的人，在你身上看到郁家泽的名字吗？

她不敢去想象追野看到她身上的文身时的眼神，所以她逃了。

乌蔓下车后在机场的便利店里买了个口罩戴上，走VIP通道快速登了机。

上了飞机之后，理智慢慢回笼，她才感觉到后怕。

她不停地打量四周，无意识地抖着腿，生怕郁家泽突然就站在下一个登机的人的身后，慢条斯理地走进来。

就在舱门即将关闭的最后一秒，乌蔓就要放松神经之时，她的视线里出现了一双黑色的皮鞋。

她的头皮瞬间就炸开了，鸡皮疙瘩顺着四肢以光速蔓延。

她发现自己连头也不敢抬，仿佛只要自己不动，世界就很安全。

她把眼神聚焦在那双皮鞋上，尖尖的指甲用力地抠着手心，渗出了血都不自知，鲜血滴落在深色的地毯上。

那双皮鞋离她越来越近，直直地冲着她的方向而来。

这时，一道陌生的声音响起：“我登机了，下机后见。”

乌蔓一个激灵，浑身的感官瞬间回来了。她迅速抬起头，走到她旁边的男人身型和郁家泽很像，但并不是他，而是一个完全不认识的人。

他在乌蔓旁边的空位落座后，舱门就完全关上了。

乌蔓像失去活性的弹簧，一下子软软地滑进座位里，脖子上出了一圈冷汗。

此时她才敢掏出手机，开了机一看，风平浪静的。

可越是平静，越让人恐慌。

郁家泽太明白这个道理了。

乌蔓通知赵博语自己提早飞去了北市，让他和节目组的人对接，到时候在机场接应。处理完这些，她才又关了手机，在口罩下紧抿成一条直线的嘴唇慢慢松开。

飞机在几个小时后落地北市，乌蔓等所有人走后才下了飞机。

此时已过半夜，新千岁机场迎来了今天最后一班航班，前头的人陆续走了，整个机场空旷又安静，就算暖气开得很足，只穿了一件露背礼裙的乌蔓还是觉得冷。

她在廊桥上走着，玻璃外飘着雪花。

乌蔓不禁怔住了，停下来看了一会儿。天空没有霾，却有月亮，雪花以月光为陪衬扑簌簌地落下，清透得只剩下纯白。

这是冬日的第一场雪，如果按照原定计划，她会在明天的这个时候落地，也就与这场雪无缘。

她忍不住想，是不是有的时候就需要一种义无反顾的冲动，才能有幸得到老天的馈赠。

即便只是一场雪，她也觉得很值得。

乌蔓搓了搓冰冷的手臂，挺直脊背，走向出口，内心祈祷着来接机的人千万要记得给她带外套，不然她的肺炎绝对会卷土重来。

乌蔓走出关口，一眼望过去，并没有看到任何举着牌子的工作人员。

难道赵博语没有把她落地的时间和对方确认清楚？

她打开手机想联络赵博语，却发现手机没电了。

这下完蛋了，她根本不知道杂志团队下榻的酒店。这些信息平常是薇薇帮她整理，不需要她操心。

她硬着头皮走到问讯台前，拿出手机用英文对工作人员说："我手机没电了，请问哪里可以充电？"

对方没听懂她的英文，但人类伟大的肢体语言还是让他理解了她的问题。

可惜他的回答她没听懂，她只得尴尬地请他再说一遍。

两个人大眼瞪小眼。

突然，乌蔓感觉后背被人轻轻拍了一下。

她心悸地转过身，追野穿着黑色大衣站在她身后。

乌蔓现在最不想见到的人就是他。

可当他真的出现在她眼前，她又感谢上天没有听见她内心的祈愿，依然派他来到了她身边。

追野的眉目间还带着一股寒气，头发上落了雪花，他上下看了她一眼，一言不发地脱下大衣裹到她身上，自己只穿着一件薄薄的高领羊绒衫。

似乎还嫌不够，他把脖子上的蓝色围巾也扯下来，毫无章法地往她脖子上套。不一会儿，她的小半张脸便被围巾裹上，只露出一双眼睛。

"干吗连围巾也给我？"

乌蔓伸手要摘围巾，被他一把拉住手。

"你戴着。"他皱起眉，摩挲着她的指尖，"手都冻紫了。"

直觉告诉她，他接下来要问她为什么穿着一件露背礼裙就过来了，大脑已经飞速运转并想好了借口。

然而，他什么都没问。

"刚才见你一直没出来，我还以为错过了，去外面找了你一圈。"

"哦……我下飞机比较晚。"乌蔓抽回手，"怎么会是你来接？我明明让赵博语通知的杂志团队。"

他轻描淡写地说："深更半夜，还是异国，别人来接我不放心。"

乌蔓的心被钝钝地重击了一下，她拢了拢他的黑色大衣，裹紧了一点。

好温暖。

"你应该还没吃饭吧？"追野摸了摸肚子，"我刚好也饿了，要不要去吃个夜宵再回去？"

他不提还好，一提，她的肚子就抗议地长叫了一声。

“不用”两个字还没说出口，她就被不争气的肚子出卖了。

“好吧……去哪儿吃？”

“去市中心，看哪家开着就进哪家。”

这还真是他的作风。

两人叫了辆出租车，车子在雪中开得很慢，花了比原本多两倍的时间才到达市中心。

此时已是下半夜，街边的大部分店面都关了，各家门前都积了一层厚雪。路灯与路灯之间隔得很远，在中间的昏暗地带，有家店门口摇摆着亮红色的纸灯笼。

车子就停在了那家居酒屋门口，司机示意他们这家还开着。

下车的时候，追野撇撇嘴说：“师傅开这么快干什么。”

得亏头发花白的司机师傅听不懂中文，不然一定会和追野握手致谢，感谢他对自己车技的肯定。

两人一前一后地走进居酒屋，里头食客寥寥，仅有的几个人也根本不关心他们的到来。

他们挑了角落的榻榻米，追野翻开菜单说：“吃点热乎乎的吧。”

乌蔓注意到他说叠字时习惯把两个音发得一样重，像还在牙牙学语的小朋友。她忍不住想笑，说：“那就寿喜锅吧。”

追野注意到她眼里的笑意：“你笑什么？”

她摇了摇头说没什么，拎起茶壶倒了杯茶，推给追野，又给自己倒了一杯。一杯热茶下肚，瞬间寒气离身，接着涌起舒适的倦意。那些恐惧和惊惶都一起随着寒气消散了。

这家昏黄的居酒屋就像一座安全的堡垒，可以让她短暂地忘却关于郁家泽的一切。

追野耸耸肩：“喝清酒吗？”

“明天不是还要拍摄？”

“你忘了你是提早来的吗？明天没安排拍摄。”

“哦，对。”乌蔓思索片刻，道，“那就喝一点吧。”

乌蔓忽然想起，在C国不满二十岁的未成年人喝酒是犯法的。差一点，追野就列入了这个范围，虽然他并不受C国法律的约束。

这让乌蔓头一次那么清楚地意识到，她和他之间的年龄差是如此之大。

如果他们两个是C国艺人，再早上几个月，他还未满二十岁，这样喝酒被曝光的话，她是需要公开道歉的。

这些莫名其妙的念头从乌蔓的脑海里闪过，情绪不受控制地低落了几分。她拿起手机想用前置摄像头照一下自己的脸，下意识想看看眼尾有没有多出皱纹，却按不亮屏幕。

对了，手机还没充电。

乌蔓捅了捅追野的手臂：“你有没有充电宝，或者充电器？”

他点头：“在大衣口袋里，你自己拿。”他立刻意识到什么，“是左边那个！”

可惜晚了一步，乌蔓的手已经伸进了右边口袋。她摸到一个长方形的物体，以为是充电宝就拿了出来，结果是一个礼品包装盒。

气氛凝滞了一瞬，乌蔓默默地塞回去，说：“抱歉。”

追野叹了口气：“那个就是给你的。”

他似乎苦恼于这份礼物仓促被送出去的过程。在他的想象中，应该是两人漫步于无人的街头，雪花像一条银河落下，他会问一句“你冷吗”，然后漫不经心地包住她的手，把她的手塞到自己大衣的口袋里，顺理成章地摸到那个礼物。

而这一切都被一个该死的充电器毁了。

“给我的？”

“别忘了，今天是圣诞节。”追野摸了摸鼻子。

乌蔓恍然，忍不住笑着说：“原来你是圣诞老爷爷。”

“你别笑，我小的时候真的相信这个世界上有圣诞老爷爷。”追野抿了一口酒，脸颊浮起一丝红晕，“因为每年圣诞节，我妈妈都会在床头放上我想要的礼物。其实我家很穷，但她从来不会向我展示那份窘迫，总是给我我想要的东西。”

这是乌蔓第一次听到追野提起他的家人。

她原以为他和父母的关系大概不太好，不然一个小孩怎么会那么早就学做饭，又怎么会跟着陌生人跑到沙漠里去。

但是他刚才那句话，让乌蔓觉得自己的猜想似乎也不准确。

他和家人之间应该存在着很深厚的情感，他平淡的语气下满含眷恋。

乌蔓打心底觉得很羡慕。

“我小时候也希望有一个能实现我愿望的圣诞老爷爷。”她喝完一整杯清酒，靠在硬硬的椅子上，眼皮微垂，“那时我们在少年宫学跳舞，老师说只要我们把愿望挂在圣诞树上，第二天圣诞老爷爷就会来帮我们实现愿望。”

当然，后来她们都知道了那些礼物是老师们把愿望字条一张张拆开来看，再偷偷买了礼物放在教室里的。

但当时的她们天真地以为真的存在着神明，包括乌蔓，所以她在字条上写下了她的愿望。

“你没有收到吗？”

乌蔓摇摇头：“收到就怪了，谁叫我许的愿望那么可笑呢。”

——圣诞老爷爷，我可以要一个温柔的妈妈吗？

这是她在字条上歪歪扭扭写下的愿望。

然后，这张字条被那个她顶撞过的老师交到了她妈妈手中。

第二天，她非但没有等到圣诞老爷爷派给她一个新的温柔妈妈，反而等来了更加愤怒的版本。

她妈妈说：“你那么想我消失，我就消失给你看看，不知道天高地厚。”

然后她就真的消失了整整一个星期，只给乌蔓留下了十块钱。

她每天只吃一顿，把钱分成几份，在小卖部买最便宜的面包。

到现在她还记得，那种叫作毛毛虫的面包，价格是一块五毛，里面挤满了廉价的奶油酱料，她每次吃完都觉得恶心。

一个星期后，她妈妈回来了。

她冷眼看着乌蔓，说：“知道生活多么不容易了吗？这些年我为了养你放弃了什么，你明不明白？”

她太饿了，点着头说：“我明白。我能吃顿饭吗？”

从那个时候起，她就知道，神明是最会戏弄人的。

哄骗人交出真心，却不兑现承诺，还将期待揉成一支利箭，穿透心脏。

“没关系，至少现在你收到了。”追野抬了抬下巴，示意乌蔓把礼物拿出来，“可以拆开看看，我先声明是个小玩意，不要太期待。”

乌蔓有点摇晃的视线重新聚焦，笑道：“有礼物收我就很高兴了。”

她小心翼翼地拆开礼物包装，以为会是贺卡或者音乐盒之类的。

看到盒子里的东西时，乌蔓还是微微一怔。

那是一枚富士山的徽章。

她不禁想起《春夜》杀青的那个夜晚，丁佳期向追野告白时，说他是无法私有的富士山。

而追野回答富士山其实是私有的，只是能将他私有的人不会是丁佳期。

现在，他却选择把富士山送给她。

乌蔓把徽章放了回去，说：“我不能收。”

就像那本植物图鉴，如果她一早知道那意味着什么，她也不会收。

可是现在，她只能装作若无其事，假装还被蒙在鼓里。

“为什么不能收？”追野的神色无比自然，“杂志团队的每一个人我都送了，人人有份。”

是这样吗？乌蔓狐疑，转念又意识到，也许是自己自作多情了……富士山的确是这里最常见的纪念品。而丁佳期告白时他随口提起的一句话，他也许早就忘记了，偏生她还替他记着。

他送那本植物图鉴会不会也是别的意思？只是她恰好听到了那首诗，觉得很符合他的心意，但世界上还有很多和庄稼有关的诗歌。

但直觉告诉乌蔓，她没有想错。这枚徽章也许是巧合，但那本植物图鉴不是。

不过她不敢问，问就意味着捅破了窗户纸，他们都承担不起后果。

“好吧……谢谢。”

乌蔓压下心里的复杂思绪，把礼物装进大衣口袋，接着把充电宝拿出来，追野却朝她伸出手来。

“这个给我一下。”

乌蔓不明所以地把充电宝递给他。

他接过充电宝，在机身上轻轻敲了两下，碎碎念：“看见你就来气！”

“你在干吗？”

追野一本正经地说道：“教训它。”说完，他又将充电宝递给她，“教训完了，你用吧。”

乌蔓不清楚他心里的算盘，自然也不懂他为什么会拿一个充电宝出气，她莫名其妙地接过充电宝连上手机。

因为气温太低，手机一时半会儿没反应，开不了机，乌蔓也没管它，把它放在桌上慢慢充电。

店员终于磨磨蹭蹭地端来半开的寿喜锅，追野把锅里的食材搅开烫熟，捞出一块嫩豆腐放进乌蔓的碗里。

乌蔓挡住他的勺子：“你自己吃，不用管我。”

追野也不勉强：“那你可能就没得吃了，别人和我一起吃饭从来都抢不过我。”

他嘴上这么说，却只从锅里夹了一块蘑菇，吃得很缓慢，因此看上去带着几分优雅。

饥肠辘辘的两人瓜分了锅里的蔬菜和牛肉，乌蔓吃到一半，感觉胃里七上八下。

兴许是因为冻了一整晚，一下子吃到热腾腾的东西，冰火两重天，她的肚子抗议了。

她尴尬地起身：“我去洗手间，你慢慢吃。”

追野毫不在意地挥挥手，自己吃得欢，头都没抬一下。

乌蔓走后，桌上正充着电的手机终于缓缓开机了，刚跳到锁屏界面，一通电话立刻打了进来。

追野无意中瞥了一眼，看见来电显示是郁家泽。

手机铃声锲而不舍地一直响，一直响。

终于安静之后，紧接着又响了起来。

赶着去投胎吗，非要人接？

追野盯着那三个字，思考了三秒钟，决定成人之美，成全他。

他接起电话，明知故问：“你谁？”

追野微微侧过身，盯着卫生间门口，语气不急不缓：“开玩笑的，我当然知道你是谁。”

电话那头的郁家泽意味不明地轻笑了一下：“追野？”

“耳朵不赖。”

隔着十万八千里，青年与男人之间的战火在两边熊熊燃烧。

郁家泽的声音骤然一低：“她人呢？”

追野反问：“你是不是欺负她了？”

“你以什么立场来问我这个问题？”郁家泽哂笑，“被删的同事？哈。”

追野握紧手心，又慢慢松开，抓起桌上的打火机把玩。

“可圣诞节这种节日，她宁愿和我这个被删的同事一起过，也不和她在一起十年的人过，为什么呢？”

电话那头传来指头叩击的声音，郁家泽沉声道：“你没有和我说话的资格。让她接电话，不要让我说第二遍。”

“不要再让我看到乌蔓因为你而一身狼狈的样子。如果有第二次，我不会再顾及她的意愿，把她抢到我身边。”

电话那头的人微微一愣，继而笑起来。

“人活于世，最要紧的是有自知之明。你从昔日的戛城影帝到现在混成三流综艺咖，就是缺了点自知之明，明白吗？”郁家泽声音轻慢，“你连自己的资源都护不住，又能带给乌蔓什么资源？靠什么和我抢？”

“你能带给她的，总有一天我也能带给她。而我能带给她的……你一辈子都不可能做到。”追野察觉到卫生间里有人即将出来，快速道，“不信，你就等着瞧。”

他利落地挂断电话，关掉手机，拿回了充电宝。

乌蔓甩着手走过来，刚好看见追野把充电宝收回去的动作。

她愣了一下："怎么了？"

他面不改色地撒谎："没电了。"

乌蔓按了按手机，还是漆黑的，嘟囔道："还没充上。"

虽然嘴上这样说，她心里却松了一口气，觉得这是上天的旨意，她可以心安理得地再逃一会儿，不去想可能会面临的后果。

"还吃吗？"

乌蔓摸了摸肚子，脸色有点苍白："不吃了……"

"是不是吃坏肚子了？"追野打开地图查了查，"这附近有唐吉诃德卖场，去买点药吧。"

她吸了吸鼻子，满不在乎地摇摇头："没什么大事，不用折腾。"

追野手指一顿，抬起头严肃地说："阿姐，你能不能把自己当回事？"

乌蔓被他正经起来的架势唬得一愣一愣的，声音渐小："这本来就没什么啊……"

追野重新低下头，乌蔓看不清他的神色。

他说："我指的不仅仅是这个。"

两人走出居酒屋，大雪已停，雪积得很厚，乌蔓穿着高跟鞋完全无法下脚。

追野蹲到她面前，拍了拍自己的背："上来，我背你。"

乌蔓犹豫了一下："算了，要不不去了吧，直接叫辆车回酒店。"

"不让我背？"追野起身，"那我抱你了。"

"……"

乌蔓赶在追野伸手拦腰抱起她之前环住了他的脖子。

接着，他劲瘦的手臂隔着大衣滑了过来，牢牢地圈住她，但又不至于收得太紧让她难受。

他明明小她那么多，他的背却很可靠，仿若白色海洋里唯一的浮木。

乌蔓趴在他肩头，视野骤然变得开阔，北市成了圣诞球里的微缩模型，一览无余。她看到白雪盖住了轿车、井盖、楼与楼之间的窄巷，漂亮得让人不忍心下脚。

“嘎吱”一声，追野毫不留情地踩了上去。

乌蔓低头看着被踩碎的雪，揶揄他：“我突然觉得，现在不解风情的人好像变成了你。”

追野似乎听懂了她话中的意思，毫不犹豫地说：“因为现在最重要的事情是给阿姐买药。”

乌蔓瞬间闭了嘴。

她的身体跟着追野的脚步一起一伏，他在雪里深一脚浅一脚地走着，呼吸间溢出白气，是冰寒的夜里滚烫的生气，会让积雪融化，连同冷硬的人心。

她不动声色地收紧胳膊，软下身，将下巴搁到了他的肩头。

杂志团队下榻的酒店是星野度假村，离北市市区很远，等两人从唐吉诃德买好药，返回酒店时天色已快破晓。

他们在走廊上道别，两人的房间刚好正对着。

乌蔓脱下身上的大衣，还给追野：“谢谢，早点休息。”说完，她就径自推开房门闪身进去，生怕被人看见他们在一起似的。

追野无奈地垮下肩，转身准备从大衣口袋里掏出房卡，却摸到一个冰凉的物件。

这是什么？

追野愣了一下，立刻把东西掏了出来，也是一枚徽章，是动画电影《哈尔的移动城堡》的周边。

这是阿姐在唐吉诃德趁他不注意时偷偷买的吗？

徽章上刻着哈尔将苏菲的两只手抓在手心里，带着她在屋顶跳跃的那一幕。

追野还记得电影里苏菲惊恐地低头看着底下游人如织的集会，而哈尔冰蓝色的眼睛温柔地看着她。他的粉黑格纹披风随着飞扬的金发一起鼓胀，盛大的交响乐因为他们的逃亡而奏响。

他又在口袋里摸了摸，摸出一张字条，上面是乌蔓潦草的字迹，似在匆忙之中写下的。

“圣诞快乐，祝你永远少年。”

乌蔓再次醒来是下午五点，她条件反射地打开手机，发现手机居然能开机了。她睡前明明还没来得及充电……

乌蔓疑惑地发现手机电量居然还有不少。

可能是气温回升，手机终于反应过来了吧，她没多想，打客房电话要了充电器。给手机充上电后她就去了卫生间，然后就听到了视频通话的响声。

一想到打来这通视频电话的人是谁，她抓着牙刷的手就不自觉地发颤。

乌蔓对着镜子深吸了一口气，深知不能再逃了。

她匆忙地吐掉牙膏沫，跑到床头接起视频通话。

奇怪的是，对面并没有出现郁家泽。画面一闪，从天花板变成了一片漆黑，像是手机被反扣到了桌子上。

没有画面，但有声音，只是这个声音也不是郁家泽的。

“郁总，《春夜》的后期制作已经完成了，您看看没问题的话，签完这份字就可以安排送审。”

听到“春夜”两个字，乌蔓心里一紧，眼皮直跳，不好的预感瞬间涌上来。

接着，她听到了郁家泽的声音——

“啊，这不着急，公司前面还有那么多项目压着呢，先送别的吧。

接着，屏幕又被翻转，乌蔓看到了天花板，下一秒，视频通话被切断了。

这是什么意思？乌蔓愕然地跌坐在地。

她接二连三地回拨给郁家泽，却一直被拒接，数不清自己到底打了多少通电话，最后郁家泽才悠悠接起，劈头盖脸对她一顿指责。

“你在干什么？不知道我在和别人谈事情吗？”

乌蔓冷声道：“用不着和我装模作样，之前打那通视频不就是为了让我听到吗？”

他笑了笑，又挂断了电话。

乌蔓浑身发冷，不敢相信他竟然真的敢扣住这部电影不去送审。这不仅是她职业生涯最为看重的一部戏，也是这么多工作人员前前后后努力了那么久创作出来的艺术品，如果不送审，拿不到发行证，戛城报奖都办不到，更别说上映。

她以为最多不过是被郁家泽羞辱或者折磨一下就过去了。事情的发展超乎了她的预料，郁家泽之所以这么生气，甚至不惜放弃他自己的利益……这其中一定还有别的催化剂。

乌蔓六神无主，想直接打给他问个清楚，却在通话界面发现了一条和郁家泽的通话记录，时间是在昨夜她和追野在居酒屋吃寿喜锅的时候。

她猛地反应过来，顿时什么也顾不上，火急火燎地冲到对面，抬手就一阵猛敲。

房间里模模糊糊地传来追野的声音：“谁？”

“是我。”

她这才冷静下来，左右看了看，幸好没有人。

房内又安静了几秒钟，接着房门从里面打开，追野似乎刚洗完澡，身体都还没来得及擦干，上身是湿的，往下淌着水，顺着腹沟缓缓地流进围着的浴巾边缘。

这个画面带着野性和冲击力，水珠放大成飞溅的瀑布，他结实的肌肉犹如一片承载着水流的山脉。

乌蔓愣了愣，又不敢在门口久留，还是闪身进去。

她尽量只看他脖子以上，亮出手机，气势汹汹地问：“解释一下？”

追野瞥了一眼通话记录，淡定地把湿发拢到脑后，露出漂亮的美人尖。

“是我接的。”他丝毫没有被拆穿的惊慌，“私自接你电话没跟你说，是我不对，我向你道歉。但是如果再来一次，我还是会选择接。”

“你接了做什么？”

追野言简意赅地道：“警告他。”

乌蔓倒吸了一口凉气：“警告？你警告他？”

“你这么反常地飞到北市，绝对和郁家泽有关。我没有问你是因为我知道你绝对不会说。”追野盯着她的眼睛，“不是吗？”

“……”

乌蔓没想到他的心思那么细腻，仅仅是在机场看到她的那一瞬间就看穿了她的心思，猜得分毫不差。

可心思细腻又如何，莽撞是大忌。

“你没有听说过吗，如果你被鲨鱼咬了，立马咬回去，那你很有可能会死。但是你知道鲨鱼怎么想吗？它可能只会觉得痒。”乌蔓冷冷地直言，“你和郁家泽就是这样的关系。你的行为太幼稚了！”

追野拨了一下垂到眼前的头发，笑了：“幼稚？”

他慢慢逼近乌蔓，她的身体感觉到某种危机，太阳穴突突跳动。强烈的压迫感从追野的身上传递过来，让乌蔓有点后悔说了刚才那句话。

她犹豫了一瞬，自己是不是不应该如此直白地打击他的自尊心。

但话已出口，覆水难收。事情的确是他做的，即便初衷是为了她。

她完全无法想象郁家泽给她打电话听到的却是追野的声音，还被他警告是什么反应。

因此，郁家泽会做出这种事情来报复她，她一点都不觉得奇怪。

乌蔓想到这儿，刚才涌出来的一点愧疚又消散了，她强硬地直视着他，表达了自己的态度。

追野突然按了一下墙壁上的窗帘遥控，落地窗的幕布自动向内聚拢，把光线挤压成薄薄的一片。

下午五点的房间瞬间一片漆黑。

乌蔓不安地后退了两步，刚抬手摸到了房门把手，就感觉追野靠了过来。

一阵潮气扑面而来。

他潮腻的大手抓住她的手，反扣着抵在门板上。

她瞪着将她罩住的人影：“放手。”

“不放。”

乌蔓不知道他要干什么，心里感到憋屈。她的双手被他扣着，身体被压在门板上，全身动弹不得，这种感觉让她很不痛快。

在郁家泽面前就算了，这么多年她只能忍。

可在追野面前，她不愿意掩饰，只想把这口恶气发泄出去，告诉他自己此时的感受。

她踮起脚，张嘴咬住了他的上臂肌肉。

追野抽痛地低吟了一声，放松了钳制着她的力道。

乌蔓趁机转过身，一弯腰到了他身后，质问他："你在干什么？"

追野揉了揉胳膊，转身面向她："阿姐，是你太大意了。我只是身体力行地告诉你，你进入的是一个男人的房间。"

他语气绵软，动作却很强硬，单手将她扛起，朝着黑暗中的大床走去。

这样的追野对乌蔓来说是陌生的。

被放在床上的时候，乌蔓的大脑一片混乱。

他犹如冲上礁石的海浪，凶猛地压到她跟前，发丝还滴着水，水珠滑过他宽阔的额头、锋利的眉骨、凹陷的眼皮，最终滑到高挺的鼻尖，颤巍巍地滴到她的鼻尖上。

追野问："害怕吗？"

乌蔓的两只手腕被他单手扣住，扭了几下也没挣开。他铁了心抓住她，两人的呼吸在耳郭间乱窜，像是暴风雨来临前的气流。

他带着几分誓不罢休的恼怒："害怕就对了，还说我幼稚吗？"

"玩够了吗？"乌蔓声音紧绷，"你知不知道你这样做会显得你更幼稚？"

"是不是我做什么，你都觉得我是在玩？"

乌蔓默默地看着他，视线像一支笔，描摹着他的轮廓。

这是一张多么有灵气的脸，他才二十岁，斩获了国际影帝，站在圈子里的巨塔上，没有经受过磨难。

如果生活在古代，他必定是骑马倚斜桥，满楼红袖招的少年侠客，剑术上天下无人能出其右，情字也未能困住他，只有他困住别人。

因此，他遇上她，跌了一跤，就很难爬起来。

一切都源于他们和戏太相似了，到现在为止，他都没有改口，仍旧叫她"阿姐"。

他把她当作邓荔枝，把郁家泽当作了徐龙。

而他是陈南，是仗剑逐龙的勇士。

她以为冷落他，就能让彼此都清醒过来，从戏里回到人间。但是她忘记了，从初见那一刻开始，直觉就清楚地告诉她，追野身上有一股不可掌控的蓬勃。

他不会按照她的计划来，少年被搓磨后的不甘和韧劲会抓着人越陷越深。只有像她这样无趣的大人会聪明地绕开沼泽地，不让自己受到一点伤害。

可是她知道自己已经失控了，在她不管不顾地逃离刺青店之时。

我不认为你在玩，我恰巧是怕你认真。乌蔓在心里默念，戏总会有结束的那一刻，他还会有下一部戏，还可以有充沛的情感。

可是她办不到，她只是一口枯泉。

她从来没有得到过爱，地位、荣耀、金钱这些看得见摸得着的东西才是最踏实的。她用疼痛和自由换得这些东西，她付出了代价，所以也拿得心安。

下一辈子去地狱也好，至少这一世别再活得像从前那么艰难了。她不能满盘皆输。

所以你别再来诱惑我。

追野没有看到乌蔓眼里转瞬即逝的乞求，他只感受到她使出了巨大的力气，想要挣脱他的掌控。

于是，他先一步松手了。

他终究是不忍心强迫她，让她为难。

追野背对着乌蔓坐到床沿，从床头捞过烟和打火机，点燃了一支，含混不清地说："既然你这么想，那你走吧。"

乌蔓捏紧手机从床上起身，理了理乱糟糟的衣摆，推门离开了。

她从黑暗里走出来，灯光刺入眼睛，如此明亮，却让人生出一种走进了无边黑暗的痛感。

拍摄期间，乌蔓一直浑浑噩噩，不在状态。

电影的前途未卜，现在拍这些预热的物料不是很可笑吗？

可这些烦恼她又不能向别人吐露，一切都是她造成的，她没有资格抱怨。当务之急是平息郁家泽的怒气，让《春夜》顺利上映。

虽说亡羊补牢为时已晚，但总好过不补吧？

于是，一回国，乌蔓就立刻前往郁家泽的别墅。

她很少主动去那里，以前是怕撞上他带人回来，双方都尴尬，后来他身边不再有别人，但是常常行踪不定，想起她则主动去她那儿，她也就不需要过去了。

好在别墅的密码她都还记在备忘录里。

除此之外，她还准备了食材，以及文身需要的工具。

今晚，是乌蔓给自己准备的“献祭”。她没有提前告诉郁家泽，惊喜总是会加一点分。

捡起生疏了许久的厨艺，她勉强做完三菜一汤，包好保鲜膜后放进冰箱，就等郁家泽回来后再加热当夜宵。

他吃不吃并不重要，重要的是这个形式。

离他回来还有段时间，乌蔓做饭出了一身汗，趁这个时间想去洗个澡。

记得上一次来，她留了洗漱用品和睡衣在这里，方便过夜。

她凭着记忆去到二楼房间，打开衣柜，顿觉茫然。衣柜的一半空间已经完全被一排陌生的女式服装占据。

那么明目张胆，实在不像哪个小明星的作风。就算对方敢这么做，第二天也会被郁家泽清理出去，不会还挂在这里。

其中一套衣服乌蔓很眼熟，很久之前的那次决赛夜结束后，节目组和嘉宾一起去吃火锅时，唐映雪穿过。

乌蔓忽然想起了什么，拿出手机，翻开自己的那条庆生微博，点开了唐映雪的头像。

那是一张自拍照，背景里有一尊仙鹤雕像，框了一半进去。

这尊仙鹤雕像此刻就好好地安置在楼下的客厅置物架上，是拍卖下来的古董，全世界只有这一件。

乌蔓这才后知后觉地反应过来，唐映雪从来都不是什么低情商的人。她当初发那条生日的祝福评论，不是为了耍嘴上的威风，更不是为了让乌蔓来打脸的。

她的目的在于让乌蔓看到她的头像——是在郁家泽的别墅里拍的。

乌蔓在客厅里端坐到凌晨，门口终于传来了动静。

郁家泽轻描淡写地扫了她一眼，似乎并不怎么意外。

“知道过来了？”

他的语气听不出喜怒，乌蔓起身说：“我做了几道菜，您吃吗？”她一边说一边走到他身边帮他脱下大衣。

郁家泽坐到餐桌边：“既然做了，就别浪费。”

乌蔓说“好”，将冰箱里的菜色一一取出来，放到微波炉里加热。

机器的轰鸣声覆盖了死寂的气息，两人一南一北，相隔很远。

郁家泽一眼扫到了茶几上放着的文身工具，嗤了一声：“现在上赶着来让我文了？”

他起身，一脚将茶几踹倒。

轰鸣声里加入钻头和地板撞击时发生的刺耳的呲声，让气氛更加紧绷。

“真可惜，我今天没有那个心情了。”

微波炉“叮”的一声长响，终止了一切杂音。

乌蔓平静地把菜取出来，一一放到桌上，似乎对周遭隐藏的爆裂毫无所觉。

她拉开椅子，坐下后说：“热好了，先吃点吧。”

郁家泽轻轻蹙起眉，发现乌蔓不太对劲。

他扫了一眼二楼，了然道：“上去过了？”

乌蔓给自己备了一副筷子，她自从下飞机还什么都没吃，此刻夹了一口菜，边嚼边说：“对，我都看到了。”

郁家泽坐在沙发上，打开电视，电视里正好在播唐映雪的舞台直拍。

他指了指电视里的那个人：“老头子让我和唐家联姻。”

他说这句话的语气就好像在说一句垃圾桶满了，完全听不出这事关他的终身。

唐映雪甚至没有一个名字，在他的叙述中，她只是“唐家”的一个代词。

乌蔓咽下一口饭，说：“那恭喜您。”

郁家泽黑沉沉的眼睛审视着乌蔓："真心的吗？"

"您之前说过，只能您单方面提出分手。"乌蔓缓缓说，"当时我提出，还有一种情况，那就是您结婚。"

"所以你今天不是来跟我道歉的，而是要跟我分开？"郁家泽走到乌蔓身边，从身后抱住她，抵着她的耳郭呢喃，"不错，真不错。你知道我最喜欢你哪一点吗？就是像现在这样，总能给我意外的惊喜。"

乌蔓握住筷子的手微微发颤，她深吸了一口气，说："我有我的原则。这是我的底线。"

他直起身，手还轻柔地搭在她肩上。

下一秒，他五指收拢，掐住了乌蔓的脖子，指尖陷进雪白的肌肤里，摁出一圈圈红痕。

"你听说过人结婚还特意去放生吗？没有这个道理。"

乌蔓肺里的空气瞬间被提到了喉管出不去，新鲜的空气又进不来。

郁家泽玩味地问："怎么不说话了？是不是很赞同，无话可说了？"

你先把我脖子放开！

乌蔓内心惊惧，又充满愤怒，血液奔涌着在眼里泛出血丝。

郁家泽轻飘飘地收回手，乌蔓捂住脖子，上气不接下气地剧烈咳嗽。

他坐回她对面，对她狼狈的样子无动于衷，冷漠地道："现在再说一遍。"

乌蔓声音嘶哑，直视着郁家泽，一字一句地道："我不会插足别人的婚姻，这是我的原则。"

"原则？"郁家泽收起笑容，面无表情地说，"难道不是因为那个小子？"

"和追野一点关系都没有。"

"我还没有说名字，你就对号入座了。"

乌蔓眉间一颤。

"那我告诉你一件有趣的事情。"郁家泽支着下巴，微微向前倾，"你以为真的是粉丝向追野泼的硫酸？"

乌蔓立刻听懂了他的弦外之音，恐惧比刚才他掐住她脖子时更甚。

她说话时牙齿都在哆嗦："是你在背后……"

“你……”郁家泽咀嚼着她突然变了的称呼，“这是你第一次对我用‘你’。”

她想起在那个昏暗的房间，追野赤着上身背对自己，入目就是他那如同浮雕一般的伤口，占据了背部的四分之一，比她的胎记还狰狞。

原来……原来这竟然是她带给他的无妄之灾。

乌蔓咬紧牙关：“能做出这种事情还用‘您’称呼，我说不出口。”

郁家泽倏地沉默下去。

他的表情没有变化，只是周遭的气压形成了危险的旋涡。暴怒、躁郁、惊愕，甚至有一丝刺痛，都隐秘地被裹挟在旋涡中心，达到临界点时，一切都将爆炸，天地为之裂变。

一旁的电视上，唐映雪的舞台直拍已经播放完毕，轮换到了下一个表演。

光芒四射的升降台上，有人在弹奏钢琴。琴音原本稀疏错落，逐渐地，弹奏之人的指头越来越快，越来越狠，发狂似的按下去，仿佛有烟头悬在琴键上，免不了自燃。

郁家泽在疯掉的琴音中松开领带，抓住乌蔓拖到身边……

乌蔓清醒过来时，郁家泽已经不在了。

她嗓子疼得厉害，感觉含着烙铁，烫得四壁冒着白烟。整个人像刚从蒸锅里捞出来，全是黏腻的虚汗。

她艰难地抬起胳膊探了一下额头，估摸着发烧到了三十九摄氏度。

床头的时钟显示现在是晚上七点，她居然昏睡了整整一天。

乌蔓茫然地盯着天花板，不知道下一步要做什么，那股灼热似乎把她的大脑神经也烧坏了，令她对世界上的一切都充满厌倦。

下一刻，她还是强迫自己振作起来，踏着虚浮的脚步下了床。

趁着郁家泽没回来，她得赶紧先离开。

乌蔓匆匆忙忙地下到一楼客厅，却一下子愣住了。

客厅里堆满了纸箱，上面用马克笔标注了内容：鞋子、衣服、首饰……她忽然有一种很不好的预感，当即拆开了其中一个纸箱，里面果然是她的衣服。

这些全是她放在别墅里的东西。

乌蔓慌乱地拿出手机，立即给郁家泽打去电话，接连打了好几个才打通。

郁家泽语气不耐烦地道：“我在开会。”

“客厅里的这些箱子是怎么回事？”

“不是很清楚了吗？”郁家泽言简意赅地道，“别墅我已经给你退掉了。”

“……”

郁家泽不容置疑地道：“你以后就住这里。”

说完，他就直接挂了电话。

乌蔓瘫坐在沙发上，对着一阵忙音爆了句粗口。

发泄似的把所有的箱子推倒，整个客厅变成一座乱糟糟的垃圾场后，乌蔓痛快地扬起嘴角，还没笑出声，手机就响了起来，是许久没联络过的汪城打来的。

他简单寒暄了几句就直奔主题：“小蔓，最近《春夜》的送审遇到了一些问题。我当初很欢迎郁总来投资，但他现在什么都不说就压我们的戏，这部电影是整个剧组的心血，不能卡在这里呀……现在再不送，报奖就要等明年，到时候黄花菜都凉了。你能帮我问问他对内容还有哪点不满意吗？”

乌蔓的笑容僵在嘴角，体会到了什么叫话在心口难开。

她艰难地回道：“好……我问问。”

乌蔓挂了电话，面对着满地狼藉呆站了一刻钟。

一刻钟之后，她弯下腰，撑着高烧的身体，一点一点把东西收进房间。

郁家泽深夜回到别墅，客厅里的箱子已经被清空，属于乌蔓的东西不动声色地融进了这个房子。

他走上二楼，推开房门，就见一个脆弱的身影深陷在巨大的床上，一头卷曲的红发缠绕在深色的床铺上，像横生的藤蔓，只能依附于他脚下的这片土壤。

这个画面让郁家泽感到非常舒适。

他没有开灯，坐到黑暗中的扶手椅上，凝视着乌蔓的睡颜，想起了她跟自己在一起的第十天。

之前跟过他的女人都会用尽花招，想让自己成为留在他身边的那个例外，所以他的乐趣有时候仅仅是为了等待这一天。

美色对他而言是一种鸡肋，他早就看腻了。

他要的是有趣。

因此，他格外期待乌蔓会做出什么举动，毕竟她是第一面就让他觉得有趣的人。

然而，乌蔓让他失望了。

她在晚上十二点准时给他发了一条短信："感谢您在我最困难的时候出现在我面前，您给我的钱以后我会还给您。祝好。"

卖惨，欲擒故纵。郁家泽看了短信后撇了撇嘴，将手机扔到了一边。

他打赌，不出三天，乌蔓就会以其他理由再次出现在他面前，就和之前的那些女人没有什么不同。

不过这次他跟自己打赌输掉了，别说三天，都快三十天了，乌蔓依旧杳无音信。

他是在某一天忽然想起还有乌蔓这号人，居然就这么干脆利落地消失在他的世界里。在好奇心的驱使下，他让人去调查她现在在做什么。

结果令他很无语，她在拍一部电视剧，而她所演的角色只有三句台词。

闲来无事，他悄悄去剧组探班，其时正在拍一场丧葬戏。她灰头土脸地站着当背景板，监视器里她的脸完全是虚化的，她依然哭得撕心裂肺，哭得郁家泽都心烦了。

休息间隙，郁家泽让人把乌蔓叫到车里。

乌蔓的脸上闪过显而易见的诧异："您是来探谁的班吗？"

"如果我说我是来探你的班呢？"

她惊呆了："我？"

"我记得之前给过你一个更好的角色。"

"哦，那个啊……"乌蔓顿了一下，似乎不知道该不该说，最终还是说了出来，"被抢了，拿到那个角色的是您现在的女朋友。您贵人多忘事，不知道也正常。"

郁家泽不知怎么就听出了几分讽刺的意味。

这事他还真不知道，一般她们向他讨要什么东西，他都是随口应下，完全不会去想是否已经给出去了。

之前也不是没有发生过撞上角色的事情，但先讨要的那个人会火速冲到他面前哭闹，断不会像乌蔓这样闷在心里。

“所以你就放弃了？不来找我问一问？”

“可我们的关系已经结束了。”

郁家泽语塞，这句台词向来都是由他来讲。

如今位置对换，从别人嘴里说出来的感觉很奇怪，又很有趣。

郁家泽挑眉道：“那个角色现在依然是你的。”

“呃，没关系……”

郁家泽打断她：“因为我现在的女友是你了。”

乌蔓微微睁大眼：“所以那十天是……试用期？”

试用期？亏她想得出来。

郁家泽忍不住笑道：“那恭喜你成为迄今为止第一个转正的人。”

他以为自己的这份心血来潮撑不过第二个十天，事实上，他也确实很快就厌倦了。

那天刚好是除夕夜，他得回郁家祖宅吃饭，走之前对乌蔓说：“你可以回去了。”

乌蔓听懂了他的意思，默默地点了点头，说：“再见。”

郁家泽头也不回地出了门，车子在无人的街上飞驰而过，他托腮看着车窗外的路灯串成无数条混乱的流线。

一根、两根、三根……他百无聊赖地数到不知道第几根时，车子终于抵达了郁家老宅。

郁家泽拎着几个袋子下了车，经过前门花园，年纪小他一轮的弟弟冷不丁从草丛里蹿出来，撞上他的腰。

他身形一顿，居高临下地瞥了一眼脚边的遥控仿真坦克。

小男孩正在追那辆坦克，没想到会撞到郁家泽，此刻瑟缩着低了低脑袋，一声不吭地想伸手拿回玩具。

郁家泽的皮鞋快他一步，伸出去踩住了坦克。

他扬起嘴角："我郁家泽的弟弟，怎么能这个年纪还玩这个呢？"

他虽然笑着，但眼里毫无笑意。

郁家泽将一个袋子递给小男孩："这是哥哥给你买的新年礼物。"

小男孩眼睛一亮，却犹犹豫豫地不敢接。

郁家泽脸上的表情柔和下来，温柔地道："拆开看看啊。"

"谢谢哥……"男孩似乎被郁家泽的语气蛊惑了，终于敢接到手中，迫不及待地拆开包装，然后整个人呆住了——

精美的包装之下，是一柄粗糙的锤子。

郁家泽笑得很愉悦："拿它试试手感？"他用脚尖踢了踢坦克，"还是要我帮你锤？"

小男孩尖叫了一声，扔掉锤子跟见鬼似的跑进主屋。

郁家泽"啧"了一声，道："没教养的东西，礼物怎么可以随便丢在地上。"

他一脚踢开锤子和坦克，随后进了主屋。

大厅是老式的中式装修，家具一水的朱红金丝紫檀木，显得老气横秋。他那位过分年轻的后妈坐在主座上，是那么格格不入。

她尴尬地笑着起身说："家泽回来了啊，刚才和弟弟在外面说什么呢？"

"给他带了礼物。"郁家泽提了提手上的袋子，"当然，也有你的份。"

"呵呵，有心了……"

她嘴上这么说，却没有伸出手接的意思。

郁家泽把袋子往沙发上一扔，懒懒地往边上一坐，抬眼和正从楼梯上下来的郁父对上视线。

郁父拉着眼圈微红的男孩，拍了拍他的肩，示意他去妈妈那儿。

"你上来一下。"郁父对着沙发上的郁家泽毫不客气地道。

郁家泽耸了耸肩，三两步走上二楼，郁父已经站在阳台上，手里夹着一支雪茄，盯着花园里散落在草地上的锤子和坦克。

郁家泽走近，尼古丁的味道飘至鼻尖，他不动声色地皱起眉，这味道让他想吐。

“你越来越出格了。”郁父的语气淡淡的，听不出喜怒，“大过年的，拿锤子回家？”

“只是看见弟弟那辆坦克从去年玩到现在，觉得有必要教育他一下。既然父亲您不管，我这个做哥哥的总得管一管吧。”

“胡闹！我怎么不管了？”

“不是您教过我的吗，爱得太过的东西容易毁灭，要冷眼对待一切，特别是你心爱的事物。”郁家泽语带讥讽，“我从前喜欢一只鸟都得亲手杀死它，现在让他锤一辆没有生命的车，已经很仁慈了吧？”

郁父一愣，抽了口雪茄，烟雾在口腔里停留，又缓缓飘出：“他要玩，就让他玩。”

郁家泽搭在栏杆上的手指不自觉地抓紧。他沉下脸，笑着说：“这可不像您。”

“晨阳用不着你管，你先管好手里的分公司，今年又是亏损，废物。”

女人的喊声从一楼传来：“亲爱的，开饭吗？晨阳也饿了。”

小男孩跟着软软地喊了一声“爸爸”。

郁父应声，把雪茄搁在阳台的烟灰缸里，对着郁家泽抬了抬下巴：“下去吃饭吧。”

郁家泽站着没动。

“您说的是，公司有份报表没处理完，我怎么配上桌吃饭呢？先去处理它才对。”

他的语气是自嘲的轻松，那些难以名状的嫉妒、悲哀、愤恨都是落入湖面的水滴，转瞬就消融于眼波底下，一眼看去，他依然是无风的湖面，那么平静和自持。

郁家泽驱车回到自己的别墅，本以为迎接自己的是一片黑暗，却发现客厅还亮着昏黄的灯光。

她还没走？

他心中诧异，一推开门，就见料理台上堆着几片菜叶和切好的西红柿，炉子上的小锅咕噜咕噜地冒着热气，乌蔓扎着丸子头在台子两边飞来飞去地忙活，那自得的模样仿佛真是一只快乐的小鸟。

郁家泽不声不响地看了她一会儿，直到乌蔓端着煮好的方便面转身，被他吓一大跳，端着锅的手一抖，整锅方便面差点摔到地上。

“我以为您今晚不回来了，就想着明天再走。”

“不用回家过年？”

乌蔓垂下眼，很轻地“嗯”了一声：“没什么好去的。”

郁家泽心里突然舒坦了一点。

人就是这么卑劣的生物，当有人比自己更悲惨时，自己的那些恶心事似乎也变得不那么难以接受了。

他施然在桌边坐下，叩了叩桌面：“再拿一副碗筷来。”

“您也要吃吗？”

“有问题？”

“这是几块钱一袋的方便面……您确定除夕夜要吃这个吗？”

“你可以吃，我为什么不行？”

其实乌蔓猜得没错，在这之前他从来没碰过方便面，毕竟那是毫无营养的东西。但是今天一进门闻到那个味道，他明明已经消逝的食欲瞬间被勾起来了。他选择破一次例，反正在乌蔓身上，他也不是第一次破例了。

她拿着碗筷过来给他摆好，然后自顾自地坐下开吃。她吃方便面的时候很投入，咀嚼的样子像小鸟啄食，脑袋一点一点的，不知道的还以为她在吃美味的大餐。

“您不吃吗？”

乌蔓抽空抬头看了他一眼，似乎意识到自己吃得太猛，觉得不好意思，便停下来，拨了一些面到他的空碗中。

郁家泽戳着面问：“你吃这个就满足了吗？”

“当然了，自从出道以来我就没吃过方便面。”她幸福地吸了一口香气，“过年才敢让自己放纵一下。”

“既然那么想出人头地，为什么不向我多要一点资源？”

郁家泽觉得很奇怪，她跟了自己之后只提出过两个要求，一是先借笔钱给她，二是让她演个角色，无论什么角色。

跟过他的小演员如过江之鲫，她好似是被江水冲上岸边的一条死鱼。

乌蔓愣住了，忽然反问他：“一直都是别人向您索取，您就没有什么想要的吗？”

他拨面的筷子一顿，心底涌上一股很奇异的情绪。

居然有人敢问他，他要什么。

他第一次听到这么稀奇的问题。

郁家泽放下筷子，手指叩着桌面，好笑地看着乌蔓：“那你能给我什么？”

“我没有钱能给您，您想要的也不是钱吧。”她长长地“嗯”了一声，“但是……在您现在这样的时候，我可以陪着您。”

“我现在这样的时候是什么时候？”

她直言不讳地说：“您在难过。”

空气冻结了一瞬，郁家泽冷冷地道：“你别自作聪明啊。”

乌蔓没被他的语气吓到：“演员对人的情绪变化的感知是很敏感的。虽然我在您身边不久，但是我能感觉到您现在不开心。”

“有趣。”

郁家泽单手托着脸，无声地笑了。他还当乌蔓有多么高洁，原来在这儿等着他呢。

从杂草横生的藤蔓里飞出来的乌鸦，怎么会是教堂前纯洁天真的白鸽。没有人会像对待白鸽一样将面包施舍给乌鸦，因此，乌鸦只能隐藏自己的真面目，用心机来换取生机。

比起人见人爱的白鸽，他更愿意饲养一只人人厌恶的乌鸦，因为他从来不是路过广场会好心撒下面包屑的人，毕竟他手中的面包也得靠抢才能得到。

他讨厌那些被偏爱就心安理得地讨要一切的人，那才是真正的废物。

时间很快到了午夜十二点，乌蔓从房间里抱出了一桶烟花：“要一起去放吗？”

郁家泽正坐在沙发上处理文件，闻言抬头看了一眼她手中的东西，笑道：“你一个人也买这个？”

“一个人过年的时候有烟花感觉热闹些。”

郁家泽重新低下头，语气淡淡的：“我不喜欢烟花。”

不过是转瞬即逝的海市蜃楼。

“哦。”乌蔓乖乖地点了点头，“那我到远点的地方去放。”

她走向阳台的脚步一顿，转身披上大衣出了门。

不一会儿，郁家泽就听到院子里传来烟花爆裂的声响，吵得他无法专心工作。

他走到落地窗前，拉开白色的窗纱，抬眼便望见夜空中升起了一朵浓烈的红，接着弹下令人惊艳的火星，在乌蔓的脸上落下此起彼伏的倒影。

她转过脸来，眼睛里还残留着绚烂的余韵，十分漂亮。

他此时无心看烟花，而是看着她，仿佛看见了一株延时摄影下的昙花，所有的感官都被缓慢拉长。

两人隔着明净的落地窗对视着，窗面上还有烟花的影子，她被包裹在里面，犹如最明艳的花蕊，双手拢成小喇叭状，对着他大喊：“新年快乐！”

似乎随着这一声用力的呼喊，他今晚郁结于心的不痛快真的被炸掉了一些。

郁家泽无法描述那一刻自己的感觉，只觉得心里一动，模糊地回忆起七岁那年第一次收到别人送过来的那只八哥时的情景。

那些最孤独的时刻，静静地陪在他身边的八哥。

只不过眼前的这个，是一只爱吃垃圾食品、爱放烟花的心机小乌鸦。

没关系，他想将她变成他的专属。

如此，之后的每一年，他是不是都会随着一句呐喊，变得快乐一些呢？

乌蔓睡得很浅，她早就察觉到郁家泽进了房间，却没有动静。

这种毫无声息的安静让她很不安。

她眼皮动了两下，就听见郁家泽在黑暗中开口：“别装了。”

她眼皮一跳，过了几秒，缓缓睁开。

郁家泽坐在斜对面的沙发上，两个人的视线撞个正着。

“东西都放好了？”

“嗯……”乌蔓的视线落到角落里的纸箱上，“除了这箱衣服，因为这个房间里的衣柜已经被占满了。”

“你在用这种方式跟我抗议？”

乌蔓平静地说：“我只是在陈述事实，就算我避而不谈，唐映雪也已经介入到我们之间了。”

“首先，我还没有答应，而且就算我现在即将和她订婚，也完全不矛盾。”

“对你来说是的，但对我来说，我不可能对她视而不见。”乌蔓顿了一下，又道，“你也知道我妈，她会落到今天这步田地，就是以为能够和那个男人结婚。我发过誓，绝对不要活成她那样。”

“而如今，你让我陷入这种尴尬的境地，还和唐家有关……”她深深地吸了口气，“你不觉得太残忍了吗？”

“你妈会变成这样，是唐嘉荣敢做不敢当。”郁家泽起身走到床边，把玩着她的发丝，“你把我和唐嘉荣比？”

“不，我妈会变成这样，是因为她要争。”乌蔓咬紧牙关，“你坚持让我留下来，不怕我也要争吗？”

郁家泽垂下眼，很笃定地说：“你不会。”

乌蔓的脸压过枕头，隐下嘴角勾起的嘲讽弧度。

“我不争是有条件的。”她的语气很柔软，与她的表情截然不同，“你能答应我吗？”

郁家泽用指腹拨弄着她的耳垂，打断了她的话：“《春夜》和追野，对吗？”

乌蔓迟疑地点了点头。

郁家泽慢慢地呼出了一口气。

“你都委曲求全到这份儿上了，我不给你个机会，好像确实说不过去。”他从枕边捞起乌蔓的手机，滑开，点开微信，漫不经心地道，“人都已经加回来了，不如再寒暄几句？”

他点开追野的头像框，要拨出语音通话。

乌蔓一下子就慌了，半直起身道："我和他没什么好说的。"

"可是他好像对我有很多话说，不然怎么擅自接你的电话呢？"郁家泽按下了拨通键，不一会儿，语音通了。

郁家泽开的免提，追野"喂"了一声说："阿姐？"

他的语气里藏着不易察觉的惊喜，听得乌蔓更为难堪。

她咬紧嘴唇，没有出声，扑上去想抢回自己的手机。

郁家泽并不介意，因为他的目的并不是真的让她和追野说话。

他高高抬起手臂，像逗弄小动物一样睨着乌蔓，最后把手机扔到了一边的沙发上，单手解开西装扣子，把西装脱下来扔到角落里。

乌蔓停下了动作，下意识地往后缩，最后退无可退，"咚"的一声撞到床头板。

郁家泽欺身而上，握住她的肩膀，她那两片脆韧的蝴蝶骨抵上实木的硬板，几乎要被折断。

她插翅难逃。

郁家泽汗湿的手掌贴着她的脸，用气声笑着明知故问："今天怎么这么安静？"

乌蔓一声不吭，张开嘴，隔着衬衫恶狠狠咬住了郁家泽的肩膀。

她咬得极为用力，如果有可能，一定会连皮带肉地撕扯下来。

郁家泽抽痛地闷哼一声，捏住她的下巴，逼迫她松口，怒极反笑："胆子肥了？"

他的手从她肩膀离开的那一刻，乌蔓手肘一抵推开他，借着反作用力从他身侧滚到床尾，眼疾手快地从沙发上抓起手机，直接往墙上一砸。

手机"砰"的一声四分五裂，一劳永逸地砸断了那通语音电话。

郁家泽下了床，踢开那部死状惨烈的手机，逼问她："那么怕他听见吗？你们是不是背着我做过别的事情了？"

她直视着他的眼睛，咬牙切齿地道："没有。"

他沉默地审视着她的表情。

“不许撒谎。”他翻来覆去地神经质地低喃，“你是我的。”他将她抱起来，直接抵在墙上。乌蔓的指甲掐进他肩膀的肌肉，渗出斑驳的血丝。

两个人视对方为仇寇一般，互相折磨，誓要让彼此在这场战争中遍体鳞伤。

次日，乌蔓买了一部新的手机，一打开微信，全是追野的消息。

最后一条消息是：“你如果再不回，我就报警了。”

乌蔓赶紧发了一条语音说“我没事”。

她在他追问之前，赶紧解释说：“昨天那个语音通话是不小心手误点到了，你不要多想。”

而出乎她意料的是，明明之前还那么心焦急躁的追野却什么都没回复。

她不知道他是不是听出来了什么……从而觉得自己恶心呢？

隔天，汪城就打电话来向她报喜，感谢她在背后搭桥，《春夜》已经准备去送审了。

那就意味着过审之后，宣传期就要到了。

她从未像现在这样，那么害怕和追野见面。

毕竟那一通语音，几乎粉碎了她在他面前的自尊，就好像白日里穿着衣服，也觉得被扒光了一样。一想到他的沉默，她就觉得坐立不安。

几日后，追野不声不响地召开了一场新闻发布会。

在发布会上，他宣布自己正式签约了新环线，又是一次震惊圈内外的举动。

在这之前，他一直是自由艺人，毕竟总共也就接了两部戏，还都是汪城导演的，直接拍板就定了，没什么弯弯绕绕。

各大经纪公司和经纪人早就想方设法地试图把他签到手中。自从拍完《春夜》之后，各大经纪公司却都熄火了。原因不言而喻。

看似被逼入绝境的时候，追野居然劈出了一道扶摇直上的天梯。所有人都没有想到他会签约新环线，包括乌蔓。

他们的思维都太局限了，放眼国内，当然没有可以和郁家抗衡的公司，他就算签个公司也不痛不痒，还是受制于人。

然而，新环线不一样。

它是M国老牌的电影公司，在二十世纪六十年代到九十年代发行的片子都是叫好又叫座的电影，旗下的签约明星不计其数。

也不能怪他们思维局限，因为新环线从未签过国内的演员。近年来，国内电影市场发展迅速，不少国外的大牌影视公司都想分一杯羹。追野能被他们签下，不乏这一层因素在，但更多的还是他自身的价值，他具有无限的潜力。

毫不夸张地说，他又完成了一项可以写进影史的创举。

发布会现场，追野穿着高级定制的西装，依旧没有好好系扣，将一套得体的西装穿出痞味，但他脸上的神情很严肃，丝毫看不出轻慢。

到了记者提问环节，底下的人一个个挥得手都要抽筋了。

追野随机点了一个，那人如同中了头彩般高兴。

“请问你之前一直没有签经纪公司，是因为很早就有签约新环线的计划吗？”

“不是。”追野毫不犹豫地摇头，“我不签是因为我讨厌被束缚。”

“啊？那现在改变想法，是因为新环线突然向你抛来橄榄枝吗？”

“不是他们向我抛来橄榄枝。”他挺直了背，“是我毛遂自荐，向他们求来的。”

“你为什么会突然想到找新环线签约呢？毕竟新环线的主场并不在国内，你是打算以后往国外发展吗？”

“可能会把重心放在国外，具体要问我经纪人。”追野凝视着镜头，“至于我为什么会产生这样的想法，是因为我意识到，自由和强大是既矛盾又共通的。要想变得强大，有时候必须牺牲眼下的自由，而当我足够强大时，我才可以获得真正的自由，才有站上人生擂台的资格。”

他非常郑重地道：“我很抱歉现在的我还是那么弱小，做事也很鲁莽，可能给一些人带来了伤害。我会努力变强，谢谢每一个期待和喜欢我的人。”

乌蔓拿着手机看直播，透过屏幕和追野对视。

今天的他和北市时的他很不一样，多了一丝沉稳，少了一丝飞扬跋扈，仿若经历阵痛后破茧而出的蝴蝶，更加耀眼迷人。

那一瞬间，她连日来煎熬的内心被奇迹般地治愈了。

似乎就这么看着他，她也获得了某种坚定的、面对困难的勇气。

《春夜》已经去送审，但发行证还是没有下来的迹象。汪城已经尽了人事，只能听天命，便提议剧组的主创去举行开机仪式的寺庙拜拜，保佑电影能赶上这届金柏的送片。

乌蔓作为女主演，肯定不能不参加。

然而，追野缺席了。

他已经许久没有接戏，签约后终于接下了新环线的电影，一部非典型的体育竞技类型片，需要密闭集训学习拳击，一时半会儿出不来。

对乌蔓来说，这也许是个好消息。

最后，飞去广州还愿的是她和导演、编剧，还有制片人。

再次踏入佛门圣地，前后相隔还不到一年，她却恍惚觉得一切都变了。

直到跪拜在佛像前她还忍不住想，不信神明的跪在这里还愿，信仰神明的却没有来，这未免太可笑了些。

乌蔓上完香，来到廊下，又看到了那个蹲在门口推销铃铛的小沙弥。

第二个出来的是编剧，开机时她没有来，这是她第一次来拜佛，也是第一次碰到小沙弥，忍不住起了兴致，问乌蔓："这个是招桃花的吗？"

乌蔓很不给面子地说："是招笨蛋的。"

那小沙弥立刻瞪起了眼："这位施主您别听她瞎说，时不时就有人来给我们送锦旗，喏，那边门口挂着的就是昨天刚送来的！"

乌蔓和编剧看过去，果然看到那被粉刷成厢房的办公室门口挂着一面红色的锦旗，上书：千里姻缘一线牵，人间月老在身边。

编剧明显心动了："只要在便笺上写下对方的名字并贴在铃铛上，最后挂到姻缘树上就行了吗？"

小沙弥立刻掏出一个铃铛："当然啦，施主要不要试试？"

编剧有些犹豫："可是那么多人买，铃铛挂得过来吗？我怎么知道自己挂上去的铃铛第二天会不会被你们取下来扔掉？"

小沙弥惊恐地摇头："这可是损阴德的，我们才不会做。不信您去后院看看，随便挑一个铃铛，上面的便笺都有日期。”

编剧拉着乌蔓说：“小蔓，你陪我去看看吧。”

她比乌蔓大五岁，已经离过一次婚，但不影响她期盼下一段爱情。

乌蔓并不想扫她的兴，点头说好。

两人走到后院，乌蔓站在一边，看着她去翻铃铛上的便笺日子，心里想着不愧是编剧啊，从不放过任何细节。

突然，编剧姐姐惊讶地摇了摇一只铃铛，抑制不住满脸的八卦。

“我好像发现了不得了的事情。”她神秘兮兮地说，“我看见了追野的名字。”

乌蔓哭笑不得，心想，这可算不得什么八卦。她还知道追野的名字后面跟着的是一条狗的名字。

乌蔓刚要调侃，编剧忽然神色复杂地看了她一眼，又转过头去看下一个铃铛。

“怎么了……”

她的神情转变得太快，又不善于掩饰，乌蔓自然察觉到了不对劲。

乌蔓走上前，抬手抓住那个铃铛，那张便笺上面的确写着追野和小黄。

但是，便笺因为时间太久，边角的黏性不足，此刻卷翘起来，露出下面跟它一直粘在一起的另一张便笺。

那张便笺露出小半截，上面是潦草的字迹，依稀可以辨认出是她的名字。

编剧故意走远了一些，乌蔓惊愕不已，伸手将上面那张便笺彻底撕下来。

下面藏着的便笺终于现出原形，都是相同的字迹，却是不同的名字，两个名字靠在一起，令她心中生出惊涛骇浪——

“追野、乌蔓。”

两张便笺上都是追野的字迹，纸张一样的陈旧，都是开机祭拜那日写的。

只不过下面这一张是他背着她写下的，因此她浑然不知。

乌蔓捏着便笺的一角，思绪陷入泥沼，混乱不堪。

他为什么会在那时候就写下她的名字呢？明明那时两人才见第二面。

这无法用拍戏来解释，因为他写的是两人的真名。

更何况，他是一个信仰神明的人，不会觉得好玩而随便写下。如果是开玩笑，他也不必藏着掖着。

他这么谨慎又小心翼翼地将两张便笺贴在一起，就是不想让人发现，似乎只是想将它当作自己的秘密。

乌蔓将两张便笺贴了回去，对着铃铛拢了拢头发，又拉了拉衣摆，一时有些无措。

编剧逛了一圈走回来，若无其事地道："看来那个小沙弥没诓我，连十年前的便笺都挂着。"

乌蔓局促地点头："是啊。"

编剧一看她的神情，便知她也是才发现，不由得说："估计追野是你的粉丝吧。放心，这事我不会和别人讲。"

粉丝？这也太荒谬了……初见的时候他可没给她好脸色。

乌蔓掩饰说："大概是他的恶作剧。"

编剧微微皱起眉："追野虽然年纪小，但不像是会捉弄人的个性啊。他当初看剧本的时候，还给我提了很多不错的建议。"

"他还改剧本了？"

"因为他介入这个项目比较早，所以我和他聊过。比方说在临西水上乐园那一场，陈南把邓荔枝拉下水池这个动作就是他提出来的。我原本写得可无趣了。"

"哦，是吗……"

"还有那个地方……"

编剧又说了一个情节，乌蔓听完，仿佛有把小锤子撞上天灵盖，嗡嗡的，整个人都晕了片刻。

从广州回来后没几天，乌蔓意外收到了何慧语的微信消息，而且是一枚重磅炸弹。她说："我要结婚了。"

乌蔓无比震惊："是之前我在医院看到的那位吗？"

"就是他。"

就三个字，没有任何多余的解释，却显得非常坚定，乌蔓对着那三个字，不由得发了一会儿呆，心里生出一点羡慕。

她想，自己可能永远无法这么干脆地说出这三个字吧。

何慧语发来了时间和地点，在洛城的海边，圈内人结婚最爱去的胜地之一。

乌蔓不由得想到追野，他现在就在洛城参加集训，估计也会去吧？他和何慧语的关系一直不错。

她让赵博语把那天前后的日子都排开，早一天飞到了洛城，先抽空去了一趟疗养院。

她妈妈和之前没什么两样，多年前她被追债的人打进医院，颅脑严重受损。医生说好好疗养或许认知障碍会慢慢消失，但这么多年过去，她肉身还在，灵魂却不知飞去了哪里。

问题不是出在身体机能上，而是精神上。她似乎不想与这个世界和解。

而她这个女儿，也被包括在了这个世界当中，被她排除在外。

“你真的很不负责任。”

乌蔓将刚买的鲜花插进床头的花瓶里，是她妈妈年轻时最喜欢的粉蔷薇。

而她妈妈刚出道时的外号，正是人间蔷薇。

如今，她皮肤蜡黄，头发稀疏，眉眼耷拉，任谁都看不出当年风华绝代的样子。

或许这就是报应。

当天晚上，乌蔓入住何慧语安排的海景酒店，酒店不远处的私人沙滩将是明日她举办婚礼的地方。

国内此时是白天，社交网络媒体已经爆炸，何慧语这一出婚讯打得他们措手不及。她这次保密工作做得很好，只邀请了业内人士，没让媒体混进来。

因此，各大营销号微博只能眼巴巴地就着新郎并不是追野这一点进行报道。

而其中，最癫狂的要数粉丝。

超话被顶到第一，里头各种小作文乱飞，总结起来就是：真情实感追星，一定会遭报应。

讨厌追野的人趁机蹦跶出来，疯狂留言辱骂，说这就是把追野当工具人自作多情的下场，活该遭报应！

粉丝垂死挣扎着说："你们也别得意！如果对象不是何慧语，他发的那条暧昧微博又是给谁看的？反正肯定是给背后藏着的哪个真嫂子的，不是给你们！"

正所谓伤敌一千，自损八百，粉丝们之间的骂战就是互相伤害。

网络上沸沸扬扬，现实里岁月静好。

何慧语在婚礼前夜举办了单身派对，包下了酒店一层的临海酒吧。她邀请的那些人里大部分和乌蔓不太熟，毕竟两人之前的关系算不上融洽，交友圈子自然也没有交集。

而改变她们俩关系的那个人，今晚并没有来。

乌蔓端着一杯鸡尾酒环视灯光缭乱的酒吧，确定追野是真的没来。

"你在找他？他要等会儿才来。"何慧语越过人群来到乌蔓身边和她打了个招呼，了然地说。

乌蔓闻着她身上的酒气，转移了话题："你喝了多少？别喝断片了明天起不来，婚礼变笑话。"

她笑嘻嘻地说："那我老公也不会生气的。"

"看来是他追的你啊，你把他吃得死死的。"

何慧语点头，凑过来小声说："那个时候我还在撩追野呢。"她抿了一口酒，直摇头，"可惜啊，我本来以为轻轻松松就能将追野追到手，没想到他是伪装成新手的高手。"

乌蔓心里好奇，假装不着痕迹地引导她："我看你也没追几天吧。"

"对我来说，几个月就很久了好吧，我看上的人，哪有超过一个月还搞不定的。"

乌蔓从记忆里挖出一则她曾经不小心"手滑"点赞过的营销号微博报道……

"你那次不会是故意装醉让追野送你回去的吧？"

“我发现你其实还挺懂我的啊。”何慧语讪讪地笑了两声，“那是我第一次和他见面来着，我老公和追野是朋友，当时就想追我，就叫我一起吃饭。结果我看上了追野，哈哈！”

她说着说着，肩膀耸动着笑出了声。

“路子真野啊你。”

“其实也没有，那次我是真的喝醉了，到后面都吐了。如果我不是吐在他的宝贝磁带上，被他的黑脸吓到，指不定那晚就能霸王硬上弓了。”

她语气里还带有浓浓的惋惜，但乌蔓知道她是在开玩笑，如果真的有其他心思，是绝对不会大方示人的，就如她一般。

乌蔓晃了晃酒杯，想起曾经在八组看到的旧帖，好像当时确实提到过磁带。

她忍不住嘲笑何慧语：“你的魅力还抵不过一盘磁带？”

“嘁……”何慧语撇嘴，“人说了，那是他保存了好多年的磁带，全世界独一无二。我后来还想去买一盘赔他，结果他告诉我说是一个人录给他的，不可能买到。你以为我输给的是一盘磁带吗？我输给的是磁带背后的那个人！”

乌蔓晃动的酒杯顿住：“你的意思是，他的心里早就有人了？”

“我猜的。”有人朝何慧语挥了下手，她端起酒杯起身，临走前搭了一下乌蔓的肩，意味深长地说，“所以啊，不要陷得太深，说不定是个深渊。”

酒吧里的背景音乐正好换成了《Like That》（像这样），副歌的鼓点每一下都正中乌蔓的耳膜，周遭的声音都被屏蔽虚化。

一切声音逐渐消失，四周安静下来。

她脑子里想的和何慧语暗示的完全是两码事。

何慧语以为追野心里早就有人了，她若是入戏太深，伤到的是自己，所以劝她收手。

如果在看到那张便笺之前，在听到编剧对自己说的那些话之前，她大概会和何慧语产生同样的想法，然后对追野退避三舍。

但如今，她有个……很不可思议，很匪夷所思，又觉得这就是答案的想法。

乌蔓“啪”的一声放下酒杯，周遭的声音如潮水般又轰然涌回，她的身体跟着鼓点战栗。

她猛然站起身，跑到清静的沙滩上给追野发了条消息。

“你什么时候来？”

手机安静下去。乌蔓在沙滩上来回踱步，从没觉得时间流逝得如此之慢。

过了很久，手机才振动了一下。

——“来不了了。还在集训。我明天直接去现场。”

乌蔓看着追野的回复，下意识地咬紧嘴唇，内心的焦灼被这股横生的怅然若失覆盖。

手机又振动了一下。

“你找我？”

“没事，你加油吧。”

她回到酒吧，又待了很久，才回到房间准备休息。

泡完澡出来，房间里没有开大灯，沙滩上的霓虹小彩灯的光芒投到阳台上，让乌蔓得以看清沉睡的黑色海面。酒吧里依然喧嚣，而海却是那样沉静，世界一分为二，热闹又寂寞。

这样的夜晚，太适合来一支烟。

乌蔓决定再放纵自己一次。她下了楼，沿着海岸线散步到便利店，买了烟和打火机。

结账时，有个穿卫衣的高挑青年拎了一瓶运动饮料排在她前面。

对方戴着卫衣的帽子，只露出一个宽阔而蓬勃的背影，但那熟悉的气质立刻让乌蔓恍惚了。

不可能啊……他明明已经说了不来。

也许是她探究的目光太过灼热，青年冷不丁回过头，视线和乌蔓对上。

有些时日未见，他似乎又长高了一些。卫衣下的肌肉线条比起以往更漂亮，集训成果肉眼可见的好。

冬天的洛城并不算冷，他露着脚踝，那是他全身上下最细瘦的部分，收束进宽大的球鞋里，莫名有一种松垮的性感。

追野什么都没说，一把将她手中的烟和打火机拿到自己手中，连同自己的饮料一起推到柜台上，用英文说结账。

他利落地结了账，拎着她的东西就出去了。

“啊……”乌蔓愣了一下，三两步追上他，“你不是说不来吗？”

“本来是不打算来了。”他停下脚步，海风吹起他额前的碎发，露出眼睛的轮廓，没有遮挡的瞳仁闪烁着金黄色的微光，“但是一看有个人居然主动发消息给我，怎么办呢，我怎么可能忍住想来见她的欲望。”

他的鬓角还带着一点汗湿，显然是刚训练完，甚至来不及收拾一下自己，就匆忙赶过来了。

他身上的汗味让乌蔓觉得一点儿都不难闻，反而让人想抱一抱他。

乌蔓不受控制地伸出手，又硬生生地拐了个道，摊开手心：“把刚才买的东西给我吧。”

追野将袋子递给她，把那瓶饮料抽出来，边拧瓶盖边问：“你突然找我是有事吧，什么事？”

临到关头，乌蔓却不敢问了。

那些焦灼的猜测像被涂上了一层黏胶，卡在喉咙里。她清了清嗓子，分心地点了一支烟。

追野吸了吸鼻子：“给我也来一支。”

乌蔓把打火机和烟一起递给他，他忽略了打火机，手指夹了支烟出来。

他把烟咬在唇边，伸手拉住了她，往自己怀中一带。

乌蔓感觉自己变成了大型的人体打火机，在晚风的吹拂中被他用烟头轻蹭，火光簇簇地燃起来，照亮彼此几近相贴的脸。

他松开她，长腿一跨蹦到堤坝上，坐在上面。

乌蔓仰头望着他。

“我能问问你，为什么改剧本的时候，把陈南对邓荔枝的称呼改掉了吗？剧本里，他叫她荔枝，是你坚持要喊阿姐，编剧才这么改的。”

追野听到这个问题，刚吸了一口烟就呛出了声。

他咳嗽了几声，才缓缓道：“阿姐叫起来比荔枝亲切。”

“是吗？”乌蔓低头打开手机，把相册里的一张图调出来，拿给追野看，

“那这又是什么？别和我说你对我一见钟情，二见就想私订终身。”

追野盯着她拍下的便笺照片，第一次在她面前露出惊慌和无措。

乌蔓深吸一口气：“在这之前你就认识我，对吗？”

远处有人在岸边吹有年代感的萨克斯曲子，这乐声很容易勾起人的回忆。

恍惚间，追野觉得自己并不是坐在洛城的海边，而是在多年前的青泠县城。

那儿也有一片海，或者叫滩涂更合适。海水里掺着黄色的泥沙，混浊不堪，连同那里的人一样，无知混沌。

他就是在那样的地方出生的。

但他一点也不讨厌他的出生地，他的家建在山坡上，青山绿水，好景怡人，附近有一座破败的寺庙，增添了几分暮气。

很少有人还记得寺庙里供奉着神像，但他妈妈不会忘记，买菜回来的路上总会在神龛上放一个红红的苹果。

母亲有时候会带上他，他那时候还是个小豆丁，仰头望着庞大的神像，好奇地拿小手指戳戳冰凉的佛身，立刻遭到母亲的呵斥。

“神明是很神圣的，怎么能乱碰呢？”

他委屈地撇嘴：“那他也是个贪吃鬼呀，天天吃苹果！”

母亲“扑哧”一声笑了，又从袋子里拿出一个苹果，塞到他手中：“好啦，这是他给你的封口费，不要说出去哦。”

小追野嗅了嗅苹果的香气，勉为其难地点头：“好吧。那我就替神明保守这个秘密。”

母亲双手合十，向佛像祈祷：“所以您也要多保佑我们啊。”

他便有样学样地跟着跪拜：“您要多保佑我们啊！”

母亲笑着揉了揉他的头，拉着他回家做饭。

午饭通常会很丰盛，因为他父亲是夜车司机，晚上总要出车拉货，沿着海岸线开一整晚的车，只有中午才会在家。他文化不高，只能出卖体力，因此起早贪黑挣得也不多，但母亲从来不会抱怨这一点，他下班回来，她就给他一个拥抱，隔三岔五就会买他爱吃的猪蹄，煮黄豆炖汤。

其实父亲并不爱吃那道菜，他甚至闻到猪肉的味道就感觉很恶心，有一次，追野无意中看到他在厕所呕吐。

他觉得很奇怪，问："爸爸你不喜欢吃吗？"

父亲有片刻的慌神，小声说："不要告诉你妈。其实她才是爱吃猪蹄的那个人，但她不舍得给自己买。所以我只好骗她说自己喜欢吃，她才会买。"

"这个笨蛋。"爸爸嘴里嘟囔着，脸上漾出的笑容像波光粼粼的湖水。

他搓了搓手臂，嫌弃地说："爸爸，你笑得好恶心啊。"

父亲笑得更大声，抱起追野在空中转圈，说："儿子你少得意，因为以后你也会遇上让你宁愿呕吐也想让她开心的女孩子。"

中午十二点的天空是那么明亮，日子好像跟着飞起来一样，贫穷也无法让他们落地。

不忙的时候，父亲会带上他和母亲一起去海边，因为妈妈是从内陆城市嫁到这里来的，在此之前她没见过几次海，一直很向往。

她说，她的人生梦想就是在海边定居，有一个温柔的爱人和一个温暖的小孩，一日三餐，一年四季。老天待她不薄，这些都实现了。

那段时间他最期待的是自己的生日，因为每当这个时候，父亲和母亲就会带他去吃大餐，再去县城里唯一的动物园玩。

他们很尊重他的意见，会问他想吃什么菜，或者直接问他有没有想去的餐厅。那一年，他对县城里新开的一家餐厅心生向往，店里的墙壁是天蓝色的，穹顶挂着流云，天花板上有一根圆柱垂下来，围绕着圆柱的是五颜六色的旋转木马，连座位也是木马的形状。

它足够梦幻，因此，坍塌的那一瞬间也格外壮烈。

追野还记得他们的位置离一处旋转木马很近，因为父母知道他看中的就是这个装修，特意预订了离旋转木马最近的位置。

越接近快乐的地方，越容易存在深渊。

那只巨大的木马在塌方中落入凡尘，径直朝他的头顶砸来，似乎要驮着他飞走。

但它没能得逞，因为身旁的母亲拽住了它的翅膀，用自己取而代之。

父亲去取蛋糕了，小跑着来到店门口时，哪还有什么堂皇的餐厅。

眼前只剩下一片废墟。

现场乱作一团，惊叫、哭喊、号啕……犹如人间地狱。

在这个宁静的小县城，这场惨烈的事故在新闻上沸沸扬扬地连续播报了半个月之久。报道称，那家饭店投机取巧，用天花板独树一帜的装修吸引顾客，却在设计和用材上有大漏洞，最终导致塌方。

可这些事情，追野都不知道。

当时他虽然被母亲护在身下，但救护车到来的时候，他也几近没了呼吸。

而母亲则当场死亡。

他什么都不知道，只感觉自己做了一场很漫长的梦，梦里依旧是买菜回家的那条街道，母亲牵着他的手，路过那座破败的寺庙，跪地磕头感谢神灵。她说："以后我不在了，求您多多庇佑我的孩子。"

追野一阵心慌，拉着她的手问她要去哪儿。

她温柔地笑笑，说："神明召唤我去打下手，这样我也好监督他工作，多给我们家阿野一点好福气，毕竟吃了我们那么多苹果呢。"

然后，他就醒了。

父亲坐在他的病床边，胡子拉碴的，眼睛里的血丝缠成一团，直直地盯着他，说："儿子，那天应该先吃碗长寿面的。"

"妈妈呢？"

"……"

窗外的蝉鸣来得比往年都要早，还是早春，就能听见断断续续的蝉声。

据说蝉在叫，人就坏掉。

病房里的男人一夜衰老，垂下头，双手抱着脑袋，肩头一抽一抽地耸动着告诉他，已经下葬了。

满身伤口的追野睁着眼盯着天花板，那一天热得反常，热得要将他杀死，破风扇的嘎吱嘎吱声盖过了父亲的抽泣声，是他瞬间长大的序曲。

他这次死里逃生，从重症病房转移到多人病房已是数日之后，他已经不想再在医院待下去，立刻央求爸爸说自己病好了，可以出院了。

他爸知道他打的什么主意，摁住他说：“要去看望你妈也不差这一时。你现在这副样子去，她怎么会放心呢？最重要的是好好养病，等身体养好了，再健健康康地去见你妈。”

他难过地侧过头，在病床上翻来覆去难以入睡。

到了午休时间，病房里有人小声聊天。他紧闭着眼睛，似乎睡着了，其实他耳朵竖起，把他们的对话一字不落地听了进去。

“旁边那家人真是惨啊……都下葬了还不得安生。”

“好像下葬没多久吧？怎么就要迁坟了？”

迁坟……追野幼小的心灵剧烈地跳动了一下。

这是什么意思？他们在说的是他妈妈的坟墓吗？

……他们要把她重新挖出来？

“地产商看中那片地要开发，他们葬在那里可不就得迁？”

“凭啥啊，这不是欺负人嘛！”

“那是他们自愿的。给了一大笔钱呢……”

“这点损阴德的钱谁要挣啊。我要是亲人葬在那儿，尸骨都没凉，给多少都甭想让。”

“穷不改门，富不迁坟。小孩子可怜，没那笔钱，撑不下来啊。”

“那家饭店呢，该赔钱啊！”

“老板早跑路了，钱能等，人命能等吗？”

追野将半张脸深深地埋入枕头里。

他喉头哽得厉害，一口气上不来，也下不去。他想从床上蹦起来大喊这不可能；他想把这些人的嘴都撕碎，让他们不能再胡说八道；他想站到顶楼朝老天爷大喊：“你这个骗子，说好的庇佑呢，你把苹果还给我！”

但最后，他什么都没做，只是将脸完全埋进枕头里。

不一会儿，泛黄的枕套濡湿了一大片。

他本来还疑惑，家里哪来的钱给他治病，还能住这么多天院。

她在他生日这一天，因为保护他而死去。

她给了他生命，到最后连自己的死亡也要贡献出去，没有安居之所。

他甚至没办法好好地送她离开。

哈哈，太好笑了，太好笑了。

追野一边在被子里笑到抽搐，一边眼泪大颗大颗地往下掉，淌成一条河。若这条河是忘川该多好啊，他想忘掉，不想这么清醒地活着。

他在父亲来看他时装作若无其事，不再提要去看望母亲的事情。

他这才知道，原来他每问一次，就是在他父亲难以愈合的心上再插一刀，多么残忍。有些疼痛，他需要自己忍受和消化。

迁坟进行的那一天，他瞒着护士，假装去上厕所，拉开窗户顺着下水管道跑了出去。

他一路狂奔，精疲力竭地跑回家，跑上山坡，老远就看见坟地上围着许多人，熙熙攘攘的准备迁坟。

妈妈平常就是一个睡眠不好的人，这下子，她一定被吵醒了吧。她会安稳吗？

年幼的追野缩在角落里，像有个空气人把他的双手双脚都绑住，唯独放过他的眼睛，让他只剩下眨眼的余力。

他抬起头，和墓地中贴着的那张照片对视，她笑得那么轻浅，似乎在对他说，没关系的。

他猛地落下泪来。

泪眼蒙眬中，他看见了父亲。父亲站在角落里，郑重其事地换了套整洁的衣服，下巴上的胡子刮得干干净净，甚至连脸上的表情也很配合，没有一丝多余的情绪，整个人就像被封印了一样，漠然中透着一丝呆滞。

人群中有人号了一嗓子，一群男人七手八脚地抬着棺木，父亲端着母亲的遗像领头下山。

追野在草丛中蹲了一会儿，看着他们远去了，才抹掉眼泪跟着往下走。

一路锣鼓喧天，穿越了小半个青泠，最终停在了传说中的祠堂。

这儿可比追家热闹得多，高搭大棚，坐着宾客，大鱼大肉，看着很喜庆，不知道的还以为在办什么喜事。实际上却是地产商怕迁新坟会有晦气，特意搞了这么个不伦不类的仪式，还请了外地的歌舞班子。

几个少女自人群里出列，她们穿着清一色的上衣和短裙，布料廉价，颜色俗套，但对这个县城的人来说很受用。

酒过三巡，几个有色心的视线在少女们的脸上和腿上来回逡巡，借着酒劲直接上手摸了一把。

追野慢一步跟着来到祠堂时，看到的就是这副光景。

最后一排的少女长腿一伸，直接踹翻了其中一个秃头身下的椅子。

她骂骂咧咧地拿着话筒往他的鸭蛋头顶上一敲，“呸”了一声，道：“你敢占我便宜！”

话筒和光头碰撞发出的声音传遍四周，整场活动被她一个动作搅得鸡飞狗跳。

追野心里却莫名地产生一种奇异的快感，巴不得她闹得天翻地覆，好让这场荒唐的仪式落幕。

歌舞团的其他几个人连忙拦住她，少女这才不情不愿地转过脸。

她画着夸张的黑色眼影，烈焰红唇，脸颊边挂着两坨可笑的腮红。

风尘到极点的妆容，也掩盖不了她的脱俗。

那是十九岁的乌蔓。

三十一岁的乌蔓很美，那种美是被打磨后的钻石，只剩下恰如其分的纯色，挑不出瑕疵，却让人心生寒意。

而十九岁的她，还没有被切割和驯服，纵然那些未被剔除的杂质容易将人割伤，却格外生动。迎着太阳时，那些杂质汇成斑斓彩虹，从彩虹中又可以瞧见万千星辰。

小小的追野呆立在原地，怀疑自己看到了宇宙。

出气一时爽，事后让人烦。

团长将乌蔓拎了出来，指着她的鼻子大骂，转脸又向宾客哈腰道歉。

“是他先占我便宜好不好！我是卖唱，不是卖肉！”乌蔓不忿，把话筒一扔，又是一声巨响，众人赶紧捂住耳朵挡住刺耳的声波，大棚里顿时又乱作一团。

追野在一边看得蠢蠢欲动。

这是一个好时机，心底有个声音在催促他，去把妈妈的遗照抢回来！

追野在心底默默给乌蔓加油，希望她能把场面搅得再混乱些。

乌蔓不负所托，她把上衣一脱，露出里头细细的紧身吊带，明黄色，像天边的晚霞。众人一惊，指着她说伤风败俗。她冷冷地勾起唇，把衣服扔向团长。

“你们的东西，还你，我不干了！”她故意将手挪到裙子上，瞪了一眼，“怎么，还想看我脱裙子啊！”

她甩甩头，穿着吊带和短裙，扭头大步离开，跨上她租的电动摩托车。

在大家被乌蔓惊世骇俗的举动震住之际，追野像颗小炮弹一样蹿了出去。

他的眼里只有那张遗照。

起先，大家都没反应过来，他将那张遗照抱在怀里，撒丫子跑出去一段距离，因为害怕，一路跌跌撞撞地带倒了椅子、花圈、水火灯……

他听见父亲在背后惊诧又慌张地叫着他的名字，其他大人反应过来后，跟着纷纷追过来。

小孩的腿脚怎么可能比得过大人。他用力地喘着粗气，耳边只有急速的风声，用尽了小孩子所能达到的速度，依然快要被追上。

他内心涌上一股惨烈的绝望，分不清眼前是汗水还是泪水，雾气蒙住了他的眼睛。

他更加用力地抱紧那张照片。

“臭小子，给我停下来，听见没有！”身后的叫喊声越来越近，越来越近。

“阿野，别任性，你这是在干什么！”父亲也在奋力大喊。

没有人理解他，都在咒骂怎么跑出来一个小孩破坏了这场仪式。

他只管跑，不知前路。

“喂，小孩，上车！”

一道清脆又散漫的女声劈开骂骂咧咧的怒吼，降落到他跟前。

乌蔓骑着她的电动摩托车，一个急刹车拦住他，抬了抬下巴，示意他坐到后座。

那一刻，她逆着光，犹如北欧神话中的女战神瓦尔基里，降落在这个黄昏。

幼小的他恍惚了一瞬，然后毫不犹豫地跳上去，一只手抱紧照片，另一只手抓着坐垫，大叫道：“我坐稳了！”

电动摩托车在她手里变成了呼啸的列车，将身后追赶的人甩下。

他个子矮，坐下来只能看到她的后背，视线正好落在她裸露的那块胎记上，形状奇特，像被烈火灼烧后留下的疤痕。

“你受伤了吗？”

他一开口，烈风灌进嘴里，让声音听上去有些失真。

“什么？”她在前面不解地问。

“你的背！”

“哦——”乌蔓笑着回头看了他一眼，“那是胎记。”

她没有戴头盔，长长的黑发顺势卷在脸侧，过长的发尾甚至搔过他的额头。他能闻到她发丝间的香波味，是深秋时节自行车丁零零轧过满地桂花浮起来的那种味道。

乌蔓漫无目的地开着，他又忍不住问：“我们这是去哪儿？”

“我也不知道。”乌蔓指了指天边，“就追着夕阳跑好了。”

她又加速摇动手柄，电动摩托车朝着日与夜交汇的天际线驶去。沿路的景象充满了人间的烟火气，他们大摇大摆地穿过即将开市的夜市，小摊子上琳琅满目，什么都有，大颗催熟的樱桃，满籽的草莓，将桌布染成紫色的桑葚……

这些食物都与春天和生长有关，塞满了让他失去至爱的夜里，不被眷恋地快速后退。夜幕被他们甩在后头，乌蔓带着他追赶着仅剩的那一点余光。玫瑰色的微光从她的发丝间穿过，落到他的头顶，又向远处流去。

电动摩托车开出了夜市，两边逐渐变得荒凉，但水草丰茂，他闻到了青草和海水的气息。

再往前就是那片荒芜的海滩了。

落日沉了下去，天地一片昏蓝。白日里看着混浊的海水在夜里变得肃穆，显得不再那么不堪，甚至有几分暧昧的漂亮。

电动摩托车终于停下，乌蔓伸了个懒腰：“太阳落山了，我们的逃亡也结束了。”

“谢谢……”

他怀抱着照片，跳下车，仰头向她道谢。

她垂头瞥了一眼他紧捏的手指："这是你的谁？"

追野低下头，漫长的沉默之后，他用一种极为难堪的语气说："是我妈妈。"

乌蔓愣了片刻，而后也有些无措。

她伸手在空中停了一下，最终还是选择放到追野的头顶，很轻地揉了一把。

"再艰难的日子也会有过去的一天。"

追野能清晰地感觉到她柔软的手心里传来熨帖的温度，原本已经干涸的眼眶又在泛酸。

他哑着嗓子问："阿姐，你也有过很艰难的时候吗？"

"阿姐？你们这里姐姐的叫法好奇怪。"乌蔓笑着摸了摸鼻子，"我啊……每时每刻吧。"

"每时每刻？"

"你和你妈妈的关系应该很好，但我和我妈就不一样了。"她轻描淡写地说，"我巴不得她死掉，但如果她真的死掉，我又会很难过……所以我干脆离她远远的，让她不能再影响我。"

这些话，乌蔓本来是不会轻易对人说出口的，但在一个即将挥别的县城，面对一个失落的小男孩，很多憋在心里的话说一说有什么打紧？

"为什么呢？"

他并不是很明白这种复杂的情感，在他的世界里，爱就是爱，不带杂质。

乌蔓跳上堤坝，掏出一支烟衔在嘴边，说了一句令追野更加不解的话。

"因为她也是这么看我的。天底下的父母并不是都爱自己的小孩。"

她知道他无法理解，她也并不希望他能理解，她只是想在这个时候发泄一下。听的对象是他也好，是海边的一阵风也行。

"无论如何，你的妈妈还活着。"小追野用拇指摩挲着相框，"可是我妈妈再也不会回来了。"

"你已经把她抢过来了，她现在就陪在你身边不是吗？"

其实乌蔓根本不相信神明、鬼怪这些怪力乱神的东西，但有时候人需要善意的谎言，尤其是对于一个刚刚失去了母亲的孩子。

"可是她已经走了。我知道。"

他这句话的语气有着超乎年龄的淡然，让乌蔓吓了一跳。

男孩抬头眺望着远处的海面，像是做出了一个重大的决定，忽然默不作声地往潮湿的岸边走去。

乌蔓一愣："你干吗去？"

"我找到了一个她不会再被打扰的地方。"追野没头没尾地向乌蔓道谢，"谢谢你把我带到这里。"

乌蔓望着他的背影，只觉得这个小孩看上去那么单薄，又那么倔强，还令人摸不着头脑。但这份古怪让她觉得异常有趣，她扔掉烟，跟了上去。

滩涂已经在暗中返潮，很快没过走到滩边的他的小腿。乌蔓跟着他来到滩边，开口说："你小心一点。"

他这时已经什么都听不进去，风声，乌蔓的说话声，海水拍打礁石的声音……都离他远去了。追野颤抖地摸上照片里妈妈扬起的嘴角，没出息地抽了抽鼻子。

"我们来到海边了，你最喜欢的大海。"

他弯下身，指尖浸入春夜里并不温暖的海水，犹豫了好一会儿，像是被人硬生生掰开手指，才让照片坠入大海广袤的怀抱。

他没有再站起来，而是蜷起身体，怔然地看着装载着遗照的相框在月光下的海面上浮沉，越漂越远。细碎的波光在金色的相框上闪烁，仿若照片中的人流下的泪珠。

月亮下的细语都睡着，都睡着。
我的茉莉也睡了，也睡了。
寄给她一份美梦，
好让她不忘记我。

一片寂静中，追野听见了空灵的歌声。

他仰起头，看见乌蔓安静地凝视着那个漂远的相框，正哼着他没听过的民谣。

小茉莉，
请不要把我忘记。
太阳出来了，
我会来探望你。

她唱着这首歌，在为他妈妈送行，似乎是在代替他对他妈妈说出他没能说出口的话——请不要忘记我。

一首真正的挽歌。

他又想哭了。

追野把脸埋进袖子，用力地擦掉眼泪，哑着嗓子问："阿姐，这是什么歌？"

"《小茉莉》。我今晚本来要去排档演出唱歌的，没想到在你这里把份额用掉了。"她摸了摸他的头，"不过我才不要唱给那些臭男人听，还是弟弟乖。"

"那你今晚不去，没关系吗？"

"我已经被开了啊。"

追野的声音变得更加低落，突然意识到——"那你是不是也要离开了？"

乌蔓顿了一下，才道："嗯，我大概明天就会离开这里啦，所以今晚是我们在一起的最后一晚，虽然才第一次见你。"她蹲下身，撞了撞他的肩，用商量的语气道，"你带我逛一逛青泠吧，我还没逛过呢。"

在这种时候，他不想一个人。这个姐姐是不是看穿了他的心思呢？追野胸口一涩，小心翼翼地点了点头。

乌蔓弯了弯眼睛："那我们就把这场冒险延续到日出之时吧，怎么样？"

"还要规定时间吗？"

"嗯，不错，我们把时间限定在日出的时候吧。"

其实这都是扯淡，只不过因为她今晚没地方住。

然而，追野煞有介事地点头道："到日出时就结束吧。"

所有的悲痛和不舍，都只限定在今夜。

“那我们出发吧！”

乌蔓对着海面用力地挥手，又拉起他的手一起摇晃，单手拢成小喇叭状大喊：“阿姨，你的小孩借我一晚，谢谢啦！”接着她侧过耳朵，“她说知道了，允许我借一晚。”

“有吗？”

“你听海浪的声音，比刚才更响了呢。”

他竖起耳朵，海浪好像真的比刚才汹涌了一些。它扑向的不是礁石，而是他快搁浅的心脏，使之重新变得湿热。

妈妈，如果你真的在看，那我此刻过得很好，我也会如你希望的，健健康康平平安安地长大。

离开之前，小小的追野对着黑色的海面用力地绽出微笑。

乌蔓骑上电动摩托车，载着追野回到了青泠最热闹的夜市。

此时的夜市比起华灯初上时要拥挤得多，密密麻麻的摊位前挤满了人。乌蔓从口袋里掏出两个硬币，说：“阿姐请你吃棉花糖。”

她拨开人群往里走，一路上吸引了众多目光。别的姑娘都是棉布长裙，只有她穿着惹火的吊带，赤裸的肩颈犹如夜空中高悬的新月，又像是夜明珠闪着亮白的光。

她灵巧地钻进去，再出来时手上已经拿了两根棉花糖。

“给你。”她递给他一根。

追野盯着棉花糖，恍然间觉得她是摘下了云朵送给他。

她慢条斯理地从边角往里啜，唇上的口红跟着棉花糖化开，露出原本的淡粉，他看着她，手心里不知为何沁出了汗，差点连棉花糖也拿不稳。

“你不喜欢甜食吗？”

她挑起眼角，在吃糖的间隙分神看了他一眼。

“喜欢……”

他慌张地低下头。

“夜市上有什么好玩的东西吗？”

“嗯……有捞金鱼，打气枪，还有套圈……”

乌蔓打了个响指：“打气枪不错，我们去试试！”

她推着他的肩横冲直撞地站到打气枪的摊位前，瞄了一眼奖品，胸有成竹地道：“阿姐给你打个一等奖下来，就当我送给你的纪念品。”

老板一听她这话，眼皮一跳，这是来了个练家子啊，尤其一看乌蔓拿枪的姿势，就更确定了。

追野也目瞪口呆，仰起脸望着她肩膀微倾，枪托抵在其上，眯着一只眼，枪口冷冷地对准气球，活脱脱一个女杀手。

“女杀手”煞有介事地开了一枪，弹出的小黄球奇异地往上飞，打到了搭着的棚布顶。

在场的三个人都很无语。

追野心想，可能自己来都比她强点，至少他不会往天上打……

乌蔓尴尬地笑了笑：“我跟着电视剧里的人学的姿势，实际操作起来好像不太行哈。”

老板原本臭臭的脸笑成了一朵花：“哎呀，没事，多练几次就好上手了。”

追野扯了扯她的手臂：“阿姐，他骗钱的，我们走吧。”

乌蔓眉毛一皱：“不行，我答应了要拿大奖送你的。”

她咬咬牙，从兜里又掏出一张纸币：“我再来！”

一张纸币接着一张纸币，一发空枪接着一发空枪，最后老板的脸都快笑烂了。

他看了下手表，打着哈欠道：“姑娘哟，我要收摊了，下次再来啊！”

两个人这才发现，周边的摊位都陆续收了，只剩这个摊位因为他们而滞留，像一座孤岛。

“可是我还没……”

追野轻轻地扯了扯乌蔓的衣摆：“谢谢阿姐，你的心意就是最好的纪念品了。”

因为她，他才能够带着妈妈从那场令人窒息的迁坟仪式中逃跑，让她的灵魂免于二次折磨。这个本应该万念俱灰的夜晚，是因为她的陪伴，他才感觉到一点解脱。

无论是那根带着甜味的棉花糖，还是她滑稽的气枪技术，都让这个黏稠的春夜变得轻快，压在他身上的沉痛也跟着被削薄了。

他本来已经不再相信神明，若是神明真的存在，为什么会这么对待他的信徒，让他妈妈以如此悲惨的方式离开他。

可这世界上大抵还是存在神明的吧，不然为什么会在他觉得人生灰暗至此时，又派阿姐来到他身边。

阿姐，阿姐。

他坐上乌蔓的电动摩托车后座，双手扯着她的衣摆，嘴里默念着。

乌蔓载着他在午夜之后的青泠城中穿行，窄街陋巷，房屋和店铺交错，摩托车也摇摇晃晃。她在前面大声说："坐稳啊，抓住我的腰！"

他无措地"哦"了一声，迟疑地伸出双手，慢慢靠近她的腰。

贴上的那一瞬间，她腹部的温热透过他手掌，顺着他的血液蔓延到心脏，跟着轮胎一起剧烈地颠簸。

"哪里还有开着的唱片行吗？"她突然问。

"啊……青街口有一家，营业到凌晨两点。"

"行，我们去那儿。"

车子七拐八拐，在他的艰难指引下终于停在了唱片行门口。三个年轻混子看见乌蔓，眼珠子都差点掉出来了。

其中一个青年应该是这三人中的老大，故作潇洒地扯了扯皮衣领，嘴角邪魅地勾起，双眼放电，清了清嗓子说："小妞，要不要和哥哥去打一盘台球？"

接着，他压低声音冲着旁边那人道："怎么样，刚刚我的声音是不是很有磁性？"

那人立刻竖起大拇指："大哥，谁听了你刚才的话都腿软！"

"那你俩凑一对打台球去吧。"乌蔓抱着臂，神色冷然，"别挡着店门口的路。"

"我说你这小妞别仗着有几分姿色就给我们哥脸色啊！"

小跟班顿时三角眉一皱，周身散发出几分煞气。

他的气焰还没燃起来一秒，一块石头从远处猛地砸到了他腰上。

“嘿，谁扔的我！”

他往黑暗处瞧，一个小孩藏在暗处，手上举着比他拳头还大的石头，正凶巴巴地瞪着他，明明那么弱小，还张牙舞爪地说：“不许欺负阿姐！”

乌蔓眉间一跳，转身冲着追野道：“上车！”她边说边迅速地往电动摩托车停靠的地方跑去。

那三个人还没反应过来，就被喷了一脸的灰尘，目送着一大一小扬长而去。

电动摩托车开出一段距离，乌蔓笑得全身都在抖，咋舌道：“你胆子也太大了，差一点我们就要被打啦！”

“对不起……”

“该说对不起的是他们。你想要保护我，有什么错呢？”乌蔓的声音带着调侃的笑意，“你这么小就知道保护女孩子，以后一定会是很棒的大人。答应我不要长歪啊！”

“我会的！”

小朋友的声音还带着奶气，那郑重其事的语调听得乌蔓忍俊不禁。

追野透过电动摩托车的后视镜看到乌蔓这副表情，他恼怒地道：“我是认真的！”

“知道知道，我是在羡慕以后成为你对象的那个人，真有福气。”

她随口扯了一句，追野抱住她腰的手却一颤。

“你不会已经有喜欢的小女孩了吧？”

“没有！”

“哈哈哈，阿姐开玩笑的。”乌蔓挑眉，“不知道那群傻瓜走了没有，多绕几圈再回去看看。”

“还要去唱片行吗？”

她点头说：“当然啊。”却没说为什么要去。

追野也没问，感受着春夜里料峭的寒风吹起衣衫。这股风因为电动摩托车开进了隧道而变得更加放肆，轮胎沿着路面的白色流线一直往前飞奔，隧道里的顶灯一盏又一盏，纯白的光影在两人的脸上明明灭灭。

他情不自禁地张开双臂，感觉自己再一次轻盈地飞了起来，坠入这个如梦似幻的春夜。

电动摩托车绕了一大圈再回到唱片行时，那三个人已经不在了，但唱片行也即将关门。

老板叼着烟正要拉下卷帘门，被乌蔓一把摁住手。

她双手合十，道："老板，通融一下吧，再延长十分钟行不行？"

老板愣了一下，看着她哀求的神色，只犹豫了一秒，又拉开卷帘门，抬了抬下巴："进来吧。"

没有人能拒绝十九岁的乌蔓。

追野也要跟进去，乌蔓却勒令他守着电动摩托车："你帮我看着车，我马上就来。"

"哦……"

于是他就守在电动摩托车边上，像个忠诚的骑士。

不到十分钟，乌蔓就出来了，追野没发现她身上多出来什么。

"没有阿姐想要的吗？"

她遗憾地摇头："没有呢。"

"我们县城太小了，很多磁带都没有。"

"没关系啦，反正我明天就走了，可以去别的地方再看看。"

提到这个话题，追野的情绪就沉了下去。

距离天亮，只有四个小时了。

四个小时后，她就会离开此地，如同一条被放生的鱼，从河塘漂向湖海。

这世界上有几十亿人，不是谁都有机会遇见一次，更遑论重逢。

那些短暂忘却的痛苦随着这些乱七八糟的思绪一起回来了，追野握紧了拳头，努力忍住漫上来的泪水。

他已经答应阿姐，以后要做个可靠的大人，所以不能动不动就哭了。

电动摩托车被消磨了大半夜已经快没电了，最后的四个小时，他们推着车，慢慢走向海边，回到之前离开的那个地方。

黎明前的海岸线已经有了模糊的影子，像马蒂斯的画作，天地间的黑色和蓝色被涂抹得恰如其分，由浓到淡，显现出夜幕下平静的海面。

在海中浮沉的照片早已经不知去向了。

他们肩并肩，坐在岸边等待着日光的到来。

追野坐下没多久，浑身的倦怠便像茧一样将他裹住，小孩子经不起熬夜，更何况又是这么惊心动魄的一天一夜。

他觉得精疲力竭，上下眼皮打架，最终双方鸣金收兵，安稳地闭合在一起。

再次醒来时，追野觉得背部暖烘烘的。

太阳已经出来了。

他茫然地愣了片刻，才意识到自己错过了日出，而身边的乌蔓也已经不见了，连同电动摩托车一起。

她什么都没有留下，让追野疑心自己只是太伤心，在海边哭得睡着了，做了一场黄粱梦，直到他的手伸进口袋，摸到一个硬硬的小物件。

——是一盘空白磁带。

在她进入唱片行的那几分钟里，其实她给他录了一首《小茉莉》。

小茉莉，

请不要把我忘记。

太阳出来了，

我会来探望你……

十二年后，“小茉莉”的确没有忘记阿姐。

只有“小茉莉”被忘记了。

洛城，午夜十二点。

乌蔓见追野指间夹着的烟灰都抖落到腿上仍浑然不觉，便出声提醒他：“你在想什么？”

追野回过神，弹掉烟灰，嗓音暗哑：“我在想，你是真的不会唱《小茉莉》

了吗？”

“怎么突然说起这个？”

“你明明唱得很好听。我想，在当年的那个巡演歌舞团中，大概没有人比你唱得更好吧。”

乌蔓愕然：“我在巡演团的时候，你就认识我了？”

追野点头说：“准确来说，是你在歌舞团的最后一天。”

在歌舞团的最后一天，那个时候，她应该是随团去了青泠。

她试探着问：“我在青泠……见过你？”

乌蔓在脑海中尘封的记忆里翻阅，她只记得自己去过青泠，对那个县城有一个非常模糊的印象。具体的细节，她记不清了。

毕竟那对她而言，只是久远时光中不怎么重要的一笔。

那个时候她到了可以离开家的年纪，便毅然决然地离开了。她身无长物，会的只有这些年苦学而来的才艺，跟着一个不入流的巡回歌舞团混饭吃。这中间去了不少地方，到现在她还能记住青泠，是因为那是她和歌舞团闹掰的地方。

在这之后，她买了张去京城的票，然后遇到了赵博语，从此人生天翻地覆。

在她正式进入娱乐圈之后，赵博语就给她打造了一个不会唱歌的人设，就是为了将她与在歌舞团的那段经历割裂开来。

她当时也反抗过，唱歌是她正经习得的才艺，她靠这个闯荡江湖，堂堂正正，有什么不对？那些都是她人生经历里的一部分，为什么要遮掩？

赵博语却笑她天真。

他说：“你以为粉丝真的喜欢看你卸妆之后的样子吗？没有人喜欢灰扑扑的乌鸦，都喜欢华美的夜莺，即便只是乌鸦涂上了彩漆。如果他们知道了你的过往，就像看见彩漆脱落了一小块，露出底下的难堪。那你就会被打回原形，失去所有的喜爱。”

从那之后，她便不再唱了，变成了一只失声的夜莺。

她未曾想过，眼前的这个人居然目睹过自己放声歌唱的样子，那个……最初的自己。

追野叹息着说：“阿姐果然把我忘记得很彻底。所以我一直没说，因为说了也没用。”

她怎么会想到呢？曾经那个哭得满脸泪痕，短暂坐过她车后座的小男孩，已经长成了如此惊才绝艳的青年。

他吐出一个烟圈，烟雾模糊了他的表情：“我不想以任何其他的身份出现在你面前，一个萍水相逢的弟弟，或者是这些年一直关注你的粉丝……都不好，只会让你看轻我。”

他跳下堤坝，摁灭烟头，想靠近她，又忍住了，站在原地没动。

“我无耻地用了点心机，先引起你的注意，再单纯地以一个男人的身份接近你。这样你才会正视我。”

次日，何慧语的婚礼正式在沙滩上举行。

婚礼现场布置得很漂亮，用轻白的帷幔支起宣誓的地方，周围盛满鲜花，碧空如洗，是适合相爱的好天气。

何慧语昨晚喝得不少，婚礼正式开始前她找到乌蔓，对她说：“我昨晚喝醉了，说了好多不该说的，你听听就过，千万别往外说。”

乌蔓故意说：“哪句不该说？可惜没把追野睡了？”

何慧语脸色一黑，扑上来捂住乌蔓的嘴：“宁拆十座庙，不毁一桩婚啊！你给我老实点！”

乌蔓敛起笑容，神色郑重地道：“我开玩笑的，祝你幸福，我的‘老对家’。”

她对着何慧语张开怀抱。

何慧语一愣，嘴角漾开笑意，伸出手反抱住她。

两人这些年明争暗斗的积怨在这一刻被这个拥抱粉碎，真正瓦解成尘埃。

何慧语在乌蔓耳边说：“等会儿我抛捧花的时候，你机灵点，到前面来。我往你这儿抛。”

“干吗给我啊？”

“我认识的大龄女青年里就你还没结婚了好吗？”

乌蔓忍不住问她：“为什么人非得结婚呢？”

何慧语蒙住了，但她误解了乌蔓的意思。

“就你和郁先生的这种关系，确实不便结婚，但是……女人还是要多为自己打算啊。”

提起郁家泽，乌蔓脸色一沉。

“如果有一天我下定决心结婚，新郎一定不会是他。”乌蔓深深地呼出一口气，看向窗外的海水，“但我也想不到有谁会让我想结婚。说到底，人和人之间的关系太脆弱了，连血缘都无法维系，更何况是两个陌生人。能让一段关系长久的，是不是只有利益呢？”

“这个圈子就是这样的。”何慧语也忍不住叹气，“我也不知道我选的这个人是不是对的，但是我想相信他一次，因为他给我一种……我正在被深爱，也将会一直被深爱的感觉。就好像这些年来我遇到那么多人，被伤害那么多次，都是为了让我做对比，得出他才是对的那个人。”

乌蔓愣怔了片刻，笑着说：“我怎么觉得自己又被无形地塞了一把狗粮，总之……你不用把捧花给我啦。”

何慧语虽然跑来国外举办西式婚礼，但还是融合了一点中式的传统，比如，婚礼正式开始的时间选定了一个吉时。

吉时一到，新娘姗姗来迟，她穿着一袭薄如蝉翼的拖地白纱走上花毯，从圣洁的花丛中蜿蜒穿行。

深陷在幸福中的女人太美了。

乌蔓坐在来宾席中看着何慧语的模样，忍不住发出这样的感慨。这是无论在戏中穿多少次婚纱都无法装出来的神情。

这一瞬间，说不羡慕是假的。

她看着何慧语，视线情不自禁地拐过她，落在了斜对角的那个人身上。

追野的打扮和昨晚很不一样，穿着非常正式，一身挺阔的黑色西装，胸口别着红玫瑰形状的胸针，头发向后梳起，露出光洁的前额。

追野光是坐在那儿，就足以让其他人失色。

他此时也在看着何慧语，却又偷偷透过何慧语看向乌蔓。

两个人就这么不期然地遥遥对视。

花毯上，何慧语已经走到了新郎身边，神父握住两个人的手。

“我们来到你的面前，目睹祝福这对进入神圣婚姻殿堂的男女……”

底下的宾客都随着祷词注视着两位新人拥抱，唯独有两个人借此机会偷看对方。

乌蔓听着神父厚重的嗓音，落进耳中的却是昨夜追野最后说的那番话——

“我对邓荔枝感到抱歉，因为我借着叫她，在偷偷喜欢你。”

“我喜欢的，从来都是那个叫乌蔓的女人。”

“她变了很多，不仅忘了我，也许还忘掉了曾经的自己是什么模样。我起先的确有点失望……想她为什么就变成现在这样了呢？但这不能怪她，这些年她已经过得很辛苦了。一想到这一点，我就生自己的气。”

“毕竟她曾经对我说，要我成长为可靠的大人。我缺席了她的人生这么多年，以为拿了奖，可以有头有脸地去见她，却发现……还是不行。”

“我还远远不够可靠，但是这并不代表我认命了。我不会说什么让她等我的话，但我不会停止为她努力。”他的食指摸向乌蔓的侧脸，轻轻摩挲，指尖流连过的皮肤似乎燃起一小簇一小簇的温热焰火。

乌蔓微微侧过脸，试图远离他的手指，最终却败下阵来。

她哑声道：“你就没有想过，她根本不需要你吗？”

“一厢情愿也无所谓。”追野无比坚定地道，“我愿意在她身上浪费时间。更何况，浪费在她身上的时间怎么能叫浪费呢。”

他看着她，眼波如海。

“和她度过的每一分、每一秒，都是我生命里最美好的时光。”

婚礼结束之后，乌蔓因为有拍摄安排，所以迅速回了国。追野则继续留在M国。

集训很快结束，他马上就要无缝进组拍摄。乌蔓还听何慧语说，他每天超额练完拳击，下课后又跟着英语老师练习口语，身体和大脑一整天都在高速运转着。

怪不得当时在便利店里结账时，他的英语口语比她预想中的要好很多。

在回国的飞机上，乌蔓闭着眼睛，让自己什么都不去想，追野的那些话却总是不断响起。

她从来没有感受到过这么汹涌的爱意。

起初，她以为追野只是被电影影响了，便也逼迫自己不要认真。

原来，电影只是他用来接近她的小心机。

她怎么能不震动呢……他惦记着她这么多年，重逢后，却只是温柔地靠近她，不因为自己深沉的爱意而觉得她必须给予回应。

沉舟侧畔，枯木逢春。

他带来的蓬勃之气似乎也将她点燃，不应该向这坎坷的人生认命。

一股冲动在她胸腔内跟着心脏跳动，驱使她向前。也许跨出一步就是万丈深渊，又也许她终于能够飞起来。在跨出那一步之前，她并不知道迎接她的会是什么。

毕竟十年过去，她的羽翼已经萎缩。

也许在一无所有的二十岁时，她会试着飞一下。

但对三十岁的她来说，恐惧早就盖过初生牛犊不怕虎的英勇。她只能拼命地压下这股冲动，在悬崖的边缘徘徊。

从M国回来后，戛城电影节的送片时间即将截止，《春夜》的发行证还没下来。

这可把汪城急坏了，他一打听，才知道《春夜》根本没去送审。

他又惊又怒地来找乌蔓求助，乌蔓的第一反应不是生气，而是茫然。

她找到郁家泽对峙，然而，郁家泽的神情淡淡的，他不慌不忙地说："哦，我前段时间专门去机房看了，觉得电影的内容还需要再修改，慢工出细活，所以又临时推了。你让汪城放心，很快就可以送。"

冠冕堂皇的说辞，但乌蔓知道，他只是想拖着她，折磨着她的期待，把她这只蚂蚁扔进热锅里烧灼，绝不让她痛快地如愿以偿。

在戛城送审截止一个月之后，郁家泽才不声不响地送审《春夜》，电影就硬生生地往后再延一年才能上映。如此一来，在接下来的一年里，她和追野没有必要为了宣传的事宜再见面。追野又在国外发展，两人将不再有交集。

乌蔓本来还指望着靠邓荔枝这个角色横扫明年国内的奖项，这下也没辙了。今年的金影奖影后反倒是便宜了何慧语。

但这并不全然是坏事，至少对追野而言，他能够专心地在国外拍戏，不必分出心神来宣传《春夜》。

起初，营销号微博还会不时报道他在国外的拍摄情况，甚至想挖点他和异国美女的桃色绯闻赚取流量，但由于离得太远，不知道是真的探听不到还是能力有限，一点都没挖到。

于是，追野这个名字渐渐被大众遗忘了，其间他只上了一次微博热搜，原因是他发了一条微博，只有几个字母：IMYDAN。

粉丝们哭爹喊娘，说追野比旅行青蛙还狠心，小青蛙远赴异国至少还知道寄明信片回来，他倒好，给嗷嗷待哺的粉丝送来了一道谜题，全网都在猜他这句话是什么意思。

在这之后，有关他的话题就很少再看到了。

乌蔓的日子似乎又回到了从前那样，回到了追野还没有出现时的样子。她依旧栖息在郁家泽身边，不同的是，她的通告大幅减少了。

大多数时候，她只能待在郁家泽的别墅里，哪儿都去不了。

她怀疑郁家泽欺骗唐映雪说自己换了一个别墅，因此唐映雪再没上过门，预想中的尴尬场面并没有出现。

公司在通告选择上也很谨慎，只要有唐映雪出席的场合，一定会给她推掉。

她就像一只阴沟里的老鼠，被迫见不得光地躲躲藏藏。

似乎为了弥补她，郁家泽在秋天的时候替她接下了一部电影，是魏景华重新出山之作。因为这部电影最大的出品方是郁家，她没有试戏就拿到了其中女三号的角色，一个并不怎么重要的角色，最大的贡献点只有脸。

沉寂了几乎一年，换来这样一部电影，似乎也是划算的买卖。

但乌蔓心有不甘，时至今日，她已经不再满足于这样的角色，哪怕导演是魏景华。

而魏景华显然也并不满意自己的电影来了个空降兵，在开机宴上，他面对乌蔓时几乎全程都是冷脸，她去敬酒时，他也只是神情淡淡地点了点头，连酒杯都没碰。

饭吃到一半，气氛实在让乌蔓觉得窒息，好在突然有人叩响了包厢的门。

进来的人来头不小，是中心电影集团的人。

他和魏景华是旧识，早年魏景华拍摄的片子都是华影厂摄制出品。

他冲着魏景华道："巧了呀魏老，听说你们也在十渡办开机宴，我就赶紧过来打个招呼。"

魏景华客气地笑道："你们也在？"

"嗯，我们最近有一个跨国合拍的项目要启动了，这不就在隔壁吃饭呢。这部片子上头很重视，钟老今天都来了，就在隔壁。您要不去见见？"

魏景华沉吟片刻，道："我们几个主创一起去跟钟老敬杯酒，不会打扰他吧？"

"怎么会，钟老最喜欢人多，热闹，有排场！"

突然来了这么一个插曲，众人只能跟着魏景华起身，去到隔壁包厢。

乌蔓的角色不算重要，她走在最后，内心十分索然。

推开包厢门，一屋子的烟味像信号弹一样炸开来，连走在最末的乌蔓都觉得鼻间一呛。

她抬手挥掉烟，看向包厢内吞云吐雾的人，不由得呆住了。

在场很多中心电影集团的人，也有外方的人，但她没想到那个外国公司是新环线。

坐在钟老旁边的那个年轻人就更为眼熟了。

——是快一年未见的追野。

这一见面，恍若隔世。脸明明还是那张脸，气质却与上一次她在洛城见他时截然不同。他穿着深蓝色的卫衣，头发依旧漆黑，一切都是深色系，似乎将他的气质也染上了冷淡的底色。

这样的他，完全不复初见时的飞扬跋扈。

他没有关注进来的这拨人，正专心地和身旁的钟老聊天。钟老手指夹起烟，对他轻轻一瞥，他拿起打火机替钟老点燃。钟老酒杯一空，他便立刻满上。钟老说让他喝，他仰头，喉结滚动，擦了擦溢出来的酒，笑着反过见底的酒杯。

只是简单的几个动作，乌蔓却觉得眼眶发酸。

他何时需要这样去讨好别人，明明是那么肆意蓬勃、不受拘束的天之骄子。

但是他若要向上爬，讨好这些人是最轻松的路子。就比如这种举足轻重的电影，主角可不是光有演技就能拿下的。

也许是乌蔓的眼神太过专注，追野扭了一下头，看向门口。

当他看到她时，眼里闪过一抹尴尬，而后又平静下来，若无其事地继续替钟老倒酒。

他们这拨人也走上前去敬酒，试图给钟老留下个好印象。

乌蔓也不敢怠慢，毕竟对方是连郁家泽也要小心担待着的角色。钟老喝得满脸通红，笑着说："你们都是电影界的栋梁啊，不过要说起来，还是追野最给我们长脸。"他拍了拍追野的肩膀，"你主演的那部电影是不是快上了？"

追野笑得很谦虚："定档下月初，M国先上。国内上映届时还得麻烦您。"

乌蔓不动声色地观察着两人的互动，毫无疑问，追野已经取悦钟老了。可越是如此，她心里越不舒服。

此时她连寒暄的力气都没有，出了包厢，破天荒地找别人要了支烟去露台抽。

她再一次因为追野抽起了戒掉的烟。

乌蔓躲在角落里，本以为不会有人来，身后却传来脚步声。

那个熟悉的声音在背后喊她："阿姐。"

乌蔓恍惚了一下，她实在太久没听到这个称呼了。

"好久不见。"

似乎她能说的也就这么一句话。

乌蔓转过身，面向追野，冲他挤出一抹勉强的笑容。

他的视线从她的头顶开始，慢慢移到眉毛、眼睛、鼻子、嘴唇……最后是脚尖。每一处，他都端详了一番。

"比在镜头里看到的还瘦。"他不满意地说。

乌蔓别过眼："你也瘦了。"

“有吗？我每天吃得可多了。”

他努力让自己显得精神饱满，可乌蔓一眼就看穿了他的伪装。

他出神入化的演技在她面前显得很拙劣。

“不要逞强。”

“真的还好，就是M国的食物太难吃了才会瘦的。”追野笑了笑，说，“阿姐有看到我发的微博吗？”

乌蔓点头：“那个 IMYDAN ？不是乱码吗？”

她没想那么多，以为是他屁股坐到手机发出来的。

追野露出非常无语的表情。

“阿姐，你果然还是那么不解风情。”他又露出那种拿她没办法的表情，用已经很地道的美式口音说，“I Miss You Day And Night……我没有一天不在想你。”

他的话像夏日里雷阵雨来临前的一刻，死寂的屋檐下忽然就刮起了一阵风，她心头的风铃也叮叮当当地响了起来。

乌蔓慌乱地看向别处，视线正好落在连接着露台的楼梯拐角处，一群人拥着一个人走过来，乌蔓定睛一看，被拥着的人正是钟老。

站在钟老身边的男人朝追野晃了晃手，说道：“大家都在找你呢。”

追野跟着看过去：“找我？”

钟老开口说：“我们准备去山上蹦极，这种事怎么能少了你呢。蹦极嘛，就数年轻人最有活力，像我就蹦不动咯。”

他三言两语就安排好了，也不顾及追野是不是恐高。似乎年轻人就合该豁出去冒险，成为他茶余饭后的助兴表演。

追野自然地接过话：“您要是想蹦，就没我们什么事了。”

钟老听完眉开眼笑，扫过一边表情古怪的乌蔓，随口道：“你也在啊，正好，一起去玩，人多热闹。”

乌蔓还没反应过来，追野却微微皱眉。

他刚准备说什么，她就抢先一步，笑着朝钟老点头说：“好啊，那我就凑个热闹了。”

一行人前往蹦极台，她和追野走在队伍的末尾，他不太高兴地压低声音道：“你那边不是还有开机宴吗，用那个推托就行了，不用跟着来。”

“那他让你跳，你就巴巴地来跳吗？”

乌蔓终于忍不住，听到钟老点名让追野蹦极的瞬间，感觉比点她的名还要让她憋屈。

她特别不愿意看到他以这样的姿态示人。

回想起当初试戏时他的样子，蓬勃，肆意，不受控制，全是她最讨厌的样子。

但其实内心深处，她知道，自己只是因为失去而嫉妒。她羡慕有人还能那样轻快地保留着那些无比珍贵的品质，迷人到有些危险。

因此，当她觑见这些东西似乎要从他身上流走时，她觉得格外残忍。

追野边走边抬起头，眺望着山上的蹦极台，冷不丁地问：“阿姐，你读过博尔赫斯的《我用什么才能留住你》这首诗吗？”

乌蔓不甚明白地摇头。

“里面有一句是‘我给你一个从未有过信仰的人的忠诚’。”追野将视线从高台移到了她身上，“对我而言，我愿意给你一个从未有过束缚之人的自由。不是他让我跳，在我心里，是你让我跳。”

乌蔓沉默了，之后的一路都没有再说话。

一行人终于走到蹦极台，走在前面的人先跳。

快轮到他们时，乌蔓用力地握了握手心，谁都没有注意到她的拳头里满是汗水。

她湿滑的手拉住追野的袖子。

“追野。”她叫住他，神色决绝，“我从来没想让你跳。如果非跳不可，那我们一起。”

她那副样子，壮烈得好像跳下去就再也上不来一样。

他却以为她是听到那些尖叫害怕了，安抚地碰了碰她的肩膀：“好，那我们就一起跳。”

他甚至只是看了一眼自己的安全绳，便蹲下去仔仔细细地检查她的脚踝，然后仰头轻声细语地说："扣得很紧，不用担心。"

乌蔓低头看着他："我不害怕。"

追野起身，直直地盯着她："不要勉强，不跳也没什么的。我去和钟老说，我自己跳就行了。"

乌蔓蓦地伸出手抱住他的腰："我说了，我们一起。"

他的身体在那一瞬间僵硬得宛如一座雕塑，而后，一寸寸地软下来。

下一瞬间，他将两人的身体对调了一下，他背对着高空，让乌蔓正对着自己的胸膛。

安全教练看他们准备就绪，便大喊道："可以跳了啊。三、二、一——"

话音落下，她的脑袋被他往怀中一按，整个人瞬间荡了下去。

两人以拥抱的姿势，义无反顾地急速坠落，像投下的两粒原子，在一片雄伟壮阔的山水中是那么不起眼。

但在下坠的他们眼中，彼此是流动的世界里唯一的静止。

秋末的风从耳际呼啸而过，带着一股将人擦伤的凛冽。乌蔓的心口被风灌满，失重令她恐慌，身体的本能反应让她不由得闭上眼睛。

四周顿时一片漆黑。

追野感知到她的恐惧，只是将她抱得更紧，像是要和她深深地连接在一起，从她老旧的蝴蝶骨中振出，变成她的翅膀。

荡到最低点，像是要沉入湖底的时候，那翅膀扑棱棱地扇动着，带着他们往上攀升。

可无论是继续往上飞，还是绳子断裂，就此摔得粉身碎骨，她都不会害怕，因为有一个人始终与她同在。

虽然现在树梢光秃，满地落叶，即将进入没有尽头的冬天，她却闻到了被压抑多年的藤蔓破土而出的芬芳。

原以为等不到的春夜，在坠落的这一秒，来临了。

番外

延时雪花

预热《春夜》的开年杂志封面释出，一上线，就上了热搜。

只是彼时，乌蔓已经几乎被雪藏，没有什么新戏可拍，整日待在郁家泽的那栋别墅里，因此有大把的时间可以上网。

她习惯性地登录小号，点进热搜，看到的是清一色的控评。她又点进自己的超话看了看，几乎都在组织冲销量的抽奖。

她犹豫了一下，还是在其中一条微博下回复道："大家量力而行，不要买太多啊！"

结果一分钟后，她就被网友骂了。

"你是黑粉还是小学生，不买就别叨叨。销量就是数据，数据就是一切！"

被称为黑粉及小学生的乌蔓，直接被超话管理员禁言了。

超话没得逛了，她只好退出来搜杂志的关键词，想看看路人对她这次拍摄的封面的反应。

然后，她就搜到了一条实时转发评论量很高的微博。

那是一个修图博，把杂志方释出的一张花絮照调成了黑白色调。

花絮照里，追野穿着一件单薄的白色衬衫，卷起袖子，少年瘦劲的手臂在摘一朵埋在雪地里的粉嫩樱花。

而她身上是一件厚重的黑貂大衣，躺在一片雪地里，侧头看着追野。

调成黑白色调之后，照片上的一切都变得色彩浓重起来，就好像他们之间欲语还休、遮遮掩掩的情感，在被人为地抛光后，肉眼可见地清晰。

而那朵樱花的颜色，也变成了不深不浅的白。

仿佛在说，不该开在这个季节的花，硬要采摘，终究是异类。

博主的配文道：如果生活是灰调的彩色，那我们能不能穿越回静默的黑白世纪。

乌蔓品着这行字，神色发怔。

她不由自主地点进对方的微博主页，她以为这人会是电影粉，抑或是她或追野的单人粉丝，但是看到置顶的微博后，乌蔓瞬间明白过来。

——这人居然是罕见的她和追野的共同粉丝。

置顶的微博里，是《春夜》杀青后的一张合照。

照片里，她和追野都笑得很开心，各自抱着花，看着镜头。

博主在底下的评论里说：杀青为什么要配上“快乐”两个字呢，杀的是谁的青，是心底有鬼的青被杀死了，回到现实世界就能变成人了吗？

文字过于犀利，看得乌蔓的神经都在乱颤。

博主虽然没有指名道姓，但她的直觉告诉她，这分明是在讲她。

她突然就不敢往下看了，手指却不听她的使唤，依旧往下滑。

这人的最新一条微博，发了几张动态的图。

第一张是《春夜》的拍摄花絮，她坐在监视器前，监视器里隐约映出的是追野和丁佳期正在对戏的画面。她眉头紧锁，比导演还专注。

第二张是从综艺《最佳演技》中截出来的，在那个钢琴教室的排练间，她并没有低头看琴键，而在看着镜子里映出来的追野，三十秒内她至少抬了三次头。

第三张则是最新的杂志花絮，拍摄间隙追野被冻得牙齿打战，她看了他好几眼，手指流连在黑貂大衣的边缘，似乎想脱下来，但终究还是忍住了。

这些细微的动作，居然都被这个博主捕捉到了。

那个时候，她的确怕他冷，很想把黑貂大衣脱下来帮他挡一挡风。

但是前两张中的情景，当时的她是真的没有发现自己的异样。此刻被人逐帧地揪出来，摊开，暴露在眼前，她像个局外人一样感到震撼。

那赤裸裸的在意，不需要太多的解读，鲜明得一目了然。

博主的配文又让乌蔓呼吸一窒。

“姐姐，其实雪花早已经落下了，不要错过雪化后的春天。”

连旁人都在替她感到可惜。

她忽然生出一股冲动，想给远在M国的追野发一条消息，问问他那里花开了吗。

虽然追野总是展现出被浪掷也无所谓的蓬勃，但她知道，胆小的人是会错过樱花的，毕竟樱花不会被雪埋了后还能偷生。

然而，那条消息躺在她的文字框里，终究没有发出去。

她的人生还在雪花里，延时纷纷飘落。

不过，她转而登录了自己的大号，发送了一片雪花。

乌蔓：好像快融化了。